The wind
is picking up,
we must
try to live!

作者＼
攝影：
曾偉強

風起了，好好活下去！

作者簡介

　　曾偉強，一九六四年生於香港。香港城市大學公共及行政學榮譽文學學士、香港中文大學新聞學文學碩士及哲學文學碩士。曾任職《經濟日報》、《快報》、《信報》、香港政府新聞網等。一九九二年患淋巴瘤，其後康復。二〇一七年確診多發性骨髓瘤，二〇一九年完成治療，但二〇二〇年復發，二〇二一年六月停止藥物治療。

　　著有《日落是甚麼顏色》、《想飛》、《藍巴勒隨筆》、《吐露港的星空》、《一起走過伊斯蘭花園》、《解字成語》、《談死說生──生命與死亡之迷思》、《吉祥鳥》、《水流雲在》、《如風過無痕》、《中國狐仙傳說》等。部分作品獲收錄於涂靜怡主編《泱泱秋水》、涂靜怡主編《秋水家族詩選》（蒙漢雙語版）、舒慧主編《四葉詩箋》、劉章／何理主編《承德詩詞三百首》、張清主編《二〇〇八感動中國詩詞文寶典》、涂靜怡主編《戀戀秋水》、台客主編《半世紀之歌》、白帆主編《中國當代詩人情詩集萃》等。

　　獲頒「第二十三屆世界詩人大會嘉許狀」、「第五屆大學文學獎散文組嘉許獎」、城市文學節二〇一〇「城市文學創作獎」散文組優異獎、「《二〇〇八感動中國詩詞文寶典》一等獎」，獲授予「二〇〇八感動中國經典詩詞藝術家」榮譽稱號。

本書簡介

　　《風起了，好好活下去！》的文章，以人與自然的關係為經，生命關懷為緯。不少文章在有意無意間提及前塵往事，在當下作者與多發性骨髓瘤同行並肩的日子，令這本書，頗有回憶錄的味道。本書分五卷，約十八萬字，共收錄九十八篇文章；其中二十九篇文章曾在中港台三地不同平台發表。

　　「卷一：確診之後」主要談及事物的變遷，本地情懷，人文風景，感慨人間世道的無常。而面對人生的無常，壽終的沙漏，作者的回應是：「漏盡了也許還可以倒過來，再漏一次或兩次、三次哩！」

　　「卷二：春雷無覓處」由一個「孝」字貫串，除了對父母之孝，也有對大地之母之孝。文章探討物候變化，人與自然的關係。因為地球不需要人類，但人類離不開地球。

　　「卷三：生命的嘆息」由電影看生命。這一卷的主旨，可以用〈抓住生命的嘆息—《依戀在生命最後八天》觀後感〉中的這幾句來總結：「死神往往不請自來，但亦可以教人期待，但當死神真的出現眼前，我們卻又只想逃避。但……永遠躲不過命運的安排。」

　　真正感悟到自己「活過」的人，自然可以看淡生死，只怕是生不如死！「卷四：詩意地棲居」要說的，不僅是看淡生死，而且要將日子過得詩意一點。

　　「卷五：說不完的故事」的文章，都是遊記。人生如逆旅，每一個旅人都有自己的故事，而每一個說故事的人，都有說不完的故事。即使真有來世，亦不會是同一個故事。

　　這本書的出版，不僅可以帶來一點正能量，也希望說出，文學可以很個人，同時也可以很貼地，很入世。

目錄

卷四：詩意地棲居

風起了，真好！

　　我跟偉強相識於一九九九年，那時大家選讀了香港大學專業進修學院的《現代文學高級創作證書》課程，一齊跟丁平教授學習寫新詩。後來大家經常在台灣著名的《秋水》詩刊發表詩作，又參加了二〇〇三年在台北舉辦的第廿三屆世界詩人大會，向台灣詩壇，以及來自世界各地的大詩人學習。

　　偉強在一九九二年患了末期淋巴癌，割去整個胃，他奇蹟地治癒了。記得偉強曾刻一個印章「無胃之人」，送給同樣因胃癌而割去整個胃的丁平教授，可惜丁平教授在一年後便大歸了。二〇一七年尾，他被診斷出患有多發性骨髓瘤，當時經過一年多的治療，病情控制住了，但到了二〇二〇年八月，又不幸地再度復發，反覆治療至今，唯有寄望再有奇蹟出現。偉強自己都說：「就算今次沒有奇蹟，已經賺了廿五年，老天對我已經不薄了！」

　　偉強引用了法國詩人保羅・瓦樂希〈海濱墓園〉詩中的一句，「風起了，好好活下去！」作為書名，這本書是偉強的人生回顧，部分文章也曾公開發表。全書分五卷，分別是：《卷一：確診之後》、《卷二：春雷無覓處》、《卷三：生命的嘆息》、《卷四：詩意地棲居》和《卷五：說不完的故事》。從每一卷的卷名，已經看出偉強對人生無常的體會，他不但叫自己，也叫身邊的人要好好的活下去！

　　好好的活下去，偉強做到了。不但好好地活着，而且在過去近三十年，他尤其關注環保與生死關懷等議題，在一些大報章發表不

少教人反思的文章，探討每人都要面對死亡的意義。既然我跟偉強相識於詩，也許，就讓我多用詩話去介紹這本書好了。

《卷一：確診之後》反映了人生的無常和歲月的無奈。去形容無常無奈，我用明末清初詞人夏完淳的〈一剪梅・詠柳〉：「往事思量一晌空，飛絮無情，依舊煙籠。長條短葉翠濛濛，才過西風，又過東風。」有生就有死，人物皆老，君不見花開花謝，緣起緣滅，當中還要抵受多少風雨，所以古人多以「逆旅」二字去形容人生。過西風，又過東風，風再起時，大家又有什麼感想呢？

「任舊日路上風聲取笑我，任舊日萬念俱灰也經過，我最愛的歌最後總算唱過。無用再爭取更多，風再起時，默默地這心，不再計較與奔馳……」這是已故歌星張國榮《風再起時》的部分歌詞，陳少琪填詞，相濡覺得挺配合《卷一》表達的想法，還是好好的活下去吧！

《卷二：春雷無覓處》大有「親在子不隨風走，白頭豈為黑頭哀」之嘆！使我想起《詩經・小雅・蓼莪》：「父兮生我，母兮鞠我。撫我畜我，長我育我，顧我復我，出入腹我。欲報之德。昊天罔極！」意思是：父親生我，母親養我。他們護我愛我，養我育我，時刻照顧我，回家更懷抱我。父母的恩德大如天，難以為報。

骨髓瘤復發後的偉強，最擔心的，不是自身的病況，而是自己會比已經九十多歲的母親早逝，憂心自己不能侍親終老，對不起一直擔起頭家，撫養他幾兄弟姊妹成人的母親。然而，他的母親在二〇二一年年初走了！這樣反而令偉強少了一重憂慮，餘下的唯一牽念，便是他的妻子。

「樹欲靜而風不息，子欲養而親不在。」（語出漢代韓嬰的《韓詩外傳》卷九），從偉強的憂慮，可見為人子者，不單要趁父母在

生時，體養心養，更要愛惜自己，不能讓父母擔心自己身體，才是孝順。

《卷三：生命的嘆息》所感所悟的，是人終有一死，但當自己要面對死亡時，回首一生，很多人心底總不免因為還有些夢想未圓而帶點唏噓，但卻原來，這是錯的！一是追求完美的人，是跟自己和身邊的人過不去。仕途上久經憂患和無常的蘇軾，看透人生後便說「月有陰晴圓缺，此事古難全」（蘇軾〈水調歌頭‧明月幾時有〉），真是智者之言，如晨鐘暮鼓敲醒頑愚。

二是我聽參與創辦香港大學佛學研究中心的衍空法師說過：「人走時，千萬不要淨計自己有什麼夢未圓，要計圓了幾多個夢。」人生不在乎長短，在乎有沒有「活過」！記得魯迅說過，「死者倘不埋在活人的心中，那就真的死掉了。」電影《暴雨驕陽》（Dead Poets Society）也有一句類似的對白：「我不要等我死後才發現自己沒活過。」不過，在我眼中，偉強是一個鬥士，也是一個比很多人都活得精采的人。他逐一去圓了自己的夢，包括讀了兩個碩士學位，四處旅遊攝影，作詩寫文，侍親終老……等等。此生可謂無悔，真正「活過」了，夫復何言！

感悟到自己「活過」的人，自然可以看淡生死，只怕是生不如死！《卷四：詩意地棲居》要說的，不僅是看淡生死，而且要將日子過得詩意一點。人生苦短，我很喜歡俄羅斯一首小詩〈短〉：「一天很短／短得來不及擁抱清晨／就已經手握黃昏／一年很短／短得來不及細品初春殷紅寶綠／就要打點素裹秋霜／一生很短／短的來不及享用美好年華／就已經身處遲暮」。我自己也思考過人生的問題，寫過以下數句：「最後一站隨什麼呢／離不開悲欣交集／也許會拈花悟頓／風中徐走吧帶着微笑／只要仍有一支禿筆／容我寫下／歸去／落紅無數／送我風流／那麼隨什麼就什麼」。（按：「悲欣交集」是弘一大師臨終之言。）

《卷五：說不完的故事》。好好的活下去，自然有說不完的故事。大詩人洛夫寫了一首〈因為風的緣故〉：「昨日我沿着河岸／漫步到／蘆葦彎腰喝水的地方／順便請煙囪／在天空為我寫一封長長的信／……／然後以整生的愛／點燃一盞燈／我是火／隨時可能熄滅／因為風的緣故」。人，因風而起，因風而落，自然不過的事。真正「活過」，也留下不少歡聲嘆詠，會有人記得自己，已不枉此生了。

最後，如果用物理學的物質不滅定律去說生死，那就根本不會有所謂生和死，只有物質的轉化。要是一個人如火熄掉，能量轉化為一縷青煙，可以在藍天寫他未完的話。就算風吹散青煙，他不是變成風了嗎？那麼，在以後風起的日子，大家會想起可能是偉強擁抱他想念的人，還有他的衷訴：風起了，好好的活下去……！

文相濡
二〇二一年七月寫於雙魚齋

漆園夢

常言道，人生如夢。是的，不論長短，人生也只不過是一場春秋大夢而已。一如《三時繫念儀範》云：「生無住相，沉沉傾幻海之漚。死絕去緣，栩栩受漆園之夢。」但人們，總是陶醉於自己的夢中，只願這一場夢，一直延續下去。不過，對我來說，這個夢，也許已經夠長，甚至太長了！

一九九二年十月，我胃裡頭發現淋巴瘤，雖是末期，但治好了。然而，二○一七年十二月，我又確診了多發性骨髓瘤，當時花了一年多的時間，終於控制下來，但到了二○二○年八月，又復發了。不過，更糟的是，由八月開始的混合治療，雖然醫生一直聲稱壞細胞指數下降了，病情控制得很好，但到了二○二一年三月，當醫院為我抽取骨髓化驗，準備入院，在胸口植入中央導管，預備自體骨髓移植的時候，才發現那個標靶藥無效！移植也叫停了，並且需要轉用另一種同樣需要自費購買的標靶藥。換句話說，不但達不到治療效果，我也承受了種種不必要的副作用，也平白浪費了高昂的藥費！

問題是，另一種標靶藥首兩個月每星期一針，之後每月兩針；再之後，每月一針，理論上便直到「永遠」。現實是，如何負擔呢？更大的疑惑是，一旦用了二十、三十針之後，又再失去療效，那又怎麼辦呢？至於自體骨髓移植，由於用了多月的大劑量標靶藥，已肯定需要使用自費購買的特效藥，才能從我的體內抽取足夠，但不一定是有質素的幹細胞，以培養出「骨髓」，再重新注入我的體內。

不過，自體骨髓移植也只是希望可以延長存活期，而不是真正的治病。說到底，這個骨髓瘤是不能治癒的。

二〇二一年五月份的最後一天，我對醫生說，到了這個時候，是否移植，已沒有什麼意義了。當時醫生亦很坦白地說，移植可以延長的存活期，平均數是兩年。然而，整個移植過程，包括在胸口植入中央導管、極端化療、抽幹細胞、重新植入、跟進治療、復原復康，需要花一年至一年半甚至兩年的時間！這個真的划算嗎？倒不如好好地過好接下來的日子，一切聽由上天安排好了！

觀乎這次復發，比正常復發的預計時間早約一半，所以，即使完成了移植，其實也不容樂觀，更不應心存僥倖。再說，與其將我們有限的資源虛耗在無盡的醫藥開支上，倒不如將這些資源留下來。我雖「生不帶來」，但也得考慮我「走」了之後……！因此，完成了首兩月共八針之後，我便要求停止用藥。到了六月十五日覆診的時候，雖然醫生極力游說我繼續用藥，並承諾盡快安排移植，但我都拒絕了，而且還要求停用其他兩種治療性的藥物，包括類固醇。醫生最終無奈地同意了，而其他輔助性、預防性的藥物，也因此而一併停用，最後只留下鈣片一種口服藥。不過，奇妙的事情發生了。根據七月六日的驗血報告顯示，一切指數均比預期的好；血色素和體重均見回升。醫生看到這份報告，比我還要興奮，還說：「你當時（六月）的決定是對的！」雖然不知道這個好的勢頭能否持續下去，又或是能夠維持多久，但心裡頭已感恩無限！

七月中旬，我收拾心情，整理過去十年所寫的文章，發現不少文章均有提到剛於今年（二〇二一年）一月離世的母親，還有死去多年的亡父，以及一直在支持和照顧我的細君，玉琴！心裡頭禁不住升起縷縷愁思，無盡唏噓！而不少文章，也在有意無意間提到不

少前塵往事，雖然零碎，但總的來看，在當下與骨髓瘤同行並存的日子，畢竟亦有如步向人生的黃昏。因此，又起了結集成書，出版的念頭。

四季往復循環，但卻永遠是獨一的春夏，不同的秋冬。生命縱是周來復始，若旦夕之常，但人生只有一次。每一個人，都是一個故事；而每一個說故事的人，都有說不完的故事。即使真有來世，亦不會是同一個故事。

這一刻，又再想到蘇格拉底七十歲時，被雅典城邦的統治者，以「莫須有」的罪名判了死罪，要麼繳納贖金，要麼接受死刑。蘇格拉底拒絕繳納贖金，原因是繳納了罰款，並不代表控罪被撤消。相反，城邦的公民便會認定蘇格拉底有罪。蘇格拉底並不在乎他的性命，他在意的是公民生活和城邦生活。所以，蘇格拉底選擇了死亡，而當他在城邦的實踐生活被剝奪之後，並沒有痛苦和抱怨，而是一派安詳，甚至堪稱愉悅地生活。因為他期待着死後可以和聖人、詩人、智者、英雄們見面。

人生的謎題，大自然的玄機，誰能悉知？瞬間千紅萬紫，轉眼愁紅慘綠。滾滾紅塵，亦終必歸於塵土。死亡，真的用不着呼天嗆地。當生命的動力消失殆盡，何不讓生命隨煙雲般消散？死亡，壓根兒是自然不過的事情。只是人與自然的距離愈來愈遠，不論是生活的地方，還是生活的方式和心態，甚至死亡的過程，都不再自然。現代人自以為聰明，迷信科學，自以為在進步，甚至改造環境，卻不知道在所謂進步的背後，其實是在破壞環境，摧折生命。

宮崎駿的動畫《風起了》，描繪出大正至昭和前期，未受污染的日本，沒有一粒垃圾的田園，仍未混濁的天空，引領主人翁奔向理想，游走夢境與真實之間，最後卻只剩下唏噓。然而，宮崎駿一再告誡我們不要放棄，面對現實的殘酷，也要好好地活下去。

法國詩人保羅‧瓦樂希〈海濱墓園〉詩中的一句「Le vent se lève... il faut tenter de vivre」（風起了！⋯⋯總得試着活下去！）貫穿全片，是宮崎駿對觀眾坦率而直接的鼓勵。「風起了」代表什麼？是夢想，也是人生路上遇到的種種困阻。人生本來就是一場夢，夢醒了再入夢。而無論如何，風起了，也要好好活下去！

曾偉強
二〇二一年七月‧如是齋

卷一：確診之後

……去年（二〇一七年）冬至前三天，我確診患上多發性骨髓瘤，一種現時無法治癒，只能緩解、遏抑徵狀的惡性腫瘤。也就是說，壽終的沙漏跑到台前，狂言正式滴漏啦！之不過，淡然的回應是：漏盡了也許還可以倒過來，再漏一次或兩次、三次哩！……當那一天到來，就將我撒落海！隨浪隨風！虛而遨遊去也！

—— 〈確診之後〉

當那一天到來，就將我撒落海！

確診之後

「生年不滿百，常懷千歲憂。」長壽，人類一直夢寐以求。但卻原來，今天，無論科技、醫學如何進步，人的壽命，也不過百年而已！

今年（二〇一八年）二月，前最老男人瑞，西班牙的奧利韋拉（Francisco Nunez Olivera）以一百一十三歲高齡離世後，健力士世界紀錄大全便開始重新搜尋其「繼任人」。最終由日本北海道的野中正造，以一百一十二歲之齡，獲健力士認可為當今世上最老男人瑞。不過，野中正造也需要輪椅！

俗語說：「好死不如賴活着。」不過，正如《莊子·齊物論》云：「一受其成形，不亡以待盡。與物相刃相靡，其行盡如馳，而莫之能止，不亦悲乎！終身役役而不見其成功，苶然疲役而不知其所歸，可不哀邪！人謂之不死，奚益？」這一副臭皮囊，這一生的際遇，把人累垮了。幾經疲役、飽受勞役，還不曉得自己的下場，豈不悲哀嗎？賴活着！還有什麼意思呢？

不禁問，人類耗費資源，不斷追求長壽，甚至長生，豈非徒勞？事實是，人一生下來，便走向死亡。而這一段路，短者以天計算，長亦不過百載！相對於人類歷史，無涯宇宙，百載亦不過剎那光景！誠如《莊子·知北遊》所言：「人生天地之間，若白駒之過隙，忽然而已。」

話說孔子求教於老子，說：「今天先生有時間，能否請教先生什麼是道嗎？」老子說：「如要學道，先要齋戒，開通你的心靈，

洗滌你的精神。道，浩大無邊，不可具象。我即管為你講一些概略罷！」

老子接着說：「人生在天地之間，就好像『白駒過隙』（陽光掠過空隙），只不過一刹那而已。世上萬物蓬勃地生出來了，卻沒有不死去的。生生死死是正常的變化，是形體的轉化，精神的消散，返歸自然而已。一般人都喜生惡死，得道的人是生死齊一的。」

人們由於被喜生惡死的觀念所束縛，所以總是對於死亡感到悲傷、感到憂懼。其實，死亡只是形體的轉化，從有形變為無形的過程。明白到這個道理，對於死亡，便不悲不懼了。

去年冬至前三天，我確診患上多發性骨髓瘤，一種現時無法治癒，只能緩解、遏抑徵狀的惡性腫瘤。也就是說，壽終的沙漏跑到台前，狂言正式滴漏啦！之不過，淡然的回應是：漏盡了也許還可以倒過來，再漏一次或兩次、三次哩！

這一次，已不是第一次面對所謂的「絕症」。也因此，心裡頭可謂平明如鏡，波瀾不興。不論是三年，還是三個三年，都已不重要，亦不再憂心。雖未至於「安時而處順，哀樂不能入也！」但正如《莊子‧大宗師》所言：「夫大塊載我以形，勞我以生，佚我以老，息我以死。故善吾生者，乃所以善吾死也。」死生，畢竟，命也！誰又能說得準，死後到底是何模樣，是美是惡呢？

回想一九九二年十月。醫院證實我患上淋巴癌，也是晚期。我當時不知道自己的臉作何反應，但心中卻是半信半疑。當日整天都在盤算着應告訴家人什麼，應說什麼、不說什麼、如何說……。他們又會怎樣面對？只是，我亦未曾想過就這樣，兩手空空地前赴「忘川」！

人生本來就是一條不好走的不歸路，而路的盡頭，就是死亡。問題是，即使是在死之前的那一刻，我們有否好好地生？誰又能做到，如庫布勒・羅斯（Elisabeth Kübler-Ross）所言：誠摯圓滿地活，讓生命無悔！

　　只談珍惜生命，僅說對了一半。其實，人一生下來便走向死亡。《莊子・大宗師》云：「孰能以無為首，以生為脊，以死為尻；孰知死生存亡之一體者！」生命的終極意義，可以因人而異，但生命的價值，不僅在於數量，而是在於質量。實存也不等如生命的全部。

　　此間又再想起蘇軾的〈江城子〉：「十年生死兩茫茫，不思量，自難忘，千里孤墳無處話淒涼，縱使相逢應不識，塵滿面，鬢如霜。」左十年、右十年，不禁問，往後還有多少個十年、五年？

　　都不重要，人皆會死，問題是如何死、在何時及何地。無論醫術多高明、科技再先進、藥物更有效，也不能逆轉大自然的規律，無法擊倒死亡。但其實，生死本來就是一體，正如佛陀所說：「觀死而知生。」面對和正視生與死，更能讓我們積極地面對和認識生命。也能更好的為人生的終站作準備，不至於恐懼、徬徨、無助。

　　佛陀晚年經歷亡國之痛，獨子病逝、愛徒殉道，亦不禁流露出孤寂淒然的哀愁。然而，只要好好的感受每一刻的感受，苦愁孤殤悲也只不過是苦愁孤殤悲！不逃避、不修飾、不對抗，不再執着於任何一種感受，不再存有「我執」，生死一如，「忘川」亦可明淨如鏡，水波不興。

　　蘇軾〈老人行〉云：「秋風獵獵行雲飛，老人此意無人會，目注雲歸心自知。黃口小兒莫相笑，老人舊日曾年少。浪跡常如不繫舟，地角天涯知自跳。」不禁問，這身臭皮囊，不也是不繫之舟嗎？

當那一天到來，就將我撒落海！隨浪隨風！虛而遨遊去也！

刊於二〇一八年七月二十二日香港《大公報》文學版

這身臭皮囊，一如不繫之舟。

編按：野中正造於二〇一九年一月二十日，在家中去世，享壽一百一十三歲。

從威廉大婚想起

那是光輝的一霎，那是激動的時刻。這是現實的童話，也是童話的實現。一場皇室婚禮，三百年來首位「非藍血」的英國王妃，近二千名貴賓現場見證，數十萬國民夾道歡呼，近廿億人觀看全球直播，包括數以百萬的香港人。那一刻，的確有點懷念那個皇室徽號。

英國威廉王子與凱特的世紀婚禮，簡單之中益顯隆重，莊嚴之中流露歡欣，樸實之中展現豪華，愛樂之中略帶憂思。一對新人從婚紗的設計到配樂的挑選，以至一張空着的椅子，處處可見威廉對亡母戴安娜王妃的懷念和敬愛。畢竟，孩子永遠忘不了母親。

近年英國雖有廢除帝制的聲音，但觀乎大婚當日，民眾夾道歡呼，全球矚目，「帝」真的仍深受世人愛戴。也許，廢帝才是逆民之意、拂民之心。遠者不說，日本地震、海嘯和核災難之後，日皇與皇后便起着安定民心的作用。究其實，皇室的存在，實有其深層次的文化傳承和歷史意義。

有人說，日本自九十年代起進入迷失年代，但那不過是經濟上的迷失，日本人和日本國從未迷失。因為日人的精神支柱一直存在，那就是天皇。天皇者，受命於天之神人也，是人和天的橋梁，是民族生存以至繼往開來的象徵和紐帶。即使這次面對海嘯和核洩漏，日本人仍是滿懷信心充滿希望，也就是因為有天皇在。

相反，過去三十多年創造經濟奇蹟的中國大陸，卻是真真正正的迷失了。大陸的人民迷失了方向，經濟浮華不過是過眼雲煙，國

人失卻的是精神之所託，也找不到存在的意義，彷彿每一天都是個別的一天，而每個人都是獨立而毫不相干的個體，只有今天沒有昨天，更沒有明天。但事實是，沒有過去便沒有今天，而今天正正決定着明天，歷史是不會亦不能被忘記的。只有依從貫徹終始的精神支柱，方能面對歷史，才能跨越未來。

話說回來，威廉和凱特的婚禮，一切依從傳統，一絲不苟。就是接載皇室成員前往西敏寺大教堂的車隊，雖有先後，但一轍相循，車隊只留下一道軌痕。這是英國人獨有的能力嗎？是英國人獨有的傳統嗎？中國同樣可以，不僅是曾經可以，而且將來也可以，但前提是尋回中華人生之所寄，民族之所依。

今年（二〇一一年）是辛亥革命百周年，回想當年，國民不欲孫中山先生當大總統，而是希望他稱帝呀！沒有了皇帝的中國只有紛亂而沒有復興，直至毛澤東以君臨天下之氣派稱霸大陸，為國人帶來了新的希望，也成為了新的精神領袖。但七六年以後，大陸又再陷入另一次紛亂，但經濟起飛又為國人帶來另一種幻象，國人旋即墮入另一種迷亂，多年以後，毛澤東又被奉若神靈。今天，聞說大陸重再鼓吹孔學，冀重新打造國人的精神支柱，指導模態。究其實，中國數千年以降，精神支柱實離不了儒道，只是過去百年歷史跟中華人開了個大玩笑罷！

中華人數千年來根深蒂固地寄望於聖者明君的出現，正是「南登霸陵岸，回首望長安。悟彼下泉人，喟然傷心肝。」（魏晉·王粲〈七哀詩三首·其一〉）事實是，中國歷史就是一部戰爭史，從來都是成王敗寇，不獨明君鮮見，安定的時勢亦不多。但猶如孩子對母親，中華人對祖國，又豈無思念愛護之情？

個人需要精神寄託，甚或精神導師，國家民族同樣需要精神支柱，方能團結一致。這種精神支柱可以不同形式存在，或曰宗教、或曰信仰、或曰希望，不一而足。而皇室便是這種精神支柱的一種典型的呈現模態。以色列亡國千年而不滅，凝聚國族團結的便是復國的希望。敢問中華人的希望是什麼？

二〇一一年四月二十九日

真的是樹病了嗎？

再有兩株數十歲，並已列入《古樹名木冊》的細葉榕被政府砍掉。原因是這兩株生長於中環炮台里斜坡上的老樹，感染俗稱「樹癌」的褐根病，而且病入膏肓，當局返魂無術。

據悉，褐根病是一種活躍於熱帶和亞熱帶的樹木疾病，可以在短時間內，令樹木枯死。生病是一回事，但為何生病，又是另一回事，所謂預防勝於治療，有關部門為何總是在樹木生病以後，以無法治癒為由砍掉樹木？這一次更是連根拔起！

當局一而再、再而三地砍掉病樹、枯樹，但卻沒有解釋為何這些樹會生病？也沒有說明採取了什麼措施防止大樹染病！生老病死實屬自然，但為何數十年以至百多年也過去了，這些古樹卻在近年接連生病，連環枯萎？

偶讀柳宗元〈種樹郭橐駝傳〉，即響共鳴，不無感慨。作者把主人翁郭橐駝與其他人的種樹法比較，凸顯出郭橐駝的「順木之天以致其性」，所以「駝所種樹無不活，且碩茂早實以蕃。」其他種植者不得其要領，反其道而行，故此適得其反。

什麼是「順木之天以致其性」？郭橐駝曰：「凡植木之性，其本欲舒，其培欲平，其土欲故，其築欲密……其蒔也若子，其置也若棄，則其天者全，而其性得矣。」也就是說，要讓根在土中得以舒展，封土要高低均勻，而且需用原來的舊土，要像照顧孩子般細心，但栽好了便要讓它按自然的規律生長，好像拋棄了它而不顧那樣。

然而，文章精采之處，不在治樹之道，而是以治樹之道譬喻為治民之道。柳宗元透過植樹方法之不同，而以其他種植者譬喻為無能的官吏。治樹之道在於順其自然，從其天性。但無能的官吏則「好煩其令，若甚憐焉，而卒以禍……促爾耕，勖爾植，督爾穫，蚤繰而緒，蚤織而縷，字而幼孩，遂而雞豚。」這段美妙的文字的意思是，官僚喜歡頻施號令、緊密監察耕作、催促收割紡織、管教一眾孩子，以至繁殖牲畜等日常事務，均總攬在身，頤指氣使。這段話把官吏擾民的情況刻劃得細緻淋漓。今天的特區政府亦如出一轍。這樣做的結果便是「病且怠」。

　　敢問《古樹名木冊》內還有多少「病且怠」的古樹要被砍掉？所謂十年樹木，百年樹人，枯了一株古樹，失去的又豈只一株樹？而是一段段回憶和歷史。諷刺的是，樹木辦公室的宣傳片，還以「人樹共融」為宣傳口號，但那亦不過是口號而已，說說罷了！試問以管理的思維如何護養樹木？大自然不是人類可以管理的。

　　令人唏噓的是，當今政府治下，就是樹木也不好過，說到底是思維的問題。老子也曾指出「治大國如烹小鮮」，假若政府「好煩其令」，使民「不得暇」，又怎能讓民生安樂，社會焉得繁榮，怎會和諧？

　　香港從前的「大市場、小政府」已成明日黃花，倒轉過來的結果是自毀長城。「大政府」是看不到未來的。眼下「大有為」政府追求經濟發展，卻換來停滯不前。成功的管治不一定需要「有為」，而管理，加強管理的結果亦只會是「病且怠」。但敢問「病且怠」的到底是樹還是人？是一眾黎民還是高高在上的官員？

二〇一一年五月二十九日

人與樹是應該共融的。

推廣文化與思想改造

　　一切生活習慣、行為模式，都是個人與集體思維的具體表現，也就是一時一地的文化特色。文化是動態的，亦是可變可塑的，所以才有不同年代、不同地域的文化，如古代文化、近代文化、現代文化、後現代文化、黃河流域文化、尼羅河流域文化、印度河流域文化、中華文化、希臘文化、波斯文化、帝國主義文化、社會主義文化、資本主義文化等等。

　　如何為文化下個定義，確實煞費思量，但毋庸置疑的是，文化是人類在社會歷史實踐過程中所創造的物質和精神財富。舉凡一個國家或民族的歷史地理、風土人情、文學藝術、語言文字、傳統習俗、倫理觀念、生活方式、行為規範等，統而稱之為文化。

　　「文」，原指各色交錯的紋理。《易・繫辭下》曰：「物相雜，故曰文。」根據《說文解字》：「文，錯畫也。化，教行也。」《增韻》云：「凡以道業誨人謂之教。躬行於上，風動於下，謂之化。」《禮・樂記》亦有「化民成俗」之語。簡而言之，文化，也就是多元教化，如《禮・樂記》所言：「五色成文而不亂。」本身已含有兼收並蓄，熔冶一爐的意思。

　　自古以來，文化之重要，不下於金戈鐵馬。《說苑・指武》曰：「凡武之興，為不服也，文化不改，然後加誅。」前蜀杜光庭〈賀鶴鳴化枯樹再生表〉云：「修文化而服遐荒，耀武威而平九有。」文化通達，矛盾在人。不同的文化的衝突，由來自有。但更多的是文化的融合，例如金蒙清入主中原後，都融入了中華文化，而金蒙清自身的文化亦成為了中華文化的一部分。

不論中外，歷史上都有因文化衝突而引發的鬥爭，例如十字軍東征。但更可悲的是自身的文化鬥爭，例如文化大革命。文化就是生活習慣，思維模式，文革的目的，便是要推倒固有的文化，建立新的文化，也就是摧毀傳統的生活習慣，毀去一代人的思維方法，重新植入新的意識形態，徹底改變人民的行為習慣。

　　文化可以改變人的行為習性，但必須透過教化的過程，而這個過程可以是百載的錘鍊，亦可以短在須臾。例如目下的「低頭族」、「點指族」，都是智能文化的結果，短短數年，便已蔚然成風。事實是，文化就是生活，亦離不開生活。教育也就是把現有社會倫常，道德觀念自小便植入人的腦袋，本身亦是一種掌控思維建立的過程，從而掌握人的思想行為，進而控制人的生活模式。

　　文化的前提是人的存在，而任何人也必須經過社教化的過程。推廣文化，也就是改造社會。「化」有質變的意思，正如社會在發展，其實也在改變，而社會的改變，也使到人一同改變。不論是成人還是孩子，也在耳濡目染，隨着社會的改變而改變。例如從前沒有數碼相機，但對自己拍下的照片很有信心，數碼相機出現了，卻總是不放心，必須即時看看行不行。這就是行為思想在不知不覺間改變了。

　　社會不住的改變，問題是朝哪個方向改變，改變亦不一定代表向前，也可以是倒退，問題是社會的自然發展還是由政府主導。香港從來沒有一個明確的文化政策，這到底是幸還是不幸，沒有人說的準。但肯定的是，我們的文化政策如何，我們的社會便將如何。事實是，設立文化部門推行文化政策並不是新事物，澳門有文化局，台北、台中、台南都有，中國國務院轄下也有個文化部。龍應台說的好，文化部門不應為政治服務。只是不得不教人憂慮的是，文化政策向來也是控制思想的工具。

根據澳門文化局的網頁，其抱負是「立足澳門，心懷祖國，放眼世界，獻身文化建設，傳承、弘揚優秀文化。」其使命是「保護文化遺產，引領藝術審美，扶持民間社團，培育文化藝術人才，發展本土文化產業；以鮮明的澳門文化特色融入珠江三角洲的未來發展，擔當中西文化交流平台的重要角色。」而更重要的是，其信念是「從人文關懷出發，以文化鑄造城市的靈魂。」

　　好一句「以文化鑄造城市的靈魂」！實在難以想像一個沒有靈魂的城市是何模樣，是多麼的可怕。只是不知道香港的靈魂在哪？我們沒有保護文化遺產，沒有發展本土文化，抹去了鮮明的香港文化特色……。有的只是心懷祖國！

二〇一二年五月十七日

謝記結業的啟示

二〇一二年二月二十五日星期六，專程來到香港仔「山窿謝記魚蛋」，希望在它結業前光顧多一次。

那天，天陰有微雨，但人潮不斷，在店外輪候的人龍，沿着安暉大廈繞了一圈，龍尾在漁暉道盡頭。我們輪候了足足一小時三十分才得以進內坐下，而吃則只不過花了十來分鐘。值得嗎？這可不是價值的問題，而是價值觀的問題。

說實在的，即使一般凡人如在下，亦能吃出謝記的魚蛋魚片確實與別不同，可想而知，它實非浪得虛名。謝記的結業，代表一個時代的終結，一段感情的消失，亦代表着人類隨着時代的步伐向前走的同時，生活品質卻不斷走下坡的無奈。

香港仔曾是著名的漁港，亦見證了香港漁業的沒落。雖然「香港仔魚蛋」成為香港的名氣品牌，但屹立香港仔近七十年的「山窿謝記魚蛋」，卻宣布在二〇一二年三月底結業。

今天，「香港仔魚蛋」早已是機器製造，大量生產。但謝記卻堅持每天手打魚蛋、做魚皮雲吞，每天新鮮，腐皮卷更只限午市供應，即便是閒日，亦例必大排長龍，而店舖的營業時間，亦不過是每天早上十時至下午六時。如此執着於品質，才是真正的成功之道。

事實是，不少魚蛋粉店舖，亦有標榜手打魚蛋的。究其實，人手製造始終有其特色，每顆魚蛋亦不盡相同，而吃進口的，不僅是食物，也有其獨特性和摻入了師傅的感情。機器生產可以滿足大量的需求，但就是欠缺了這種獨特的個性和人氣。

第一次到謝記吃魚蛋粉，已是十八年前的事，那時候在黃竹坑上班，與同事一起前往，是慕名而去的。記得那次的印象一般，由於是午飯時間，人太擠，實在無法仔細品嚐，但仍吃得出它的魚蛋真的與別不同。

一般的魚蛋主要用牙帶魚製作，但謝記則用上至少三種魚打漿製成，而且去骨的工夫十分完美，亦一點也沒有魚腥味。聞說老闆每朝親自到魚市場選購鮮魚，如果挑不到好的魚，當天寧願休業，也不會用次等的魚。

謝記終於結業，這次不是敗於狂颮的租金，而是好魚難覓。本港漁業早已式微，加上環境污染，魚獲銳減，鮮魚難求，而上等魚肉近年亦因內地搶購而令價格飛升；加上手打魚蛋的技術後繼無人，製魚蛋師傅難以補充，第三代掌舵人亦年事漸高，故毅然決定光榮結業。

就連材料也無法穩定供應，而食品製作的手藝亦有失傳之虞，香港真是枉稱美食天堂。無奈的是，這是科技化，機械化的必然。值得反思的是，大自然的食物鏈環環相扣，大自然慷慨地供給人類以食物，但人類卻不懂回饋，予取予攜。機械化令食品的質量同一化的同時，亦令食品非人化，人類與食物不再相互聯繫，而是漸次遠離，甚至處於對立面。

西諺有云：「你是你所吃的。」假如人類吃進肚內的一點人氣也沒有，人類自身的氣味亦勢必消逝於無形。

到謝記吃一碗魚蛋粉，吃的何止是一碗魚蛋粉，還有十八年前的回憶，一段時光的思念，一些人和事。吃的就是一種味道，人情的味道。

刊於二〇一二年四月六日香港《星島日報》評論版

謝記的結業，代表一個時代的終結。

蟬，夏日的禮讚！

近日清晨時分，除了鳥鳴，還聽見蟬噪。幾次被這大自然的歌聲從睡夢中喚醒。倏地察覺到春季已然離開，而夏季正悄然降臨。

記得小時候，每年的夏季，都會給蟬吵得不亦樂乎。當年少不更事，不知就裡，頑皮的同學還會捕蟬嬉戲。雖然蟬聲吵耳，影響上課，但這大自然的樂章，卻又予人一種莫名的興奮，無比的樂趣。近年蟬聲已不再如從前般響亮了，也許是因為人類的活動壓縮了蟬的生存空間罷！當混凝土漸次替代泥土，綠化取代綠林⋯⋯！

從前以為蟬的生命是短促的，因為每當我們聽見蟬鳴之際，便是蟬的生命行將結束之時。事實是，羽化後的蟬，只有數周的生命。然而，蟬的生命不是瞬眼即逝的，而是長達五年至十七年不等。

蟬的一生，就是為了等待死亡。而在生存期間，絕大部分時間蟄伏在地下，經過多次的蟬蛻，最後羽化。羽化後的蟬開始鳴噪，進行交配，雄蟬交配後便會死亡，而雌蟬產卵後，生命亦隨即告終。蟬的存在只有一項任務，是大自然交給牠的使命，就是孕育下一代，讓這一物種永續留存。

由於蟬能發出恍如「知了，知了」的聲音，所以蟬又叫作「知了」。但其實，只有雄蟬會鳴，牠的腹部像蒙上了一層鼓膜的大鼓，鼓膜受到振動而發出聲音，由於鳴肌每秒能伸縮約一萬次，蓋板和鼓膜之間是空的，能起共鳴作用，所以其鳴聲特別響亮，時而激昂，時而低吟，活像一首抑揚頓挫的樂章。

雌蟬沒有腹鼓膜，所以是不能發聲的「啞巴」。雄蟬鳴唱不停，為的是吸引雌蟬前來交配。在交配受精後，雌蟬就用像劍一般的產

卵管，在樹枝上刺成一排小孔，把卵產在小孔裡。每個產卵孔有卵六至八粒，一條枝條上所布蟬卵，可以多達九十餘粒。幼蟲從卵孵化出來後，呆在樹枝上，等待秋風把牠吹到地面，甫落地，便立即在鬆軟的泥土往下鑽，鑽到樹根邊，吸食樹根液汁維生。

幼蟲在地底生活，少則三、五年，多則十七年，從幼蟲到成蟲要通過五次蛻皮，其中四次在地下進行，而最後一次，是鑽出土壤爬到樹上蛻去乾枯的淺黃色蟬殼，羽化成會飛的成蟲。蟬的一生，可以說絕大部分時間生活在黑暗世界，雖然壽命可以很長，但在陽光下生活的日子，則只有數周而已。

不得不提的是一種名為「十七年蟬」的周期蟬。牠原產於美國東部地區，是昆蟲界的壽星公，因為一般昆蟲只有約一年的壽命，而「十七年蟬」的若蟲，會在地下蟄伏十七年才破土而出，然後羽化。「十七年蟬」的這種奇特生活方式，目的是避免天敵的侵害，確保安全延續種群，因而演化出這種漫長而隱秘的生命周期。有趣的是，蟬的歲數必為質數，要麼是五年、七年，要麼是十三年、十七年。

由於蟬奇特的生命周期，在中國，牠象徵復活和永生。蟬的幼蟲形象始見於西元前二千年的商代青銅器，從周朝後期到漢代的葬禮中，人們總把一塊玉蟬放入死者口中，以求庇護和永生。在中國，蟬亦稱為「齊女」。《古今注》云：「齊王后忿死，屍變為蟬。登庭時嘒唳而鳴，王悔恨，故世名蟬曰齊女也。」宋代仇遠的〈齊天樂‧蟬〉便有「齊宮往事謾省，行人猶與說，當時齊女」之句。

古時候，人們以為蟬棲於高枝，餐風飲露，不食人間煙火，是高潔的象徵，所以古人常以蟬的高潔自況。清人沈德潛《唐詩別裁》曰：「咏蟬者每咏其聲，此獨尊其品格。」駱賓王〈在獄咏蟬〉便有「無人信高潔，誰為表予心」之嘆。李商隱〈蟬〉亦有「本以高

難飽，我亦舉家清」之語。虞世南的〈蟬〉也有「居高聲自遠，非是藉秋風」的名句傳世。他們都是用蟬喻指高潔的人格。

從前，人們相信蟬以露水為生，但究其實，每當蟬在樹枝上引吭高歌的時候，牠同時用尖細的口器刺入樹皮，吮吸樹汁。流出來的樹汁又吸引各種飢渴的昆蟲，如螞蟻、蒼蠅、甲蟲等前來飲用，這時蟬又飛到另一顆樹上，另開「泉眼」。蟬一天到晚地吮吸樹液，攝取大量營養和水分，延長自身的生命。因此，如果一棵樹上被蟬鑽出十多個洞，樹便可能因樹汁流盡而枯亡。大自然奇妙之處是，各物種的生死相互依存，亦相生相剋。

蟬的排泄亦與其他昆蟲不一樣，牠的糞液貯存在直腸囊裡，緊急時隨時都能把屎尿排出。例如當受到攻擊時，便急促地把體內的廢液排到體外，除了用來抵禦敵人，也可以減輕體重，以便起飛逃走。

弔詭的是，蟬可說是見不得天的昆蟲，一旦暴露在白日之下，便是就木之時。雖然壽命很長，但幾乎一生都在黑暗的地下度過，這是生命的遺憾，還是生命本來如是？蟬在泥土裡寂然無聲，不見天日，卻清楚知道哪一天要破土而出，飛上枝頭，完成任務，安然歸天。

蟬以歌聲向生命致敬，是生命的頌歌，詠嘆生命的力量，告訴生活於日光之下的人類，生命在乎的，是上天賦予的活力。從樹上掉進泥土，再從泥土回到樹上，展開夏日的禮讚，完成一期的生命。在星空下，在月色中，在陽光裡，蟬肆無忌憚地歌唱，那磅礡的氣勢，連綿的歌聲，教生命的舞台永不落幕。

二〇一二年五月二十七日

熱狗巴士

「懷念着您，想起舊事，從前日子，多少恩義，誰料到今天再難相見⋯⋯能令我天天癡癡懷念你。」突然想起這首許冠英的舊歌。也許真的只有永遠失去，才會永遠的思念。心底裡段段回憶，腦海中種種影像，埋藏已久，今天倏忽浮現，有如泉湧。

隨着最後一班車開出，俗稱「熱狗」的非空調巴士，正式駛進歷史的廣場，絕塵而去，卻留下了不可磨滅的痕跡。然而，教人懷念的豈只一輛普通巴士，還有在車廂內度過的年與月，日與夜。

小時候，還沒有空調巴士之前，由於身高的關係，記得有一段免費乘巴士的日子。那段日子雖然短暫，卻又是記憶猶新。也許就在那個時候，愛上了巴士，每次外出要乘坐巴士，都有一股莫名的興奮和期待。後來開始買票乘車，當年還一度收集起一疊又一疊的車票。

後來取消了售票員，設立了自助付費機，便經常盤算着身上的硬幣多少，因為機器是不設找贖的。可惜的是，當年所收藏的車票，因為搬遷而遺失了，要不然，現在必定相當珍貴。年輕時乘巴士，除了必定坐上層，還最愛打開巴士的車窗，享受迎面而來的清風，一個字：「爽！」空調巴士就是欠缺了這種自然的快意。

中學時代，有些年，都會乘巴士回家吃午飯，然後又乘巴士趕回校上課。由於學校與巴士站有一段距離，每次都以急促的腳步趕往巴士站。有些時候，看見巴士正在駛來，便立即起步跑，有如百米衝刺。或許是因為這般訓練，曾經在陸運會贏得一面四乘一百米接力賽銅牌。

有一回，同樣是在追巴士，但一個不小心，摔倒了。除了弄破了褲子，膝蓋還流了許多血。幸而最終還是登上了巴士，但車上所有的目光都集中在我身上，那種感覺實在尷尬得無以復加。那一次意外，教我畢生難忘。

從前上課上班都離不開巴士，而漫無目的地出外「殺」時間，也選乘巴士，因為車程長。假如仔細計算一下，當年在「熱狗」上度過的時間真的不少，而在車上的時候，除了看窗外光景，也最愛天馬行空，胡思亂想。隨着車輪的前進，奔向不測的未來。

有一段時間，差不多約一年的時間，每天午飯過後，便乘「熱狗」往佐敦，然後逛一、兩個小時，通常是在快餐店看書或胡亂寫點東西，之後又乘坐同一路線的巴士，返回葵涌的家，回到家裡剛好是晚飯時間。那是一段賦閒的日子，真正失業時，真正的朋友不多，「熱狗」算一個。

在「熱狗」上流浪的日子還不只這些，那個年頭，也有在外流連忘返或不欲回家的時候。有一次，已想不起所為何事，已是深宵時分，獨個兒從大埔乘巴士回大角咀，本來打算中途轉車回家，但因為實在太累，在車上睡着了。當我睜開眼睛的時候，赫然發現車廂漆黑一片，只剩下我一個人。而巴士已安靜地停在總站，四處空無一人。

當年沒有手機，求救無從。我從上層走到下層，來回踱步了好一會，突然靈機一觸，走到司機的座位前，找那個開門的按鈕，自己放自己下車。當時拖着疲憊的身軀，卻又不知哪裡來的傻勁，在月光引路下，從大角咀徒步回家。深夜的寧靜，街上的寂然，卻又是一番感受，一次難忘的經歷。

人生亦是如此，常有被困或自困的時候，當身邊看似無人相助之際，最佳的助力其實就是自己。黑夜終會過去，但又有誰能領會和欣賞黑夜之美？

及後為了趕上生活的節奏，加上始終接受不了空調巴士的侷促不安，主要的交通工具已由巴士改為地鐵。現實的無奈是空調巴士愈來愈普及，而「熱狗」卻愈來愈少。每次在街上看見「熱狗」經過的時候，都會遙相凝視，佇立良久。那份失落，實不足為外人道。

上世紀三十年代，九龍巴士創立之初，所有巴士都是單層的普通巴士，一九四九年後大批大陸人湧入香港，令人口激增，九巴便引進雙層巴士。而「熱狗」之名亦不脛而走。因為雙層巴士外形有上下兩道紅邊，車體黃色，活像吃的熱狗。當然，在高溫天氣下，車上乘客當然也只有一個「熱」字描之。換句話說，「熱狗」真的陪伴香港人走過了從貧到富的七十多年。

記憶所及，空調巴士應在八十年代末引進香港的，但一直為人詬病，不獨車費高、車廂冷，而且不環保。事實是，空調巴士是導致空氣質素驟降的元兇之一。至今仍有不少人不習慣「冷氣巴」，不是把風口關掉，便是披上外套，更有人聲稱會感到暈眩。究其實，關在密閉的空間並不符合人類的自然本性。

在沒有空調巴士之前，「熱狗」縱橫港九新界，雙層的，單層的，即使後來有了空調巴士，仍偏愛「熱狗」，因為這輛普通巴士，代表着我們成長的歲月，和不少難忘的回憶，當中的真情實感，有血有淚，有喜亦有悲。歷史無情的向前走，「熱狗」卻留下永不褪色的印記。

刊於二〇一二年六月十七日香港《大公報》文學版

殤紅棉

每年的這個時候，都是拍攝紅棉的最佳季節。但近年卻出現教人傷感的現象，有居民向區議員投訴因木棉引致敏感，因而罔顧自然現象，派人辣手「摧花」。

「紅棉盛放，天氣暖洋洋，英姿勃發堪景仰。」有英雄樹之稱的紅棉，是木棉的別稱，以花紅而得名，花開時節，亦會飄散如棉花的細絮。本身屬落葉喬木，因樹形高大，雄壯魁梧，故又名英雄樹。花紅如血，碩大如杯，盛開時葉片幾乎落盡，遠觀活像一團在枝頭燃燒的火苗，極為壯觀。

紅棉子隨風飄揚的景象，是多麼的浪漫，多麼的惹人遐想。可是，城市人卻不僅不懂得欣賞，還與之為敵，近年投訴棉絮引致敏感或觸發哮喘的個案與年俱增，而更可悲的是，事件屢被政客借題發揮，成為爭取選票的手段，非理性、反自然地將花摧殘。

敢問千百年來，紅棉年年開花，棉絮歲歲飄落，為何近年才出現如此這般的問題？一句話，現代人不獨不懂欣賞大自然，而且與自然為敵。可哀的是，大自然可以沒有人類，但人類的存活必須依賴大自然。自命萬物之靈的人類，真是愚不可及！

木棉絮真的引發敏感嗎？在下不得而知，但現代人的毛病來自城市，和不健康的生活模態，絕對不是來自大自然。病因不是棉絮，而是存在於人類體內的心魔。

從前，人類活在大自然的懷抱，順天應時，基本的生存條件取決於四季更迭。今天，政府或個別區議員因應一些毫無常識的投

木棉花紅如血，碩大如杯，盛開時極為壯觀。

訴，在木棉樹花開結果，棉絮飛舞的短短數星期，盲目地違反自然定律，掃蕩木棉花。

例如，粉嶺祥華邨管業處便貼出「打木棉花」的通告，表示（二〇一二年）四月十六日派員「摧花」。但有愛紅棉居民認為花開花落，理應順應自然，不應因區議員「施壓」而辣手摧花，隨即發起「救救木棉花」運動。事實是，不少居民，均對那些在紅棉間飛躍的小鳥愛不惜手，拍個不停。

又如去年上水康麗花園九十四株木棉樹，不幸地成為政治犧牲品，以居民投訴棉絮引起哮喘為由，迫令康文署派人剪除花果，並

展示橫額邀功，指成功爭取清除木棉花，結果被網民和街坊怒斥他們辣手摧花。

大自然對人類的眷顧無微不至，只是人類不僅不懂回饋，反而要摧而毀之，將自身摒除於大自然之外，全然忘卻人類本是大自然的一員。事實是，木棉速生，材質輕軟，可供蒸籠、包裝箱之用，花、樹皮、根皮，均可入藥，有祛濕之效。至於棉絮，由於華南不產棉花，所以當地居民都會在這個時節收集棉絮，用以代替棉花，作為棉襖的填充料或織成吉布。

現代化、城市化、科技化帶來的惡果，是人類自作的業，卻遷怒大自然的種種。假如世上真有輪迴，我們的下一代也就是我們這一代，人類今天種下的惡因，他朝亦必自嚐惡果。

香港開埠百年，均與木棉一道，木棉展現大自然四季分明的韻律，特別是大地回春，全城吐豔，為人類帶來朝氣活力，象徵生意盎然。屹立百年，象徵正直上進、傲骨不阿的英雄花，被視之為毒物，年年喊打，怎不教人擲筆長嘆！

二〇一二年四月十二日

鴨子的笑聲

一隻黃色巨鴨，二○○七年從荷蘭阿姆斯特丹出發，展開環「游」世界之旅。這一站，香港。但誰又會記起，這隻巨型橡皮鴨的雛型，是原產於香港的。也許，就是這點「血緣」關係，逗得港人樂呵呵，甚至可以全城瘋狂來形容。

黃色象徵大地，大地是中華人的歸宿。對於黃土地，中華人有一個解不開的情意結，一種說不出的依戀，就像回歸母親的懷抱。

橡皮鴨勾起港人心底深處遺忘已久的印記。對童年的記憶，對未來的希冀，對生命的渴望。曾經，我們和鴨子是那麼切近。曾經，母親與我們是那麼親密。這隻尋常百姓的兒童玩物，伴着多少人成長，見證多少母與子的故事。

一隻陌生卻又熟悉的扁嘴鴨，勾起多少人快樂的回憶。那些封塵的錄像，潛藏的笑聲，可能是我們一生中最快樂的時刻。鴨子在扁嘴，但卻解開了不知多少個緊鎖的眉頭，為這個不尋常地清涼的五月，平添一絲暖意。為今年的母親節，送上一份額外的溫馨。

屬於母親的五月，也是屬於孩子的五月。巨鴨浮維港，重尋失落的笑聲，教多少張笑臉擠滿整個尖沙咀海傍，教網路上塞滿黃色的聲影。鴨子雖默然，笑聲卻不斷。

黃色巨鴨出自荷蘭藝術家霍夫曼之手，設計靈感源自兒童洗澡時的玩偶橡皮鴨。黃色橡皮巨鴨承載着愛與和平的信息，已先後游走十個國家十二個城市，包括荷蘭阿姆斯特丹、日本大阪、巴西聖保羅和澳洲悉尼等。繼香港之後，巨鴨會到美國、中東等地，繼續傳送愛與和平的信息。

愛有多少種，一言難蔽之。而沖涼鴨的愛，想是最純潔無瑕的愛。是母親對兒子的愛，是孩子對母親之愛，是無私的愛，是世上最為彌足珍貴的愛。爛漫天真的孩子，全是母親眼中的小天使。母親溫柔親暱的雙手，是孩子心中的庇所。

為孩子洗澡的場景，無論是現今的浴缸，還是昔日的膠盆，同樣洋溢着溫暖的空氣。那種感覺，是最原始的本能，是最真切的情感，一直潛藏在內心，留在歲月的寶盒。

這一個五月，鴨子的笑聲響徹維港。

二〇一三年五月十日

巨鴨浮維港，教笑臉擠滿整個尖沙咀海傍。

橡皮鴨的人文基因

　　全世界第二大，特別為香港而設計，而且是香港製造，六層樓高的巨型黃色橡皮鴨，整個五月停泊在海運碼頭，供人欣賞之餘，亦掀起全城鴨熱。香港人對這隻巨鴨如此着迷，這到底反映什麼？

　　由荷蘭藝術家霍夫曼創作的黃色巨鴨，自二〇〇七年起開展「橡皮鴨游世界」之旅，傳達愛與和平的信息，但究其實，這隻巨鴨的原型，卻來自香港。也許，就是這點「血緣」關係，同氣連枝，教港人為之着迷。

　　巨鴨的設計構思源自沖涼鴨，而沖涼鴨則早於一九四七年由香港原創生產。當年的「膠鴨仔」同樣是黃色，同樣擁有胖嘟嘟的身子，但嘴巴卻是張開的，而且一組四隻，以金屬扣串連起來，兩旁有輪子，使其「會行會走」。最前方較大的是母鴨，後面跟着三隻小鴨，代表母與子的親密關係，滲出一絲情味。

　　不知是刻意的安排還是巧合，巨鴨的展期正好橫跨母親節，勾起了多少人兒時回憶之餘，亦有意無意地將潛藏內心的母與子的親情釋放出來。從前，母親都會為孩子洗澡，那份溫馨的愉悅，可能留在我們潛意識內，是一生中最快樂的回憶，只是閒時沒有察覺而已。

　　然而，現今母親為孩子洗澡的機會少了，因為有家傭代勞。而巨鴨的出現，正好提醒我們母與子的關係，無論如何是無可替代的。透過孩提時候種種父母與孩子的交流，包括為孩子洗沐的時刻，將這份天地間最純潔偉大的愛，植根於我們的心底深處。

巨鴨之香港「游」引起的回響,可謂超乎想像。教人反思的是,創意為何?創意不是天馬行空,而是建基於生活,扎根於心靈。一個簡單的設計,可以呼喚人們內心深處的共鳴。鴨子做到了。

　　諷刺的是,當我們的政府在高呼鼓勵創意之際,其實最沒創意的就是我們的政府。官僚作風本來就容不下半點創意,因為官僚架構將人異化了。同樣可惜的是,現今的社會在標榜創意,升級轉型的同時,卻又功利得可以,與人文精神愈走愈遠。

　　另一方面,創意愈趨個人化,是個人的吶喊,而不是眾人的吶喊。這裡所說的個人化,是指作品往往成為創作者個人的構件,難以與受眾直接溝通,遑論引發共鳴。因為不少創作都欠缺了一份人文感情。

　　創意不用標奇立異,而作品更不是屬於作者個人的,而是屬於廣大受眾的,故此,創意必須能夠與群眾溝通,奠基於亦能觸及人類心中的真情實感。試想一九四七年的作品,流傳至今,自有其道理。變化不失根性,演繹不離本質。當科技回歸人性化的時候,也許亦是我們反思在追求創意,在鑽牛角尖的同時,我們到底欠缺了什麼?那隻扁嘴鴨可能知道。

刊於二〇一三年五月十七日香港《星島日報》評論版

悼曼德拉

那一夜，變得很漫長。一顆巨星殞落，時間彷彿停頓，整個南非鴉雀無聲，一片沉寂。那個晚上，彩虹之國失去了她最偉大的兒子，而南非的人民則失去了父親。全球哀悼曼德拉，縱使大家都預期了這一天的到來，但當這一天真的降臨，卻依然悲痛，不欲相信。

南非總統祖馬在當地時間（二〇一三年）十二月五日晚上宣布，這位諾貝爾和平獎得主，南非的精神領袖，當晚在家中，在親友的陪伴下安詳離世，享年九十五歲。消息傳出後，數以百計的群眾聚集曼德拉的寓所，附近街道擠得水泄不通。有人失聲痛哭，但在哀傷的氛圍中，有人盆鼓而歌，為曼德拉一生的成就劃上完美的休止符。

一個熟悉的名字，一位陌生的老人。曾經因為反抗種族隔離政策而被囚二十七年，於一九九〇年獲釋時，已是古稀老叟，人生的黃金歲月就在黑獄中度過，但沒有消磨半點意志，卻堅實了爭取平等自由的決心，被譽為二十世紀最偉大人權鬥士。誠如美國首位黑人總統奧巴馬所言，他不僅是當代的偉人，也是歷史的偉人。曼德拉不僅是偉大的歷史，而且創造出偉大的歷史。

多少政治家、反抗運動領袖、諾貝爾獎得主和良心犯的離世，均沒有如曼德拉那樣引起全球哀悼與依依不捨。曼德拉率領南非人民，通過非暴力方式，推倒人類歷史上最黑暗的種族隔離的高牆，更在成功之後放下仇恨，以恕與愛，帶領南非走上種族和解的道路，實現了真正的和諧與公義，為人人平等的理想樹立楷模。

曼德拉曾經說過：「生命的意義不在於我們曾活着這麼簡單，而在於我們是否為其他人的生命帶來變化。」他做到了，而且影響的不僅是南非的人民，也影響了世人。放眼當下，多少通往平等自由之路，依然顯得那麼遙遠而崎嶇。不平，依然是現世的寫照。

一九一八年生於特蘭斯凱一個部落王族家庭，曼德拉童年時已不滿族人飽受白人政府的壓迫。長大後受印度聖雄甘地啟發，加入非洲人國民大會，主張以非暴力方式對抗種族隔離政策。諷刺的是，他一度被英美等國列為恐怖分子。南非白人政府一九六四以「企圖以暴力推翻政府」罪名判他終身監禁，直至一九九〇年重獲自由，一九九三年獲諾貝爾和平獎。翌年當選南非首位黑人總統，登上權力高峰，但他沒有戀棧權位，當了一任總統便退下火線，不過，人民沒有就此忘記他，接下來的日子，他都是南非的精神領袖，道德楷模。

對於曼德拉的離世，英國首相卡梅倫說是「世上一盞偉大的明燈熄滅了。」而另一位諾貝爾和平獎得主昂山素姬則說：「他讓大家明白我們可以改變世界。」不禁問，世界上還有多少黑暗角落，需要我們去照亮。在世界上還有多少不平，需要我們去改變。人們期待着更美好的明天，期待着曼德拉的精神燃亮切近的遠方。

二〇一三年十二月七日

哀哉鎚頭鯊

　　本是海上霸王，無奈遇上人類，結果成為瀕危物種。鎚頭鯊，曾經縱橫四海，自由自在，是真正的海洋奇觀。如今，由於人類濫捕，正在消失。這不獨是一個物種的消失，而是一整條生物鏈受到破壞，大自然的失衡。而大自然失去平衡，人類又豈能獨善其身？但可悲亦無奈的是，造成大自然失衡的罪魁，正是人類。

　　鎚頭鯊又名雙髻鯊，以其頭部的形狀而得名。鎚頭鯊的頭部有左右兩個突起，各有一隻眼睛和一個鼻孔，可以通過來回搖擺腦袋，看到三百六十度範圍內的東西。鎚頭鯊分布在熱帶及較暖的溫帶沿岸水域。由於牠們習慣群游，故常被漁民大量捕捉，滿足人類對魚翅的需求，近年數量銳減，生存狀況岌岌可危，被列為瀕危物種。以太平洋美洲海岸的科迪斯海為例，每年便有數千條鎚頭鯊遭到捕殺，那裡曾經是世界上觀察鎚頭鯊的最佳地點之一，但現在卻鮮有鎚頭鯊的影蹤。

　　香港海洋公園二〇一〇年從日本引入十五條鎚頭鯊，一條在遷進後不久便已死去，而今年（二〇一三年）十一月三日，在半天之內死了六條鎚頭鯊，全屬雌性，死因不明。死去的六條鎚頭鯊只有十至十二歲，而一般野生鎚頭鯊壽命卻可長達二十至三十年。這是繼九月極瀕危海洋物種小玳瑁死亡後，海洋公園向外公布的另一宗生物死亡事故。但究其實，海洋公園的死亡事件罄竹難書。

　　公園二〇〇二年購入的四條鎚頭鯊，早在二〇〇六年之前便相繼死亡；二〇〇五年園內一條八十歲龍躉歸天，今年一條護士鯊死去，公園均沒有公布。二〇一〇年，一條珍貴的五歲雌性海豚，因膽管炎引致器官衰竭而死亡。同年十一月，四百條從日本引入的珊

瑚魚因感染白點病而去世。

二〇〇八年，中央政府贈送五條有「水中大熊貓」之稱的中華鱘予香港，交由海洋公園照料，但其中一條到港不足三日便遭海狼噬殺，公園才醒覺到要分隔中華鱘與海狼。中央政府其後再送五條中華鱘給香港，但再有兩條中華鱘先後死去，死因不詳。

而二〇一〇年與十五條錘頭鯊同期從日本引入的八十條被列作瀕危物種的藍鰭吞拿魚，亦於兩個月前全數歸天，但公園一直沒有公布。野外藍鰭吞拿魚平均有十至十五歲，而八十條藍鰭吞拿魚在引入時不足一歲。

事實是，吞拿魚屬大型回游魚類，不能亦不應困在魚缸飼養。而錘頭鯊亦需要廣闊的空間自由生活，在水族館飼養，實有違牠們的天性。這次同一時間死了六條錘頭鯊，令人想起較早時海洋公園有海豚懷疑自殘的事件。

動物也有思想，而愛自由是所有動物的天性，畢竟，動物是屬於大自然的。說到底，把不同種類而且數量龐大的魚放在一個大型水族館飼養，是不人道的自私行為。不禁問，把野生動物移至人工環境生活，既違反其天性，亦無助於保育，這到底反映什麼？是人類可凌駕其他動物的潛台詞！

人類自稱萬物之靈，早已有了凌駕萬物的意識。現代人崇拜科學，輕視自然，自以為可以改地變天，操控萬物，誰知，大自然實不需要人類，但人類卻不能不依賴大自然。說到底，人類行為不獨令大自然逐漸失衡，也在引火自焚。面對大自然憤怒的咆吼，天搖地動，洪澇旱災，人類便如螞蟻般渺小。而為了口腹之慾、耳目之娛，蔑視野生動物自身的生存方式和權利，人類終必自取滅亡。

刊於二〇一三年十一月十六日香港《星島日報》評論版

平常心看禽流感

從前，死了的禽畜仍然有價，便宜一點便可以賣出去，給人食用。今天，卻因為一隻沒有發病卻帶有病毒的雞而屠殺兩萬隻健康的活禽。這是社會的進步，還是人類的無知？只是在地球的另一邊，仍有數以千萬計的人在挨餓。是誰在作業，是香港人的共業！殺戮徒增怨氣，而怨氣如此之大，社會焉得祥和。

一隻來自佛山順德的供港活雞被驗出帶有 H7 病毒，結果是一日之內撲殺兩萬隻包括本地雞隻在內的活禽。雖說市場出售的活雞最終也會被人宰吃，但雞隻的無辜而毫無價值地被殺，卻益顯人類的自私。

生命是平等的，人類卻自以為優於萬物，以萬物之靈自居。果如是，則人類更應負起照顧萬物的責任。但事實是，人類不獨無視大自然的規律，更漠視其他動物的福祉。因為大自然存在病毒，而濫殺生靈。

生滅是生命的本質，動物依賴其他生命以維持自身的生命。所謂的病毒細菌，亦是自然而然地存在於大自然當中，在水中，在土中，也在空氣中，所有生命都是存在於滿布細菌病毒的環境。人體本身不是都帶有危害其他生命的病毒細菌嗎？人類壓根兒無法亦不可能活在零風險的環境。自然界生物相互依存，人類亦不可能獨善其身，更不可能與自然界隔絕，而是應與其他生物以至病菌和諧並存。

今天因為有禽流感而殺雞，明天也會因為其他病毒而殺滅別的生物，無止盡的殺戮，只是在不斷的作業，最終必會自取滅亡。人

類愈是自我隔離於大自然之外，自身的生存能力亦愈加脆弱。而究其實，病毒的變異，均是人類干擾的結果，濫用抗生素，無止境的疫苗開發，結果是導致新的病毒不斷湧現，人類面對的健康風險亦隨之上升。

可笑的是，有人提出不吃活雞。但事實是，假如因為有禽流感而不吃活雞這一邏輯成立的話，最終全人類必得茹素，甚至不得進食，因為即便茹素，也不能保證食品的安全。當然，茹素是好事，但政府可以立例強制茹素嗎？吃不吃葷用不着政府來管。

在市場充斥着垃圾食品的今天，在在教人反思什麼是食物？所謂「朱門酒肉臭，路有凍死骨」。在科技先進，社會富足的今天，食品工場大量生產，扭曲了食物的本質。但諷刺的是，在地球的這邊，有人豪奢地吃着垃圾食物，而在地球的另一邊廂，仍有數以萬計的人在挨餓。兩萬隻活家禽，可以填飽多少張肚皮？

事實是，因交通意外而身亡的人不在少數，我們是否因此而禁絕汽車？因人類流感不治的人數也在上升，美國日本均出現 H1N1 流感疫情，但我們不會想到以極端手段應對。面對禽流感，理應以平常心視之，毋須焦慮，更不用恐慌。撲殺活禽並不是應對病毒存在的良方。

食物鏈環環相扣，生物相互依存，人類不尊重其他生物，不懂得與大自然共生，盲目相信科技，最終是走向繁榮進步，還是步向滅亡？

二〇一四年一月二十九日

看「豐子愷的藝術」有感

　　藝術，不一定高深難明，看豐子愷的漫畫，言簡意賅，一目了然，寓意深長，歷久彌新。真正的藝術，就是能夠觸動人心，引發共鳴。

　　豐子愷可以說是中國漫畫的第一人。他一九二四年首次在文藝刊物《我們的七月》發表畫作〈人散後，一鈎新月天如水〉，並將隨後陸續發表的畫作稱之為「漫畫」，自此中國才正式開始有「漫畫」這一名詞。

　　現代中國出現了不少藝術家，豐子愷是其中之一。他師承堪稱天才的弘一大師，不僅學會了大師的藝術，也學會了大師的慈悲。對天地萬物，生起愛護之心，而養護萬物，最終就是護養我們自己的心，一顆悲憫之心。

　　豐子愷以悲憫之心觀照天地萬物，因萬物皆有生命，亦有感情。在〈有情世界〉中，豐子愷畫出書桌上各物件的表情，其中壺瓶扇子、書花筆墨，表情安詳，唯獨日曆發愁，似在慨嘆日月之飛馳，而時鐘則有慍怒之色，不知所為何事？也許在責備人類虛度時光罷！看〈努力惜春華〉，真有少壯不努力之嘆，亦只有努力灌溉，才能讓盆中植物茁壯成長。人，不也是一樣？

　　看「有情世界──豐子愷的藝術」展覽，令人頓覺祥和，愧恥之心油然生起，亦同時敬佩豐先生憐憫天地和充滿童真的心。愧者，自身學人講環保，卻不及豐先生洞見的萬分之一；恥者，童心不知何處，只有面具示人。〈晨出〉的父親，在家是一副威嚴相，但上班便得戴上笑臉面具，天真的孩子不知就裡，還在笑嬉嬉地送

父親出門。人長大了，面對外界的人和事，不得不裝備起來，掩飾自己的脆弱愚昧，裝出不同的模樣，以迎合不同的場景。長期掩蓋自我，終究迷失自我。

放眼當下，不知是社會改變了人類，還是人類改變了社會，又或是人類本來如此，長大了，便失去童心，亦失去悲心。然而，時代雖然不同了，但仍然面對同樣的問題，例如環保和教育。

人與自然的距離愈來愈遠，不論是生活的地方，還是生活的方式和心態，都不再自然。現代人自以為聰明，自以為在進步，改造了環境，卻不知道在所謂進步的背後，其實是在破壞環境。現代的建築不再與環境相友善，不再順應自然，不講求地利天時，通風採光，只有空調和人工照明。不論是住宅還是商廈，都是密閉的空間。在這樣的環境下，人又如何敞開心靈的維度？展品中有一幅名為〈豁然開朗〉的作品，正是好山好水好自然。人畢竟是離不開大自然的。

真正的環保，得從生活做起，從心態出發。從前物資缺乏，反而懂得節儉，懂得珍惜，現在物資豐富，反而造成浪費，不懂得物盡其用。豐子愷一幅名為〈代代相傳〉的作品，題字「新阿大，舊阿二，破阿三，補阿四」，足以教人反思，相信亦會引發不少共鳴，勾起不少回憶。

從前生活條件不太好，一件衣服，年長的會留給年幼的，即使破了舊了，都不打緊，因為母親的巧手會修補。從前有所謂「百衲衣」，正是一般尋常百姓家中，經過多次補丁的衣服。今天，孩子不愁穿的和吃的，亦不會珍惜，環保的意念又從何談起？

豐子愷除了是藝術家，也是教育家。他一九二一年曾東渡日本，學習繪畫、音樂和外語。翌年回國，在浙江上虞春暉中學教授繪畫和音樂，與朱自清、夏丏尊、朱光潛等結為好友。一九二四年，

他與友人創辦立達學園，其後歷任上海大學、復旦大學、浙江大學美術教授。抗戰期間，輾轉於西南各地，繼續在一些大專院校執教。他對當時的教育制度可謂有切膚之痛，作品中亦有不少是批判教育制度的。正是愛之深，責之切也！

看到他的〈某種教育〉，怎不教人慨嘆不已？那正正是主流教育，一直至今亦如是，還是在「倒模」！其他不少批判教育的作品，例如〈高分數的壓力〉、〈功利的鑽研〉，從今天的角度看，依然是現實的寫照。

豐子愷最為人熟知的是他的《護生畫集》。豐子愷對弘一大師的一個承諾，成就了五集《護生畫集》，弘揚大師的慈悲。豐子愷如是說：「護生者，護心也。……去除殘忍心，長養悲心，然後拿此心來待人處世。」所以豐子愷的藝術，是活的藝術，是生的藝術，也是悲憫的藝術。就讓我們護持自己那顆赤子之心，那顆慈愛之心，再以這顆心面向天地萬物。

二〇一二年六月十一日

翻情詩集萃有感

愛情應是叔本華所指的「意志」的超越，超越純粹的性慾衝動與種族繁衍的需要，儘管叔本華認為愛情是性慾設下的花招，旨在驅使我們繁衍子孫。當愛情得以昇華，便回歸詩人哲人們所追求的真善美。愛情詩，就是抒發男女間愛情的詩。詩人可以寫情詩，但一般人也可以寫，因為愛情不是詩人所獨有。簡而言之，情詩就是有情人之間傳達愛意的優美的文字。

中國的愛情詩可追溯至先秦時代，《詩經》的〈關雎〉、《樂府》的〈上邪〉、《古詩十九首》的〈行行重行行〉等，均是中國愛情詩深厚的基石。乃至李白的「秋風清，秋月明，落葉聚還散，寒鴉棲復驚。相思相見知何日，此時此夜難為情。」元好問的「問世間，情是何物？直教生死相許。」蘇東坡的「十年生死兩茫茫」等，皆是千古流傳的名篇。

曾經問，現當代還能寫出比這些作品更動人、更深情的詩篇嗎？直至翻開《中國當代詩人情詩集萃》，這疑問才得以解開。當代自有當代的演繹，不論是含蓄還是坦率，是豪放還是溫婉，當代詩人仍能將蘊涵五內的深情，又或是一瞬即逝的熱火，化作美麗的文字。畢竟，愛情是今古詩人永恆的題材，因為人皆有愛，凡人都有對愛情上下求索之本性。

誠如白帆先生在詩集的〈序〉中所言，詩集的確提供了「有關愛的審美愉悅的文字」，也「向社會發出真誠的呼喚，呼喚純真美好愛情的回歸，呼喚自然和諧的人間真情。」

詩集尤其值得讚賞的，是選稿本着不薄名人重新人的原則，選錄了當代一百七十三位詩人近四百首作品，包括多首可堪傳世的詩篇，如白樺的〈界〉、蔡麗雙的〈相思雨〉、海子的〈十四行：王冠〉、金筑的〈邂逅〉、洛夫的〈因為風的緣故〉、孫江月的〈當我死後〉、涂靜怡的〈秋日情懷〉、余光中的〈等你，在雨中〉、臧克家的〈青鳥〉、鄭愁予的〈佛外緣〉、周夢蝶的〈初吻〉、子青的〈深情〉等等，這裡不能盡數。

　　教在下最為意想不到的，是詩僧周夢蝶也會寫出如〈初吻〉和〈愛情存款〉等情詩來，其中〈初吻〉尤其意蘊盎然，回味無窮。那到底是不是詩人的親身體會呢？

刊於黑龍江《北極星詩刊》二〇一四年第一、二期合刊

水窮無盡處

秋水，是美的符號。唐代詩人王勃〈滕王閣序〉的「落霞與孤鶩齊飛，秋水共長天一色」膾炙人口。宋朝王安石〈散髮一扁舟〉亦有「秋水瀉明河，迢迢藕花底」之語。還有清王士禛〈樊圻畫〉的「蘆荻無花秋水長，淡雲微雨似瀟湘」等名句，盡是唯美的典範。

秋水，亦是清朗氣質的代名詞。唐杜甫〈徐卿二子歌〉云：「大兒九齡色清澈，秋水為神玉為骨。」北宋蘇軾〈次韻王定國得潁倅〉也有「仙風入骨已凌雲，秋水為文不受塵」之語。清朝趙細瓊〈木蘭花慢‧小螺庵病榻憶語題詞〉中亦有「怎秋水文情，春山媚嫵，都屬氤氳」的佳句，讀來無不教人神往。

台灣《秋水》詩刊正是唯美與清朗的化身。與《秋水》結緣，始於千禧年元月第一〇四期的〈悼丁平老師〉。那一期《秋水》為已故丁平老師設立悼念專題。我是跟隨老師的學生中，年資最淺的，對於老師，甚有相逢恨晚之嘆。而我首次向《秋水》投稿，則是二〇〇二年的〈姑蘇行〉，那次是冒昧試投，怎料涂靜怡大姐便即採用，刊於二〇〇三年元月第一一六期。從此便與《秋水》結下不解緣，後來機緣巧合，成為同仁，這是後話。

第一次與涂靜怡大姐見面，是二〇〇三年十一月二十三日《秋水》三十周年誌慶，當日場面盛大，出席的詩人多不勝數，共濟一堂。但因為一首〈姑蘇行〉，大姐卻能唸出我的名字，使我心中又驚又喜。可能是冥冥之中那點緣份，此後一直有向《秋水》投稿，也同時與大姐多了書信往來，兩人也漸漸的真正認識起來。大姐在信和便箋中，不僅在詩作上指點我，而且還不時提點我為人處事的道理。我從來就是個不愛說話亦不懂人情世故，近乎自閉的人，本

來就不懂得如何與人交往，亦不懂得與其他詩友交往，更加是個詩壇的門外漢。其實，直到今天，我依然是個門外漢。與人的交往太難了，都是與詩為伴較好。大姐是我在詩路上的明燈，是良師，是一位值得尊敬的長者。

二〇〇六年四月的復活節，「秋水詩屋」揭幕，我亦有出席。最教我感動的是，大姐為每一位《秋水》詩人都建立了一份獨立的檔案，那份心思和所花的時間與精力，實在不足為外人道。當我翻開自己的檔案時，我的心幾乎跳了出來。那一次，幾天的相聚，與大姐和其他《秋水》核心成員的感情深了一層。而我總是覺得我的水平與他們相差太遠，不知何年何日才追得上。另外數次與大姐見面，都在香港，主要是大姐經港往還台灣。

我未能參與《秋水》二〇一二年在北京舉行的大會和之後的蒙古國之旅。那一次，的而且確是一次難得的機會，與其他《秋水》詩人，特別是中國大陸的詩人會面。機會一去不復返，在我心中，只感到無限的可惜。

二〇一三年五月底，我和妻子玉琴專程赴台探望大姐，看看詩屋，算是一點補償。五月的第四個星期六，我和玉琴上午十時到達詩屋，大姐、俞梅、愷文和風信子已在等候，還有人雖沒有到，但聲音到了的趙化。稍後琹川也來了，我們一起到碧潭吃午飯，邊吃邊談，談的很多很久。談到我初認識大姐時的愚昧和魯莽，一晃眼已經十年，而《秋水》卻要收攤，心中真是百感交集，萬語千言卻又欲語無從。也許，大姐真的累了，一輩子肩起這個重擔，加上大姐近年的健康也不太理想，也許真的是歇息的時候了。

《莊子·秋水》篇云：「秋水時至，百川灌河。」四十年來，《秋水》既匯集海內外眾多的詩人，亦灌溉了詩壇，孕育了一群又一群的詩人。不敢想像沒有了《秋水》的詩壇，將會是何等寂寞，何等

模樣。際此「帆帶夕陽千里沒，天連秋水一人歸」（唐劉長卿〈青溪口送人歸岳州〉）。收攤也許亦不過是另一個開始，正是終始一如，水窮無盡處。

刊於二〇一四年元月第一六〇期台灣《秋水》詩刊

秋水碧連天，水窮無盡處。

陌生的茶餐廳

曾幾何時，茶餐廳是普羅市民的食堂。回到現在，卻已變得那麼陌生。連鎖集團、上市王國，甚至化身旅遊景點，身分地位早已今非昔比，但親切情懷卻今不如昔。從前的食品千變萬化，今天的餐單千篇一律。價格亦不再大眾化，只管趕上不斷提升的都會形象。

茶餐廳脫胎自上世紀初的冰室，食客可以吃着茶樓的粗獷，品嚐西餐廳的味道。後來的茶餐廳，粥粉麵飯、咖啡奶茶、蛋治多士，還可以一邊明爐燒味，一邊出爐蛋撻。中西合璧是香港獨有的素質，也孕育了香港獨有的茶餐廳。

曾經，最愛在油麻地某餐室的樓上雅座，點一客西多士和奶茶，隔着窗框瀏覽榕樹頭的閒暇。可是，六十多歲的「老者」，卻重新打扮起來，冷氣取代敞開的鐵窗，吹走熱絡的氛圍。新款的杯碟淘汰古樸的餐具。老舊的天花換上前衛的設計。吊扇依舊在，惹人遐想，卻徒添感傷。

時代在變，今天的面貌，也許留待日後緬憶。但昨天的光景，今天卻足以教人懷想。走進茶餐廳，每次都有新發現。是時代的步伐走得太前，還是這個城市已容不下記憶？是回憶太美好，還是現實太殘酷？平民食肆不再大眾化，亦已喝不到昨日的奶茶。

走進老街舊鄰，偶爾一兩間老店，殘留着昔日的斑駁，售賣着不易的美食。然而，在租金和成本暴漲下，不少老牌茶餐廳一一倒下。記得，一位舊同事曾經認真地說着要開茶餐廳，當時心裡頭有

說不出的羨慕。不知他最終有沒有當上茶餐廳老闆,只是新的茶餐廳真的不斷湧現,亦不斷蛻變。

究其實,凡人如我輩,終究不能吃出不同的味道。正是因為已吃不出味道的不同,新與舊彷彿已沒有了意義。從前是靠食物的品質和「大件夾抵食」賺取口碑,如今依賴飲食指南和應用程式招徠顧客。

座落葵涌,已結業多年的好景茶餐廳,昔日門前的「外賣頌」,正好道盡茶餐廳的滄桑:「貨真價實平靚正,見證葵涌廿六年,起起落落真唏噓,前身好像小旺角,如今紛紛向北移,堅定不移好服務,隨叫隨到到咀邊,外賣一律有九折,雲吞水餃靚湯上,食到個個笑嘻嘻。」如今「向北移」亦已成為歷史,無怪乎好景也不由自主地倒下來。

茶餐廳現已進駐神州,走向國際,但諷刺的是,在原產地香港,卻面臨被淘汰的命運。而命運的弔詭是,兜兜轉轉近百年,又漸漸回復「冰室」的名兒,但本質卻已大不同,例如,已無復從前「貨真價實平靚正」,與尋常百姓的距離愈來愈遠。早餐、下午茶往往二、三十元,午餐晚餐逾四、五十元。到底是我們的社會真的富了起來,還是什麼?

有立法會議員擬申報港式茶餐廳文化為人類非物質文化遺產,這本是美事一宗,但動議卻反映出該名議員壓根兒不認識茶餐廳。茶餐廳就是茶餐廳,難道還有「京式茶餐廳」、「美式茶餐廳」、「歐陸式茶餐廳」?茶餐廳是香港原創和獨有的,以提供港式奶茶食品聞名,百搭的餐單,無限的想像,才是茶餐廳的本質。

小時候,走進茶餐廳都有一點不足為外人道的異樣感覺,很害怕在那裡抽煙的食客。印象中,抽煙的都不是好人。然而,長大了卻又愛上茶餐廳獨有的氣味,瀰漫斗室的,不僅是煙味和食物的香

氣，也堆滿街坊鄰里的高談闊論，滲出濃厚的人情味，遍充自由的空氣。小小的餐室內，其實充滿創意，本土情懷。

茶餐廳是真正屬於香港人的空間，提供真正屬於香港人的菜單，從蛋撻到饅頭，從米粉到意粉，從燒味到鐵板，從揚州炒飯到葡國雞飯，以至「正宗」海南雞飯、泰式魚蛋粉、日式拉麵，以及永遠要加錢的出前一丁。還有香港原創的「鴛鴦」、「檸啡」。可是，新一代的伙計卻有的已不懂「茶走」為何。

如今，走進茶餐廳，尤其是新式的「冰室」，已找不到檯面上的玻璃和壓在玻璃底下的餐牌；亦已幾乎找不圓櫈，餐桌一律配上有椅背的餐椅。卡位的椅背亦已高檔化，裝上軟墊，不會再頭碰頭。餐具大都放在餐桌的抽屜內。而點菜亦趨向電腦化，不用人手寫單。是隨着時代的步伐進步了，還是自然而然的演化，而無論整體布局提升了多少，但人味卻愈來愈淡薄。對於茶餐廳的印象，亦愈來愈模糊，愈來愈陌生。

二〇一四年二月九日

今天，已喝不到昨日的奶茶。

明星

　　樂壇青黃不接，慣性封王稱后。影壇亦好不了多少，面孔天天不同，卻又是張張熟悉。多少巨星已然殞落，在沒有明星的天空，如何追星？事實是，繁星依然高掛天上，只是被人間的光害所掩蓋。從被人輕視，不獲尊重，到天上遙不可及的明星，再從天上墮下凡間，與你我無異。而無論是戲子、花旦、歌伎、明星、演員、歌手、藝人，名稱不斷改變，見證了時代的變遷。而在藝人如潮湧現的今天，卻鮮有燦爛的明星。

　　「明星」一詞源於古代傳說，是華山仙女的名字。《太平廣記》中有仙女明星「居華山，服玉漿，白日升天」之語。後來明星亦專指金星，因為金星是天上最明亮的星星，所以人們便以「明星」來比喻成績卓絕、才華出眾的人物。

　　以「明星」來形容演員，則始於上世紀初的美國。當時電影演員是新興行業，為了提高知名度，製片商便用了明星（Star）一詞來形容他們，創造高不可攀和予人翹首仰望的形象。一九一〇年，美國第一位使用「電影明星」一詞的電影演員，是被譽為「永恆的比沃格拉夫女孩」的 Florence Lawrence。她堪稱「電影明星始祖」。

　　其後《北非諜影》的英瑪褒曼、《珠光寶氣》的柯德莉夏萍、《埃及妖后》的伊莉沙伯泰萊、《亂世佳人》的慧芸李等等，都是經典的明星楷模。她們各有獨特的風格和魅力，要麼高貴不凡，要麼美艷動人，令舉世為之着迷，讓眾生為之傾倒。華語影壇亦有《江山美人》的林黛、《楊貴妃》的李麗華，以及李翰祥口中，中國電影有史以來最漂亮的女演員夏夢等等，均蘊涵不凡氣質，舉手投足令人陶醉。

「當你見到天上星星，可有想起我？」這是上世紀七十年代經典電視劇《明星》的同名主題曲歌詞。電視劇由張瑪莉和曾江主演，當年的張瑪莉是少數當代散發「星味」的明星。時至今日，「星味」在演藝界已成絕響，猶如天上星星無復昔日光華。

明星本是天上明亮的星辰，教人翹首企足，引頸仰望。只是如今燈火如晝，令天上星光黯然失色。在這個季節，舉首向天，依然看得見搶眼的獵戶座和明亮的天狼星，但卻幾乎看不到其他的星星。是地上的光害中斷了人與天穹的聯繫。夜應是暗黑的，夜空應是星光燦爛的。地上的明星消失了，天上的明星亦然。當你看到天上星星，又會想起什麼？

小時候，不用跑到郊野，入夜後舉首，自然而然地能夠看到繁星點點。閃爍的星光從遙遠的宇宙來到地球，從遠古的時空來到今天。是為了引領人類走向未來，讓人類與神秘的宇宙在無聲無形中聯繫着。黑漆漆的夜空是孩子尋夢之源，引發無窮無盡的想像與渴望，啟動孩子不斷追求的引擎。今天，黑夜變得陌生，明星變得模糊。

光害，或稱光污染，是摧毀孩子望星的元兇。自上世紀中葉以來，人類過度使用照明系統，燈火如晝的結果，是令城市夜空的星星被掩沒了，也令大自然失去平衡，人類不再按照自然的規律作息，日降星沉成為難得一見的景象。在夜幕之下，誰還會記起曾經擁有的星空？

每夜走在燈火通明的街上，誰又能領會霓虹燈的心聲？隨着夜幕開展的表演，令人心碎。各式燈光猶如戲子，永遠在訴說別人的故事。請不要相信他們繽麗的盛裝，亦不要相信他們的熱情，在七色面容底下，不過是顆戲子的心，在人類的故事裡，流着淚。

從人的角度出發，科學世界是有合理因素的，但人類不能從這個角度規範自然，因為自然的範圍超出了人類的理解和規定，猶如深邃的夜空蘊藏無限奧秘。自然是優於亦先於人類的，縱使自然能夠被領悟和傾聽。然而，自然的真諦是一種神秘，超乎人類的認知。我們需要認識和敬畏它，敬畏自然比認識自然更加重要。人類之所以仰望穹蒼，追星逐日，正是因為人類心底裡敬畏大自然。

　　弔詭的是，隨着人類對自然界認識的增加，人類與自然界之間情感的紐帶卻不斷撕裂，而城市的膨脹，教人們重新嚮往鄉郊，亦重新渴求滿天繁星的夜空。人類開始強調未開發的自然對人類精神健康的重要，以及荒野景觀本身的美與價值。這種新感性與文明發展的物質方式，卻是現代社會一個基本的內在矛盾。不禁問，無垠的宇宙蘊藏無限玄機，人類可曾領會？

　　現今人類迷信科技，輕蔑自然，將地球以至宇宙視為對象，不僅使人極力壓榨大自然的資源，亦使人本身成為工具。人類不能再仰望星空，不是因為天上沒有了明星。假如人類不改弦易轍，順天應時，「恐怕這個璀璨都市，光輝到此！」

刊於二〇一四年六月十五日香港《大公報》文學版

含羞草

　　有這樣的一個傳說：荷花仙子愛上了一個名叫含羞的少年，於是化身少女，下嫁少年，並替少年建房子，置田地，夫妻兩人過着男耕女織的日子，閒來無事，便坐在荷塘欣賞荷花。有一年遇上大旱，莊稼失收，含羞便上山打獵，以幫補家計。荷花仙子心想，其實不愁家計，但不想讓含羞知道自己的身分，所以沒有阻攔。有一次，含羞進山後三天還沒有回家，荷花仙子心知不妙，於是上山找含羞。誰知含羞被杏花精迷惑了，荷花仙子拉着含羞便走，着他不要回頭。但含羞抵受不了杏花精的誘惑，最終回頭，就這一看，便跟杏花精一起消失了。荷花仙子悲痛欲絕，在山裡找了三天三夜，終於在一叢杏花旁邊找到一堆白骨，傷心地把白骨帶回家埋葬。不多久，含羞的墳前長出了一株從來沒有人見過的草，每當荷花仙子用責備的語氣對墳頭說話，那株草的葉子便立刻低垂下來。荷花仙子不久之後亦離開了傷心地，返回荷塘。到了第二年，含羞的墳上和荷塘的旁邊，都長滿了那種不知名的草，人們用手指輕觸它，葉就會立即低垂下來，人們就給這種草取名為「含羞草」。

　　也許是因為這個傳說的關係，含羞草也稱為夫妻草，不過，它還有很多別名，如見笑草、感應草、喝呼草、知羞草、望江南、懼內草等，而最為人熟悉的別名，當然是怕醜草這一個名字了。含羞草雖稱為草，但會長出粉紅色，狀似絨球的花，惹人喜愛。其花語是害羞，另一說是懺悔的意思。含羞草特別之處，是它受到刺激，如碰觸時，葉面會收縮起來。或許就是基於這種人與自然的互動關係，令含羞草較其他小草特別惹人喜愛。

至於葉面收縮的原因，是因為平常葉枕內的水分支撐着葉片，令其張開，但當受到外力刺激時，葉枕內的水分會立即回流，使含羞草的葉片閉合。不過，如果我們持續逗弄它，接連不斷地刺激它的葉子，它便會生出「厭煩」之感，不再發生任何反應。這是因為連續的刺激，使得葉枕細胞流失的水分，不能及時得到補充的緣故。此外，它對光線也有反應，晚上會自動收縮起來，進入「睡眠」狀態，日間受到太陽光的照射，又再張開。

　　含羞草這種張合的特殊本領，是有它的歷史根源的。它的家鄉是南美洲的巴西，那裡常有狂風暴雨。每當第一滴雨打在葉子上時，葉片立即閉合，葉柄下垂，便可以躲避風雨的傷害。由此觀之，天地萬物各安其分，各適其適，因應大自然的變化而存活，各有各的本領，亦有各自的脾性。

　　《莊子·馬蹄》云：「馬，蹄可以踐霜雪，毛可以禦風寒，齕草飲水，翹足而陸。此馬之真性也。……及至伯樂，日：『我善治馬。』……而馬之死者已過半矣。」悲乎，人類以萬物之靈自居，對自然的扭曲和對其他物種的控馭，已達到破壞的程度。而更為令人嘆息的是，隨着科技的進步，人類與大自然的距離亦愈來愈遠。

　　從前，含羞草是常見的野草，小時候最愛彎身逗弄路旁的怕醜草，看着它的葉子閉合，然後張開。然而，不知從何時起，傳出含羞草有高度的藥用價值，在不知不覺間，含羞草便漸漸的絕跡於山坡路旁。人們亦似乎逐漸將怕醜草遺忘。那天在濕地公園遇上久違了的含羞草，頓時勾起不少兒時回憶，真有久別重逢之感。而含羞草的特性亦自然而然的逗人喜愛，看見其他遊人，尤其是孩子們蹲下來把弄葉兒，心裡頭泛起無限的感慨。原來人類還沒有忘記它，那一刻，才明白為何它又叫作見笑草。因為人們見到它的時候，都會不期然地打從心底裡笑出來。

含羞草的特性自然而然的逗人喜愛。

說巧不巧，濕地公園含羞草的影像還未消退，又給我們在花店再一次碰到它。看見它楚楚可憐的樣子，終於忍不住買了一小株回家，放在窗台。但究其實，栽在盆裡，終究不是它的本性，但若非變身小盆栽，恐怕又會遭到滅絕之災。《莊子·山木》有云：「直木先伐，甘井先竭。」含羞草因為有用而被採擷一空，失去自然的生活空間，反而成為了小盆栽，讓人觀賞。但我們以「己養養花」，差點令到這盆小小的含羞草枯謝了。後來知道它的老家是巴西的雨林，便恍然大悟，它必定是喜濕愛潮的，於是不理花店店主「每周澆水兩次」的提示，而改為每天澆一點水，終於令它回復精神。畢竟，順天應時，才是自然的生存之道。

人與自然本來就是如此親近。可惜的是，現代化的本質就是去自然化。城市的建設，都基於對大自然的破壞，而綠化的前提，就是砍掉原來的樹木，摧毀原有的綠地。城市人不論居住、工作還是娛樂，大都在密閉、全開空調的空間裡進行，無法直接接觸陽光與空氣，呼吸不到流動的風。每當看到馬路旁不屬於這裡的樹木，又或是掛在欄杆的盆栽植物，心中總不禁生起莫名的惆悵。人類不能再自然地生活，又怎能走近自然？離棄了自然，人類真的可以獨存嗎？人類沿這條路走下去的前途，含羞草也許知道。

刊於二○一四年七月二十七日香港《大公報》文學版

鳳凰木隨想

火焰山沒有火焰樹。香港地，卻是焱火紛飛。這個早來的炎夏，令香港火了起來。從山邊到路旁，從屋村到公園，到處一片紅。這一年，是特別的火紅。

看鳳凰，不用到古城。鳳凰原已落戶香江。霎時漫天絳氣，忽的落紅滿地。連橫若鳳舞長空，合沓如火鳥翻風。這一道飛霞，是熱浪捲起異乎尋常的翻天紅濤，還是這個城市早已忘卻的自然之美？

「葉如飛鳳之羽，花若丹鳳之冠。」鳳凰木，又名火焰樹、影樹、鳳凰樹、火鳳凰、洋楹、火樹等。它還有一個很浪漫的名字：森之炎。傳說從前有一位航海家來到中國，遠遠看到森林中的鳳凰木開花，誤以為森林大火，高喊開來。名字就這樣傳開來了。

鳳凰木為何火紅？印度的智者如是說：一世紀時，耶穌十二門徒之一多馬，從以色列來到印度傳教，憶述耶穌被釘十字架，寶血濺在鳳凰木，令花染成鮮紅。從此，鳳凰木便代表着基督的犧牲。

火焰樹枝幹雄偉，彷彿巨木擎天。樹冠寬廣，宛若垂天之雲。花葉茂繁，儼然丹霞蔽日。只是花有盡時，近日路過，已見葉片似細雨而下，花瓣如焰燼墜地。大紅的花朵已在褪色。但誰又能看透，瞬間的生滅，原是自在的永恆。

雖說基督的犧牲，是一盞明燈。但人生的謎題，大自然的玄機，誰又能悉知。瞬間千紅萬紫，轉眼愁紅慘綠。滾滾紅塵，亦終必歸於塵土。

大自然生生不息，天地本來如此。鳳凰木開花在夏，結果在秋。夏季像火，冬天若雪。順時而生，如潮有信。但這些年頭，不尋常的天氣成為常態。擾動了井然秩序，攪亂了物候四時。

　　而這一年，季春初夏已如盛暑，鳳凰木的紅花來得特別早，也異常的燦爛，比過去多年更火。到底是鳳凰來儀，還是鳳凰在笯。是鳳止高梧，還是鳳去秦樓。是祥瑞還是朕兆，是提示還是預警。地上的紅花也許知道。

刊於二○一六年七月三十一日香港《大公報》文學版

鳳凰木葉如飛凰之羽，花若丹鳳之冠。

慢活 vs 港鐵霸權

港鐵觀塘延線今天（十月二十三日）通車，頭班車早上六時十分由黃埔站開出。在列車開門一刻，有人隨即拍手歡呼，車廂瞬間水泄不通。雖然，有居民表示已望穿秋水，但也有人直言情歸巴士。

在政策極度傾斜下，港鐵（結合地產）霸權有增無已。「港鐵效應」已將原先寧靜宜居，鄰里相望，前者呼、後者應的西區，幾近「消滅」。縱然美其名曰「升級轉型」，但「原居民」、老街坊的收入可沒有上升。「溢價」盡歸業主、地產商、大集團的口袋。

如今紅磡黃埔也變天，舊樓地舖被收購，業主亦不斷加租。區內物價隨之飛升，生活成本高漲，到底是得的多還是失的多？而所謂的便利，帶動的人流，對於原先與世無爭的社區，是破壞還是尊重？現實是，港鐵的巨輪，已漸次輾平地區特色，將各區一體化。

觀塘延線通車後，油麻地站至黃埔站車程約五分鐘，比巴士小巴快十五至二十分鐘。至於在未知的將來通車的南港島線，預計金鐘至海洋公園車程約四分鐘，來往金鐘與海怡半島約十一分鐘，而來往尖沙咀與海洋公園則約十二分鐘。

問題是，十五至二十分鐘車程真的那麼重要嗎？而四分鐘從金鐘到海洋公園的意義，又真的不言而喻。至於居於南區的市民，最愛的也許就是南區的安靜偏遠，自成一角。問題是，黃埔、海怡的居民，真的可以多賺十多二十分鐘嗎？即便真的賺了，那又如何？正是「本來無一物，何處惹塵埃」？

從前，家住葵涌，紅磡上班，每天在美孚轉巴士，但從不覺累。每天經過加士居道的壁畫，看見那些栩栩如生的麻雀，感覺無比愜意。另一段時間，依然是家住葵涌，但公司在香港仔，交通的轉折亦從不感厭煩。因為，掌握時間的是人，不是交通工具。

昨天（十月二十二日），在八號風球翌日，藍天白雲引領下，老遠跑到堅尼地城海傍看海，之後還繞了一圈，擺脫舉目皆是的酒吧、Cafe後，逛到祥香園，來一杯奶茶，吃一個包。雖然，去程乘港鐵，但回程坐巴士。說實在的，那一程巴士坐了個多小時才到旺角，但卻樂在其中，沿路充滿陽光。

上周末，也是突然興之所至，乘長途巴士到紅磡，由紅磡漫步至馬頭圍，再到九龍城。在九龍城晚飯後，沿亞皆老街步行返回旺角。游走大街小巷，總是其樂無窮。因為，沿途風光永不重複。

也許，對於講求速度的今天，慢活是個夢，亦不切實際。然而，分秒必爭，追趕時間，只會失掉生活的步伐，失去生命的節奏。而更甚者，是我們的時間，我們的節奏，在不知不覺中，被各種有形與無形的「霸權」奪走。

已故歌手約翰連儂曾經說：「當我們正為生活疲於奔命的時候，生活正離我們而去。」這無疑是今天大多數人的寫照。到底在何時，才能意識到，有需要這麼急趕嗎？可以慢下來嗎？

慢活的「慢」，也就是中華文化中的「閒」。那並不是要推倒高科技帶來的便利和效率，更不是要回到沒有港鐵的年代。而是要問一下自己，與其省下了不知如何打發的十多二十分鐘車程，倒不如用來欣賞沿路風光。與其像沙丁魚般擠在港鐵車廂作困獸鬥，不如好好享受輕鬆的早晨，思考這一天會多美好。

港鐵的巨輪，已將各區一體化。

生活的節奏，因人而異，但正是因人而異，所以沒有必要由港鐵來給定。登上港鐵車站，便立即變身衝鋒隊員，弄致精疲力竭，完全迷失本來的步調。也不知多少次，在港鐵（甚至在街頭），被後面的途人踩踏我的鞋跟，甚至鞋底。香港人啊！為何老是在趕「港鐵」？

　　問題是，可會嘗試放慢步伐，遠離商業、地產、港鐵……等「霸權」的催促與壓迫，為心靈「留白」，品一口茶，吃一個包。而不是漫無目的地「追趕」，也許能重拾「採菊東籬下，悠然見南山」的情趣。

二〇一六年十月二十三日

已消失和即將消失的……

消失，就是人間世的常。畢竟，時代在變，在時間洪流中，唯一不變的就是變；而唯一不會消失的就是消失。但每一個世代，卻總能在消失中尋覓出新的發現。

在上世紀五十至七十年代，荃灣已是香港的工業重鎮。資料顯示，一九六二年全港共有三十間紗廠，荃灣便佔了十五間。到了七十年代初，荃灣具規模的漂染廠逾十間，每間員工約千人，而被譽為東南亞大廠的南海紗廠，便有二千名員工。當時荃灣還有「小曼徹斯特」之稱（曼城是英國的紡織業中心，有「棉都」之別稱）。據統計，在一九六七年，香港共有一萬一千間紡織廠，當時香港人口約三百七十萬，而紡織業便僱用了四十三萬名工人。

然而，不論如何架勢，在時代的嬗變中，也會化作煙雲，影寂聲沉。在上世紀八、九十年代，由於環保意識的興起，相關法例的推出，荃灣的紡織業，便湧現結業潮，只留下大大小小空置的廠房。後來重建的重建，活化的活化。例如，從前的中國染廠，便變身為中染大廈，還起了個新潮但卻帶有歷史意義的名字，叫「八咪半」。

話說青山公路一九一〇年代開路初期，是以「咪」（mile）來標示與尖沙咀碼頭的距離的，而中國染廠位於荃灣青山公路三百八十八號，剛好與尖沙咀碼頭距離八點五咪，所以稱為「八咪半」。從前的中國染廠主要從事漂染，廠房位於一條明渠旁邊，後來又在明渠的另一邊加建廠房。而染廠的污水，便直接經該條明渠流出大海。後來明渠被覆蓋，變成今天的大涌道。而染廠結業後，部分廠房便改建為愉景新城。

提到中染大廈，也不得不提旁邊那幢約兩層樓高，由數株參天大樹守護着，以紅磚砌成的建築物。建築物雖然已空置近四十年，一直重門深鎖，早已雜草叢生，但閘門上仍掛有信箱，而且內裡有人居住，間中也可以見到一名長者出入。這幢建築物，前身是「美港貨倉」、「美亞織綢廠（香港）有限公司」。據悉，其創辦人是絲綢大王蔡聲白，他是一九一四年清華選派的留美幼童。四十年代末，由於大陸政局動蕩，蔡聲白移居香港，擴展美亞織綢廠及貨倉業務。

至於活化項目，便有由南豐紗廠四至六廠改建而成的「The Mills」，大樓集研究所、設計發展、訓練及零售於一身，成為今天的「打卡」熱點，香港時裝及紡織的新地標。

談到荃灣的紗廠，除了南豐，最為人熟知的，要算中央紗廠了。中央紗廠與香港紗廠和南豐紗廠，曾被譽為香港三大紗廠，也是荃灣的地標。中央紗廠不僅外牆典雅，鐵閘還有「囍」大字，用作宣傳其「紅雙囍」品牌。但結業後，隨着業權易手，偌大的地盤，便改建成超級無敵玻璃大廈。

而毗連中央紗廠，位於半山街的慶豐印染廠，也因為業權易手，新業主不僅對建築物本身的價值，和其蘊含的歷史意義毫無感覺，而且同樣看準了土地的價格，已申請改建為一幢二十層高的數據中心。

逝去了的時代，消失了的風華，隨着重建的步伐展開，那歷史遺留下來的低吟，又一次快將消失，徹底地消失。畢竟，消失，就是人間世的常。而隨着慶豐印染廠落實重建，荃灣這個曾經的「小曼徹斯特」，便僅餘一片荒蕪的「美港」供人憑弔。

二〇二一年四月十八日

中央紗廠鐵閘上有「囍」大字。

卷二：春雷無覓處

……今年（二〇一一年）已八十有七的母親，個多月來經常打趣地向街坊探問聽到了打雷沒有？答案總是「沒有」！她說：「雷公一聲天下響。哪有聽不見的道理！」母親年輕時在鄉下曾經務農多年，廿四節氣瞭如指掌，對於每年立春過後的春雷，亦特別敏感。經她這麼一說一問，才驚覺今年氣候確實異常。……

──〈春雷無覓處〉

夜雨敲窗，春雷無覓處。

春雷無覓處

二〇一一年五月三日，農曆四月初一，香港天文台發出雷暴警告，但雷聲始終聽不到。希望真的已打在某處，但此際老天不語，卻正正敲響了警號。農曆四月初四便立夏，仍不見春雷的影蹤！這光景，疑乎異矣！俗語說「春雷一響天下醒」，也許是誰選擇繼續沉睡，不願睜眼看見這個世界亂象紛陳、一塌糊塗！

這個春天，花兒開得特別燦爛，山間路旁七彩繽紛，活像大自然的萬花筒。與往年相比，綿綿春雨不見來，和煦日照常相見。然而，正是「東風不為吹愁去，春日偏能惹恨長。」（唐·賈至〈春思二首·其一〉）這次第，的確美得不尋常。有人說，這是末日的景象，不期然教人想起電影《二〇一二》。

今年（二〇一一年）已八十有七的母親，個多月來經常打趣地向街坊探問聽到了打雷沒有？答案總是「沒有！」她說：「雷公一聲天下響。哪有聽不見的道理！」母親年輕時在鄉下曾經務農多年，廿四節氣瞭如指掌，對於每年立春過後的春雷，亦特別敏感。經她這麼一說一問，才驚覺今年氣候確實異常。

在台灣，破了台北六十一年紀錄的「最晚春雷」，四月中已成了大新聞。大陸的《江南晚報》在四月二十日也以〈明晚可能響起今年第一聲春雷〉為題作了報道。只是香港除了母親大人，卻似乎沒有人在意這個。

按照民間智慧，春雷是要打在驚蟄前後的，今年驚蟄在陽曆三月六日，但直至穀雨仍不見春雷。《莊子·天運》云：「夫至樂者，先應之以人事，順之以天理，行之以五德，應之以自然，然後調理

四時，太和萬物。四時迭起，萬物循生……蟄蟲始作，吾驚之以雷霆。」

驚蟄象徵春天已到，而春雷一聲響，便可喚醒沉睡的大地，叫萬物甦醒。這個時候也是農民趕插秧的季節，而驚蟄當天是否打雷，往往預示着當年有否好收成。諺語有云：「未到驚蟄一聲雷，家家田稻無收成。」假如驚蟄之前便打雷，表示雨水多，甚至有發生水災之虞；驚蟄當天打雷則預示豐收。但如果驚蟄過後仍聽不到春雷乍響，這一年便要乾旱失收了。依此看來，今年農作物恐怕是要失收無疑。

《月令七十二候集解》有云：「二月節……萬物出乎震，震為雷，故曰驚蟄，是蟄蟲驚而出走矣。……三月中，自雨水後，土膏脈動，今又雨其穀于水也……蓋穀以此時播種，自下而上也。」穀雨也就是「雨生百穀」的意思。中國以農立國，五千年來仰賴上天的甘露，順應大地的步伐而得以生養萬物，世代繁衍。說到這裡，不得不佩服前人的智慧。

春耕夏耘秋收冬藏，這不僅是耕作，也是做人處事，順應自然的大道理；是先民流傳給我們的大智慧。人類理應順天應時，而不是企圖改變自然的行止。近年我們老是說傳統不合時宜，廿四節氣亦已過時，不準了！但事實是，並非節氣失準，而是氣候異常，大自然的呼息伸屈，動靜作息，全給人類扭曲了。

四時有序，但人類就是不守規矩，還在沾沾自喜，自以為可操控萬物，掌控大地。失準的其實是人類的方寸。

母親畢竟是永遠愛護着孩子的。大地之母已捎來了消息，向人類發出警報，預示着大地的失調，甚至失控。但問題是，人類聽見了沒有？答案總是「沒有！」有人說，晚來的春雷與去年的拉尼娜

現象有關，但究其實，不論是厄爾尼諾還是拉尼娜現象，都是人類口中的反常氣候，但這些人類口中的反常卻愈來愈趨向恆常化，而歸根究柢就是人類的胡作妄為所引發的反響，是大自然被刺痛而發出的哀號。

人類從農業社會走進了工業社會，再從工業社會走進了資訊年代，接下來的是後資訊世紀。但與此同時，人類離自然卻愈來愈遠，漸漸忘記了人類也是大自然的一分子，再聰明也不過是會穿衣的走獸，再富庶也不過是會烹調的動物，再先進也依然要靠天吃飯。放眼當今之世，人類每每逆天而行，干擾大自然的韻律，亦打亂體內的生理時鐘。科技無疑是一日千里，但離真正的安樂卻愈來愈遠。

中國古代把立夏分為三候。根據《禮記．月令》篇，立夏者：「螻蟈鳴，蚯蚓出，王瓜生，苦菜秀。」也就是說，這個時候青蛙聒噪迎接夏日的來臨，繼而是蚯蚓開始出動為農民們翻泥鬆土，之後是瓜藤快速生長，田間的野草長得茂密，反映立夏時節萬物欣欣向榮的景象。

可是，這個立夏，這個城市，什麼也聽不見、看不到。只有人類投訴早晨鳥鳴吵耳，紅綿的綿絮引發鼻敏感！大自然永遠在眷顧人類，就如母親呵護着兒子，只是人類不懂得珍惜，更忘記了感恩。

異常天氣必須嚴正視之，而人類與大自然的關係亦必須嚴肅重新思考。沒有春雷，還是春天嗎？沒有了春天，還有四季嗎？沒有四季的更迭，還可以生生不息，滋養萬物嗎？這些日子，聽到了打雷沒有？母親的那一問，直如晴天一個霹靂。

二〇一一年五月四日

大暑三伏天

俗語有云：「小暑大暑無君子。」意思是在小暑和大暑期間的天氣十分酷熱，人們抵受不了，把衣服脫掉，赤膊露體，不但有失於禮，也忘卻君子風度。現今冷氣當道，在辦公室內常要加上外套披肩，而在家中亦不至於脫掉外衣以求涼快，只是苦了街上行人，和戶外工作的勞工大眾。不論是否大暑小暑，都要提防中暑。

中華人以農立國，對於四季更迭，廿四節氣，更是絲毫不苟，千百年流傳下來的智慧，自有其道理，只是今人不懂領受罷了！事實是，在小暑大暑前後的三伏天，是一年當中最酷熱的時候。由於現代城市高樓林立，大氣不易流通，因此更形其惡，至令酷暑難熬。

說巧不巧，也許是大自然的奇妙。廿四節氣中的大暑，北半球每年都是落在陽曆七月廿三日前後。今年（二〇一一年）的大暑，兩岸都出現高溫天氣。大陸中央氣象台發出高溫警告，南方廣泛地區氣溫高達攝氏卅七度以上。台灣也是熱浪翻騰，台北市錄得今年的最高溫卅七點二度。香港當天亦發出了酷熱天氣警告，部分地區亦一度錄得逾卅四度高溫。七月廿三日，的確是個特別值得記下的日子，因為那天是細君的生日。

大暑是全年溫度最高，陽氣最盛的時節。《月令七十二候集解》有云：「六月中，解見小暑。」《通緯·孝經援神契》亦云：「小暑後十五日斗指未為大暑。」這時正值中伏前後，大部分地區是一年中最熱的時候，也是農作物生長最快速的時期。古人不知其所以然，但透過觀察和紀錄，卻留下了不少傳統智慧。大自然的奇妙安排，又豈是人類所能理解？一切順時而運行，生生而不息。獨怕是人類的愚行，打亂大自然的時鐘而已。

記得母親常說「大暑小暑，有食懶煮。」民間也有「小暑吃黍，大暑吃穀」、「小暑大暑，有米不願回家煮」等語。正好說明大小暑期間天氣酷熱，脾胃活動相對較弱，人們會容易疲累、食慾不振。俗語說「小暑不算熱，大暑三伏天。」高溫和潮濕是這個時節的特徵。這時應多吃消暑清熱、化濕健脾的食品。

　　正是「天生萬物以養民，人無一物以報天。」中醫認為，大暑後暑濕之氣容易乘虛而入，人的心氣易虧耗，老弱者特別容易中暑。因此，大暑時節飲食宜清淡重營養，少辛辣去油膩；可多飲綠豆湯、溫開水、酸梅湯等解渴。水果以時令西瓜為佳，以收清熱祛暑、利尿消腫之效。但更重要的是放鬆精神，生活保持規律，避免緊張易怒。

　　回頭說「伏」，那是指陰氣受陽氣所迫，藏伏在地下，帶有「宜伏不宜動」的意思。每年有三伏，而三伏天便是年中最熱的時候。俗諺有云：「夏日炎炎正好眠。」反映出人類自然生理作息的模態。

　　至於如何計算三伏天？原來每年從夏至開始，依照干支紀日的排列，第三個庚日為初伏或稱頭伏，第四個庚日為中伏，而立秋後第一個庚日則為末伏。以此推算，今年初伏是陽曆七月十四日，中伏是七月廿四日，剛好是大暑翌日，而末伏則是八月十三日。每年進入三伏天之後都很熱，特別是第三伏的十天，是最熱的。

　　從養生保健的角度看，中醫有「冬病夏治」的說法，故對於那些每逢冬季發作的慢性疾病，如慢性支氣管炎、肺氣腫、支氣管哮喘、風濕痹證等陽虛證，三伏天是最佳的治療時機。這時期人體腠理疏鬆，經絡氣血流通，對於藥物的滲透與吸收最為有利。而庚日為金，屬大腸，大腸與肺相表裡，所以也是溫潤肺經陽氣，驅散內伏寒邪的良機。

冬病夏治，乍聽之下似乎有點玄，不科學，但究其實，那是根據天人相應的法則，以《內經・四氣調神大論》「聖人春夏養陽，秋冬養陰，以從其根」為理論依據的療法，例如近年流行的三伏天灸療法便是其中之一。天灸療法是中國傳統醫學的獨特療法，放眼當下，亦特別適用於常見的都市病，如過敏性鼻炎、哮喘、慢性支氣管炎、關節痛、腰痛及風濕痺痛等。此療法最早見於唐代孫思邈的《千金方》。

三伏天灸的療程必須連續三年。細君去年初次接受天灸治療，療效不顯著，今年進入第二年的療程，效果開始顯現，鼻敏感的徵狀減少了。今年七月廿四日當天，她接受中伏治療後，我在家中為她撕除敷貼於穴位上的膏藥，看見皮膚所貼之處，都被灸得紅紅的，怪可憐的模樣。醫師說感到灼熱屬正常，而且灸熱的感覺會一次比一次強烈。

這種療法屬於穴位刺激療法。簡單而言，就是在三伏天使用特製中藥研成粉末，用薑汁調作糊狀，熱敷於背部特定的穴位上。通過藥物的刺激和吸收，以及經絡的傳導，達致疏通經脈、行氣活血、調節臟腑功能，和調整陰陽平衡的功效，從而發揮防病治病的作用。其效果是從根本增強體質，提升身體免疫力，減少患感冒的機率，減輕及治癒過敏現象。說實在的，也許是基於不理解罷！當初我對這種療法的成效存疑，但見到細君的情況有進展，信心亦隨之增加，不得不佩服前人的智慧和大自然的奧妙。

根據傳統智慧，伏日宜吃麵。七月廿四日當天，我們也吃了一頓麵條，亦真的吃出了一身大汗來。北方有句俚語：「頭伏餃子二伏麵，三伏烙餅攤雞蛋。」伏日吃麵的習俗可以上推至三國時代。《魏氏春秋》有云：「何晏在伏日食湯餅，取巾拭汗，面色皎然。」語中的「湯餅」就是指熱湯麵。南朝梁宗懍《荊楚歲時記》云：「六

月伏日食湯餅，名為辟惡。」農曆五月是惡月，六月亦沾惡氣，故須「辟惡」。然而，剔除迷信的一面，大熱天吃熱湯麵，難免要出一身汗，小麥營養豐富，發汗可以排毒，故而六月吃湯餅亦有其科學根據。

近年天氣異常多於正常，但這個大暑三伏天，亦真的悶熱難當。雖然母親常慨嘆現在廿四節數失準了，但在恆常化的異常氣候中，仍不失其準繩，而且節氣前後呼應，互有啟示，就像列車沿軌道運行一般，站站相循。關於大暑的俗諺還有「大暑熱不透，大水風颱到」、「大暑熱不透，大熱在秋後」、「大暑不暑，五穀不起」、「小暑大暑不熱，小寒大寒不冷」等等。在在意味着大自然有其序列，往往見此而知彼，向人類作出了種種的啟示。

廿四節氣教人順天應時，循四時之更迭而運行作息。究其實，大自然為人類提供了最佳的物資，最佳的避暑、消暑之法，與之相比，冷氣、冰淇淋非但難望其項背，反而不利於環境，亦不利於人體健康。可哀亦可嘆的是，在異常天氣恆常化的今天，只要我們能用心聆聽，實不難聽到大地之母正在不住呻吟。

二〇一一年七月三十日

龍年談龍

龍是十二生肖中，唯一不見於當世的動物，但話雖如此，牠卻集九種動物的特徵而呈現出來。中國的龍，具有蝦眼、鹿角、牛嘴、狗鼻、鯰鬚、獅鬃、蛇尾、魚鱗、鷹爪，故也稱「九不像」。所以牠不存在，但又能活現眼前。到底中國的龍是否曾經存在過，至今莫衷一是，但歷代文獻，文人筆下，卻又不乏有關龍的記載。

《莊子・列禦寇》便有朱泙漫傾盡家財學習屠龍之術的典故，指出龍的不存在。但《山海經》卻有「夏后啟、蓐收、句芒等都『乘兩龍』」之說，另有「顓頊乘龍至四海」、「帝嚳春夏乘龍」等傳說，都認定龍的存在。

傳說中的人類始祖伏羲、女媧，皆龍身人首，被稱為「龍祖」。《竹書紀年》記載，伏羲氏各氏族中有飛龍氏、潛龍氏、居龍氏、降龍氏、土龍氏、水龍氏、青龍氏、赤龍氏、白龍氏、黑龍氏、黃龍氏等等。華夏民族的先祖炎帝、黃帝，和龍都有密切關係。相傳炎帝為其母感應「神龍首」而生，死後化為赤龍。因而中國人自稱為「龍的傳人」。王充的《論衡・紀妖》有「祖龍死，謂始皇也。祖，人之本；龍，人君之象也。」龍也就是權力的象徵，成為華夏的圖騰。

甲骨文龍（𤦡）字從「辛」（𨑒）字頭，從蟠曲之體，是會意兼象形之字。「辛」字像棘刺之形，本義為「鐵腕手段」，引申為「威權」之義。「蟠」字義為「身形左曲右曲呈波浪狀行進的蛇」。因此，「辛」與「蟠曲之形」相加起來，便是「一種蛇形威權動物」，這也就是龍字的本義。

根據《說文解字》，龍是「鱗蟲之長，能幽能明，能細能巨，能短能長，春分而登天，秋分而潛淵。」《廣雅‧釋螭》亦有「有鱗曰蛟龍，有翼曰應龍，有角曰虯龍，五角曰螭龍」之說。而《爾雅‧釋畜》則指「馬高八尺為龍」。故此，龍可能確有其物，而「乘龍」亦可能是「騎馬」。

　　李時珍《本草綱目》卷四三亦云：「《爾雅翼》云：『龍者，鱗蟲之長。』王符言其形有九似：頭似駝、角似鹿、眼似鬼、耳似牛、項似蛇、腹似蜃、鱗似鯉、爪似鷹、掌似虎。背有八十一鱗，具九九陽數。聲如戞銅盤。口有鬚髯，頷有明珠，喉有逆鱗。頭有博山。又名尺木。龍無尺木，不能升天。呵氣成雲。既能變水，又能變火。」如此詳細的描述，不似憑空想像出來。

　　龍的傳說畢竟源自圖騰崇拜。古人對各種大自然現象無法理解亦不懂解釋，面對大自然，自覺渺小無力，於是便希望自己民族的圖騰，具備對抗大自然的力量，能呼風喚雨，雄拔如山，歷久不衰，也希望擁有各種能力，例如入水能游，騰空飛天。因此便把多種動物的特點集中起來，塑造出「九不像」的龍形象。這亦意味着龍是萬獸之王，全能之神。

　　中國最早的龍形圖案，出土自八千年前的興隆窪文化查海遺址，興隆窪文化因內蒙古敖漢旗興隆窪遺址的發掘而得名，敖漢旗緊鄰遼寧省，查海遺址在遼寧阜新縣。遺址發現了一條長約二十米、用紅褐色石塊堆成的龍。一九八七年河南濮陽西水坡遺址四十五號墓發現了蚌塑龍虎，墓葬的年代在距今約六千五百年。一九七〇年代在內蒙古赤峰市翁牛特旗三星他拉村出土過「C」型玉龍，屬於距今約五千多年的紅山文化遺物。

　　除了文物，根據一些近代的出土考證，彷彿都指向龍曾經存在過。據《營口市志》記載：「一九三四年八月八日的午後，遼河北

岸東小街一農民在附近葦塘發現一巨型動物白骨，長約十米，頭部左右各有一角，長約一米餘，脊骨共廿九節。偽營口第六警察署將其運至西海關碼頭附近空地陳列數日，前去參觀者絡繹不絕。」當時沒有人能辨認出白骨屬於何種動物，後經學者判定為蛟。

據《述異記》記述：「蛟千年化為龍，龍五百年為角龍，千年為應龍。」故此，以現代的語言觀之，蛟可視為年幼的龍。據說當時的《盛京時報》前後刊載過五篇相關報道，並配發照片。中國中央電視台《走近科學》、《探索‧發現》等欄目，也曾拍攝過專題片《解開七十年前的迷團》及《龍影遺骨》。

根據動物學家在廿世紀末公布的研究成果，龍的原型是大型爬行類動物，主要是鱷魚及巨蜥。上古三代以前，這兩種動物在中國大陸相當普遍，舊石器新石器遺址中都有發現鱷魚骨化石。《左傳‧昭十九年》記載：「鄭大水，龍鬥於時門之外洧淵。」也許就是鱷魚的群鬥。

然而，古代正史及野史均有大量群眾爭相奔走，競睹一種巨型罕見生物的記載。那是一種腥味重、滿身鱗、長四爪、嘴有鬚、頭生角，被困於陸地的生物。古人還會為這種生物搭棚，澆水以緩解其痛苦，直到牠藉滂沱大雨騰飛而去。時人「奔走百里，競往觀之。」

這種生物雖然張牙舞爪，但不傷人，在陸地上行動困難，有氣無力似的。當人們向牠身上澆水時，牠身上的鱗片會為之開合。故此，這種生物極可能是水中生物，被沖至陸地後無法回到水中，直至漲潮汛至，才得以回歸江河。這與「見之百米外，唯恐避之不及」的鱷魚大不相同。鱷魚在古代中國並非罕見，韓愈便有篇著名的〈祭鱷魚文〉，逐走在廣東潮州一帶為害百姓的灣鱷。故此，龍為鱷之說尚難確定。

從古書記載、歷代傳說和近代考證中可見，最初的龍實有其物，不僅不會傷人，而且能為人所用。龍原先可能不指個別動物，而是能夠作為人們的工具的多種動物。因此，在歷史發展的過程中，龍便具有各種動物特徵合而為一的形象，也因此而具備了多種動物的性能，漸漸成為了無所不能的神物，亦成為了華夏的圖騰。因此，「龍的傳人」之說，可謂由來自有，實非子虛烏有。

二〇一二年一月二十九日

這個立春真寒冷

二月四日，農曆正月十三，立春。俗諺說「吃了立春飯，一天暖一天。」立春是春天的開始，象徵大地回暖，但今年（二〇一二年）的立春並不暖，受到北極冷空氣影響，歐亞大部分地區面對酷寒天氣，數以百計的人被凍死。

暴雪寒風襲擊歐洲多國，部分地區出現百年來最低氣溫。南韓首爾錄得零下十七度的五十五年來最低紀錄。中國內蒙古也一度錄得零下五十度的極低溫。嚴寒天氣沒有隨立春的到來而消去，反而還有可能持續一段時間。不過，俗語說「立春寒，一春暖。」不知今年的春天，又是否會特別溫暖。

立春是二十四節氣之一，又稱「打春」、「咬春」、「報春」，古時候也有「立春節」或「春節」之稱。到了民國初年，才以正月初一為「春節」，但歲次仍以立春為開始，即過了立春，才算是新的歲次。故此，今年二月四日或以後出生才算是肖龍的。

自秦代以來，中國便一直以立春作為春季的開始。每年陽曆二月四日或五日太陽到達黃經三百一十五度時為立春。《月令七十二候集解》云：「正月節，立，建始也，立夏秋冬同。」古代有「四立」，指春、夏、秋、冬四季開始，亦有其農業意義，即「春種、夏長、秋收、冬藏」。故此，中國傳統曆法又稱農曆。

中國古代將立春的十五天分為三候，即每五天為一候。「一候東風解凍，二候蟄蟲始振，三候魚陟負冰。」意思是立春後五天東風送暖，大地開始解凍；五日後，蟄居的蟲類慢慢甦醒；再過五日，

河裡的冰開始溶化，魚開始到水面上游動。由於水面上還有尚未完全溶解的冰片，如同被魚背負着一般浮在水面。

這應是一幅美麗的圖畫，然而，當風雪不息，寒風不止，今年的立春，北半球凜冽刺人，不見回暖，這到底是什麼一回事？是大自然向人類發出的怒吼！德國阿爾弗雷德瓦格納極地與海洋研究中心發表的報告認為，造成歐亞寒冬與北美暖冬的罪魁禍首應是全球暖化，而全球暖化的元兇便是人類。

受到全球暖化的影響，近年北極夏季融冰速度加快，而到了冬季，極地冰山面積縮小，令到氣壓下降，擾亂了北極濤動。北極濤動是指北極的氣壓變動情況，通常北極上空受強低氣壓控制，相應的冷空氣便會聚集在北極地區，而中高緯度地區的氣溫便相對偏高。相反，當北極地區高空受高氣壓所籠罩，極地的冷空氣便受擠壓向南迸發，造成高緯度地區氣溫急降。今年北冰洋上空便出現高氣壓，因而造成暴雪冰吼的現象。

從前，北極濤動可把極地的冷空氣直接吹向美國東岸，而北大西洋濤動則帶動大西洋中部信風帶北上，為歐洲的冬季帶來暖流，抵擋從北極南下的冷空氣。然而，科學家認為，由於冰山融化令到北極濤動變弱，強冷空氣吹不到美國東海岸，亦無法與大西洋暖流相遇。而北大西洋濤動也無法將信風帶送入歐洲，北極的冷空氣便長驅直進深入歐洲腹地，甚至抵達南歐。

不過，也有專家認為，全球氣候變暖已經停止，並開始變冷，現時北半球異常的寒冷天氣只是全球天氣變冷的開端，而這樣的冬天可能持續三十年。英國《每日郵報》便稱今年的寒冬顯示「小冰河期」來臨。然而，世界氣象組織規定，觀察一個氣候態需要以三十年平均來考量，而從三十年滾動情況看來，全球氣候還是在變暖的。

小冰河期是指在歷史長河中，一段全球普遍降溫的相對較冷時期，但較主要的冰河期暖和，為時也較短。距離現在最近的小冰河期，有十三和十六世紀開始之說，而結束時間則幾乎一致認定在一八五〇年前後。根據明末清初史學家談遷《北游錄》記載，在小冰河期期間，也就是清順治、康熙年間，太湖曾結冰，廣州亦落雪。

　　到底是變暖還是變冷，雖然莫衷一是，但有氣象專家認為，從純自然因素考慮，地球是要進入小冰河期的；但如果計及人類活動造成的因素，卻又是令到全球變暖。人類排放的二氧化碳導致氣溫升高，而自然力量又讓氣溫下降。因此，說到底，是人類的活動攪亂了大自然的平衡，人類妄自尊大的後果，便是大自然的猛烈反擊。

　　際此「停杯不飲待春來」，而春仍不見蹤影，惟有靜待春雷響，叫醒百蟲，亦同時警醒無知的人類。

二〇一二年二月五日

二月初二龍抬頭

二〇一一年三月六日，農曆二月初二，是日驚蟄。俗語說「二月二，剃龍頭。」在下肖龍，這一天，很想理個髮。小時候不懂事，現在回想起來，每年的這一天，父親想必亦會忙個不亦樂乎！管他長進不長進，父親總是自己的偉大，可惜的是，曾經為無數人理髮剃頭的他，自己卻一生也抬不起頭來。

農曆二月初二是「龍抬頭節」，也稱作「龍頭節」、「青龍節」、「春龍節」、「踏青節」等。俗諺有「二月二，龍抬頭；大倉滿，小倉流」的說法。反映人們在這一天祝願接下來的一年，得以雨順風調、五穀豐登，故而祭祀為人間送來雨水的龍王。

相傳武則天稱帝觸怒了玉皇大帝，玉帝便命令龍王不得向人間施雨，導致大旱三年。但龍王憐憫百姓，私自施雨，結果被玉帝打下凡間，壓在石下。玉帝還下旨除非金豆開花，否則龍王不得升天。人們為了報答和解救龍王，便在二月二日那天，每家逐戶爆玉米花，因為玉米即金豆！玉帝最終踐諾，讓龍王重返天庭。這就是「金豆開花，龍王升天，興雲布雨，五穀豐登」的傳說來由。

龍抬頭的習俗可以追溯至唐代，計有踏青、挑菜、迎富、花朝、春龍等。「二月二日新雨晴，草芽菜甲一時生。輕衫細馬春年少，十字津頭一字行。」白居易這首〈二月二日〉所描繪的，正是龍頭節的景象。而李商隱亦有「二月二日江上行，東風日暖聞吹笙。花鬚柳眼各無賴，紫蝶黃蜂俱有情」之詩句。正是萬物有情春又發，而除了愛情，當然還有友情和親情。

小時候，理髮剃頭，都由父親一手包辦。當時不知道是什麼原因，雖然沒有說出口，但心裡頭總有點納悶的感覺。小孩子最愛比較，雖是老爸的專業，但老是覺得自己的髮型特別土氣，不好看，加上體型瘦小，家境不佳，而當年父親在我心中的形象亦很負面，一股莫名的自卑感油然而生，縈繞多年，揮之不去。雖然父親已離世十有九年，已無法報答生養之恩，但那負面的形象，仍一直壓在心底，解脫無從。這一天，卻又很想念他，很想他能再為我理個髮，剃個頭，刮個面。

　　「二月二，龍抬頭」也具有慎終追遠的意含。相傳二月初二是軒轅黃帝出生的日子，而中華人都是黃帝子孫，是龍的傳人。龍是中國古代文化中地位顯赫的神物，象徵祥瑞，主宰和風化雨。俗語說「龍不抬頭天不雨」。龍抬頭便意味着風調雨順的開始。今年這天適值驚蟄，驚蟄過後，大地回春，經過冬眠，百蟲蠢動，正是「春霆發響，驚蟄飛競」之時。驚蟄有「打小人」的習俗，際此心中無小人，只有巨人。

　　二月初二，早於唐代已是個特別的日子，被視為「迎富貴」的日子，並有吃「迎富貴果子」的習俗。宋代的皇室貴冑在這一天也有特殊的活動，例如競猜蔬菜名稱的「挑菜」活動。正是民以食為天，二月二也流傳着不少與吃有關的傳統。描述元代燕京風俗的《析津志》提到，二月二這天，人們盛行吃麵條，稱為「龍鬚麵」；當天吃的烙餅叫作「龍鱗」，餃子則稱為「龍牙」，都以龍身的部位命名。

　　在陝西華縣，二月二日當天人們喜歡吃烤乾或曬乾的花饃，稱之為「咬蠍子尾巴」，寓意萬物復甦，蟲鳥花草再度活躍。在南方一帶，二月二日也有祭社神、分祭肉、飲社酒、食社飯的習俗。這些習俗，雖然各地有所不同，但都是父祖輩一代一代承傳下來的，而我印象最深的是「做牙」。

每月的初二和十六都有「做牙」的傳統，即是拜祭土地神，祈求保佑生意興隆、客似雲來。二月初二也是每一年「做牙」的開始，是為「頭牙」，故此特別隆重。那天店舖上下也會一起吃一頓豐富的晚飯。所以父親那天是不會回家吃飯的。其實，他一年當中也沒有多少天回家吃晚飯。當然，「做牙」是商戶的習俗，我們在家中依然粗茶淡飯。「做牙」當晚，父親回家的時候，除了捧着填得滿滿的肚子，也會帶着一身的酒氣。

　　「二月二，龍抬頭」之習俗由來已久，象徵綿綿春雨的到來，春耕的開始。但觀乎父親一生，卻無法抬起頭來。但他對我們仍是愛護有加的，記得有一回，我因零用錢的問題，竟向他咆哮起來，大發雷霆，他當時默然不語，沒有發作。現在回想起來，心頭仍然酸痛，胸中隱隱有如泉湧。他一生沒有幹過什麼大事，雖說家醜不出外傳，但鄰里街坊都知道他的「好事」。當年母親就是瞞着我們，怕的是我們在人前抬不起頭，但紙如何包得住火？

　　關於「龍抬頭」，也有一個傳說是這樣的：海龍王因為思念失去了的女兒，因此在二月初二這天，從海底抬頭出來，眺望失去女兒的方向，以寄哀思。天下無不是的父母，無論遠近，父母親總是眷顧着兒女的。而當子女的，又豈能春暉不報？不知怎的，小時候老是視家為牢籠，很想離開。但當我真的離開了，卻又時刻想念着那狹小的家。想念着家人，當然也想念着父親。

　　父親雖不是嚴父，但一直以來，對他的感覺都很疏離。很小的時候，大概是開始有記憶的時候，依稀記得他偶爾會留下我們幾個小孩子在街上或什麼地方，獨自離開好一陣子，那種恐懼無助的感覺，實不足為外人道。後來知道父親在那些時段往哪裡去了，去了幹什麼，心中更燃起了忿恨，引以為恥，而我心中的自卑感亦隨之擴大。所謂父愛，就如天上繁星般遠遙。但不知從何時起始，我卻愛上看星，也許，一直也愛看星。

神話傳說終究離不開自然現象，而人與自然亦終究是不可分割的。中國古代天文學家把天空劃分為廿八星宿，用以表示日月星辰的運行和位置。廿八星宿分為東南西北四區，即南方朱雀，包括井、鬼、柳、星、張、翼、軫七宿；北方玄武，包括斗、牛、女、虛、危、室、壁七宿；西方白虎，包括奎、婁、胃、昴、畢、觜、參七宿；東方蒼龍，包括角、亢、氐、房、心、尾、箕七宿。其中「角宿」就是龍的角，每年二月初二傍晚，便能看到蒼龍的角從東方的地平線上升起，隨之相繼出現的是龍喉（亢）、龍爪（氐）等，這就是「龍抬頭」的自然現象。

其實，「二月二，剃龍頭」，也有其客觀的因素。中國傳統以農立國，春耕、夏耘、秋收、冬藏。農民們一年到頭，只有在春節才能得以休息，而農曆年要從農曆臘月二十三「小年」算起，直到二月初二過後才正式結束。因為過了二月初二，便開始忙春秧，所以便趕在這天理髮。於是便形成了在「二月二」剃頭的傳統。而傳統總是離不開吉祥，據說在「龍抬頭」這天理髮能夠帶來一年的好運，更特別給小孩理髮，來個「剃龍頭」，叫作剃「喜頭」，借龍抬頭之吉利，保佑孩子都生龍活虎，他朝飛龍在天；而成年人理髮，則旨在討個意頭，辭舊迎新，帶來好運，在新的一年萬事順遂。

所謂「龍抬頭，剃龍頭。」古時候人們都趕在這天剃頭，除了圖個吉利，也有一些說法。中國人的忌諱甚多，正月不剃頭便是其中之一，因為「正月不剃頭，剃頭死舅舅！」據說這是源於「思舊」。正月不剃頭的傳統最早起源於清初，當時清廷強迫漢人剃髮留辮，但漢人以「死舅」為由，仍堅決正月不剃頭，以示對舊朝的思念。「死舅」也就是「思舊」的變音。

但也有另一個感人的版本。話說從前有一個很喜歡舅舅的窮剃頭匠，雖然心裡極想每逢過年的時候送點新年禮物給舅舅，但由於家貧，總是沒辦法，於是便決定親自給舅舅理個髮，以表孝心。舅

舅心裡高興，還說這是最好的禮物，希望每年都來一次。於是，剃頭匠每逢新年都給舅舅理髮。直至舅舅死後，剃頭匠每年春節都念舅心傷，所以便有正月「剃頭思舅舅」這傷心的傳說。

今年的這一天，一股無法阻斷的思潮湧至，思舊的情緒從不知處驟然降下。思念的不是舅舅，而是父親。父親原先在鄉間務農，據母親所說，父親當年因為抵受不了後母的虐待，在我母親的鼓勵下，留下她、大哥和大姊，隻身來港謀事。當年他還年輕，孤身在外，抵受不了誘惑，誤入歧途，還幹了些對不起母親的事。後來母親和兄姊來港後，母親亦為之心傷，對父親恨入心脾。也許是因果罷，當我還在學的時候，父親便已因病而被迫提早退休，此後是病魔長達十年的折磨。但當他離開以後，我卻又常常想起一些零碎的片段回憶，特別是他為我「剃龍頭」的場景。

父親前半生誤交損友，染上毒癖，下半生病魔纏身，生不如死。因病退休後，曾經視家庭為負累的他，反而成為了家庭的負擔。當年的我還在學，哪有能力照顧他？更遑論照顧頓失支柱的家！往後多年的東奔西走，營營役役，一事無成。直至他離開，都沒有好好的照顧過他，縱使他從未好好的照顧過我們的家。

髮可以理，但過去了的一切又如何理順？現在偶爾想起一些片段回憶，五內都泛起陣陣酸風，真無以名狀也！這次弟，只想放下過去，讓這條龍能抬起頭來，昂步向前。

二〇一一年三月六日

北京三月雪

春雨、春霧、春雪，一天三景，在北京。

昨天（三月十七日）深夜至今天凌晨，北京降下春雪，有人為之雀躍，因為印象中，三月雪不常見，看着片片雪花飄下，直教人櫻花亂舞之錯覺。

但究其實，三月飄雪在北京並非罕見，京城最晚的春雪可以延至四月。與冬天的暴雪橫風不同，瑞雪教人喜悅，為未來一年帶來祥和。民間有「瑞雪兆豐年」之說，因為春雪對淨化空氣和農作物生長都大有裨益。

北京昨天上午還是春霧瀰漫的，下午卻開始下雨，而到了午夜，便變成雪片紛陳，到今天清晨才停歇。有人說一日三天氣，猶如三溫暖。

飄雪浪漫，卻又惱人。觀白雪皚皚，宜在室內，假如在戶外，一身雪片，一腳雪泥，可以是相當狼狽的事情。若是狂風暴雪，更是有凶險之虞。

正是「春樹霧凝碧，新綠思雨滴。雪雨兩不分，更漏聽淅瀝。」春霧春雨惹人愁，卻喜春雪落枝頭。這一場春雪，的確為北京帶來歡喜。就是遠在南陲的香港，也感受到這一分欣喜。

在香港，應無緣賞雪。這個三月，乍暖還寒，春霧瀰漫，春雨不知蹤，東風拂臉如溫柔的手。數日前還要穿毛衣，今天卻熱得有如夏日。香港天文台下午錄得攝氏廿八點八度，是今年（二〇一二年）以來最高溫度，新界多處錄得三十度或以上。

這一場雪，喚起沉積已久的希冀。很想，到北京走一走，看一看，追逐一場雪、一陣風。很想，到天安門廣場默禱，登上長城遙寄千年的相思。管它是否白雪紛飛，古都仍是中華的古都，凝聚五千年的夢。接着這一場雪，還待春雷乍現，叫醒沉睡的巨龍。

二〇一二年三月十八日

盂蘭的真義

　　時代在變，多少人走到最前，多少人和事被留在後面，多少新的發現，在迷失中不住呈現。這個鬼月，少了「燒衣」祝禱，聽不到神功戲的大鑼大鼓，看不到派平安米的報道，也許，這個年代，人比鬼更可怕。

　　從前，每逢農曆七月，到處都是「燒衣」的人，灰飛飄浮，在街上，也會進屋。滿街都是芽菜、豆腐等用作祭祀之物。現在，一來管制多了，尤其在屋村內，只可以在指定地點燃燒衣紙；二來是真正祭祀的人少了，因為那些傳統被視作迷信。縱使在這個太空時代，相信鬼神的人不見得減少。可能是時代的步伐太快了，現代人壓根兒抽不出時間來應節；又或是盂蘭的傳統也和其他傳統一樣，正在消失。

　　「燒衣」是香港開埠以來一直保存着的民間風俗。撒錢的習俗雖已少人為之，但亦有人仍然這樣做。每年踏入農曆七月，人們都會在入黑之後，帶備香燭、金銀衣紙和豆腐、白飯、芽菜等祭品，在路邊拜祭一番，目的是讓那些無依的孤魂有衣物禦寒，有食物裹腹。

　　在下農曆七月下旬出生，經常也懷疑七月生的人會否與常人有異，也許真的有一點罷！對於農曆七月，總有點說不出的感情來，畢竟這是我的生月。

　　七月是鬼月，因為七月有鬼節。從前一直相信農曆七月十四日是盂蘭節，即俗稱的鬼節。但後來才知道，這原來是個誤會。真正

的盂蘭節應是七月十五日，也即是中國道教的中元節。盂蘭是從印度佛教傳入的節日，恰巧兩者碰在一起而已。

農曆七月十五日，是中國傳統中的中元節，這是道教的節日。至於為何變成了七月十四日，相傳是宋代末年蒙古軍入侵某地，當地居民為逃難而提早一天過節。因此，一些地方，尤其是華南地區，便以七月十四日為中元節。李商隱〈中元作〉便有「絳節飄飄宮國來，中元朝拜上清回」之句。盧拱〈中元日觀法事〉亦有「四孟逢秋序，三元得氣中」之語。

雖然有不同的表達和過節的形式，但中元節、盂蘭節及鬼節都有祭祀祖先、赦罪懺悔的文化內涵。

根據道教的傳說，陳子禱與龍王女兒結婚後，在正月十五、七月十五和十月十五這三天生下了「天官、地官、水官」三個孩子，這「三官」主管人間的賜福、赦罪、解厄三個任務，他們在這三天到人間巡遊，檢視人們的道德品質，好的賜福，壞的降罪。

其中「地官」掌管赦罪，所以中元節並不只是個賞善懲惡的節日，主要仍是個「赦罪」的節日。所以中元節又是中國的「懺悔節」和「贖罪節」，一年中有罪過的人，可以在中元節這天通過各種儀禮，檢討過失，請求天地人的寬恕。不禁問，那些真正需要懺悔的人懂得這些嗎？

中國民間稱農曆七月十五日為鬼節，七月為鬼月。相傳七月十五日當天，地獄大門打開，陰間的鬼魂被釋放出來，後來演變為整個七月都會鬼門大開。在七月，有後人祭祀的鬼魂會回家接受香火供養；無主孤魂則到處遊蕩，徘徊人間找東西吃。所以人們在七月會舉行設食祭祀、誦經作法等「普渡」布施的活動，以超渡孤魂野鬼，以免它們為禍人間，同時祈求除病去災。這亦是中國傳統倫理博愛思想的延伸，後來則發展為盛大的祭典，稱為「盂蘭勝會」。

盂蘭勝會展現中國傳統倫理博愛思想。

　　七月十五日是佛教的盂蘭盆節，原意是敬賀和感恩的意思，起源於西元前五世紀的印度。佛教《伽藍經》記載，佛祖座下神通力最強的弟子目犍連，他的母親生前作惡太多，死後墮入阿鼻無間地獄，受無間苦。根據《盂蘭盆經》記載，目犍連某天神遊地獄，見母親化為餓鬼，不勝悲哀，於是送飯給母親吃，但飯還沒送到母親口中，便化為火燄。目犍連無計可施，求教於佛祖。佛祖說：「你母生前罪孽太深，以你一人之力無法化解，必須仰賴十方僧眾，在

七月十五日，備百味五果，置於盆中，共同祭祀，供養十方鬼靈，超渡眾餓鬼，才能解救你母的危難。」於是目犍連依佛祖旨意行事，連母才能脫離鬼道。佛教傳入中國後，這個「目連救母」的故事便演變為盂蘭盆會。由此可見，佛教的七月十五盂蘭盆節，實有兩層含義，一是教人供養宗教僧眾，二是多作善事超脫先人罪孽，並提倡孝道。

據《佛祖統紀》記載，南北朝梁武帝時開始設壇舉行盂蘭盆法會。此後歷代帝王臣民多遵佛制，興盂蘭盆會，以報答父母、祖先恩德。唐朝時期，法會活動非常興盛，官民共樂。宋代以後，三教逐漸融合，每年的七月十五日，上自帝王下至庶民，皆至各地寺院舉行盂蘭盆勝會超渡祖先，以盡為人子孫的孝思報恩，與中國儒家「慎終追遠」的思想相脗合。

南朝梁宗懍《荊楚歲時記》記載：「七月十五日，僧尼道俗悉營盆供諸佛。」其實，盂蘭盆是梵文「ullambana」的音譯，意指「救倒懸」，佛經上說亡者的苦有如倒懸，應盡快解救。

鬼是何模樣，也許沒有人說得準，然而，所謂的鬼，實際上也就是活着的人對死去的親人所思所念，如在左右，恍若眼前。在歷史的長河中，烈祖烈先佔有重要的位置，每一個家庭，每一個民族，不知有過多少個親人往生。為了寄託對先人的集體思念，人們便寄情於七月十五日。七月半亦成為了一個美妙的日子，所謂同氣連枝，遙祭冥府先人，以寄哀思。

二〇一二年九月二日

新年祝願—— 為大自然想想

　　傳說中的世界末日沒有出現，地球又一次平安踏入新的一年。假如二〇一三年真的是新開始的象徵，盼只盼人類能認清自己在大自然中的角色，教真正的末日不要來臨。

　　地球沒有末日，只有人類才會面對末日。事實是，人類正走向末日，這也許不會是今年，或是明年出現，沒有人知道會是何年何月，但假如人類繼續走現在的路，末日終有一天會降臨。

　　地球的資源是有限還是無限，不用多說，礦物經過億萬年凝聚而成，誰說取之不竭，大自然的生境擁有神奇的自我調節機制，大自然的生物皆可以自行修補調理，可這個機制似乎沒有人類的份兒。人類本來就是大自然的一名觀察員，地球為何需要這名觀察員，因為觀察員的工作不僅限於觀察。然而，人類卻不甘心只是站在一旁，於是強行加入，給自己另一個角色。

　　人類亦不甘於擔當配角，於是不獨跳上了大自然的舞臺，還給自己當起主角來。而為了劇情能配合角色，人類又同時擔當起導演和編劇的工作。指導一切，改變劇情，除了人類，一切其他的角色都變得不重要。舞臺的布景亦隨意改變，人造的布景取代了大自然的實景。在過去的二百年間，人類改變了這個原先井然有序的舞臺，改寫了人類的命運，亦改寫了地球的命運。

　　大自然的一切，生生不息，只是人類對自然資源予取予求，濫伐樹木，過度開採，每天在抽取天文數字的油氣。結果是對環境造成莫大的破壞。現代化的城市急速膨脹，人造空間不住擴張，自然

靈境漸次萎縮，人與自然的距離卻愈來愈遠。地球在呻吟，可是人類置若罔聞。

在蒼天之下，黃土之上，人類是不應僅僅充當一名觀察員的，但亦不是管理員，樹木山川人類管得了嗎？人法天，天法道，道法自然。人類現在卻反其道而行，良可嘆也！人類應肩負起護養員的責任，養護大自然，與天地同呼同吸，同根同生。

可哀的是，人類不獨人口如幾何級數地增長，自我亦膨脹起來，強行管理大自然，大至山川水道，小至樹木花草，妄自為之的結果是自然的災害接踵而來。大至山崩地裂，小至大樹坍倒。人類若不徹底思考與大自然的關係，勢必自取滅亡。事實是，在大自然面前，人類渺小得可以。

從前的木石構築，可以屹立百年，而木石有靈，與大自然同呼同息。今天的混凝土，玻璃建築，不過是無機的結構，毫無生命力。人類現在就是自我隔離於這些沒有生命力的樓房之內，卻自以為進步。現代人生活的成本的確是提升了不少，但生活的質素卻在急遽下降。付出的代價豈是個人健康，而是全人類的生存空間，以至大自然的安危。

在新的一年，每個人都充滿期待，充滿期許，升職加薪，世界和平，身體健康，學業進步，萬事如意……。但有誰為我們的大自然想想，讓大自然得以療養，教人類在大自然面前能謙卑地當個護理員。

刊於二〇一三年一月四日香港《星島日報》評論版

蛇年談蛇

　　龍去蛇來，歲次癸巳。癸巳年是中國傳統農曆干支紀年中，一個循環的第三十年。若以陽曆計算，則是西元年份數除以六十餘卅三的一年，由那一年的立春起至次年立春止的歲次均是癸巳年。過了今年，下一個癸巳年便要到西元二〇七三年了。

　　蛇，毒蟲也。本作它，根據《說文》，「它，从（從）虫而長，象冤曲垂尾形。上古草居患它，故相問無它乎。」《左傳·莊公十四年》有「內蛇與外蛇鬥」之語。蛇的形象並不討好，亦令人聯想到歹毒陰險，如「佛口蛇心」、「鼻蛇鬼怪」、「蛇蠍心腸」、「蛇口蜂針」、「長蛇封豕」等。但蛇亦有其他意思，如《莊子·達生篇》便有「浮之江湖，食之以委蛇。」委蛇，泥鰌，即泥鰍。蛇亦是星名，《左傳·襄公二十八年》有「蛇乘龍」語。《晉書·天文志》有「騰蛇二十二星，在營室北，天蛇也」的記載。古時候，蛇亦象徵國君，《左傳》便有「有蛇自泉宮出，入於國，如先君之數」之語。

　　不少原始部落均以蛇作為圖騰崇拜的對象。摩爾根《古代社會》便記載了在美洲印第安人中，有九個部落有蛇氏族，甚至有的以響尾蛇作為氏族的圖騰。澳洲的一些原始部落也有類似的圖騰，並且會舉行一種蛇圖騰的崇拜儀式，祈求蛇神降福庇佑。

　　在中國，蛇圖騰亦有一定的地位，甚至早於龍圖騰的出現。在仰韶文化的陶器上便有蛇的圖像。而傳說中的漢族祖先，亦是蛇的化身。《列子》中便有「女媧氏、神龍氏、夏后氏，蛇身人面，牛首虎鼻」的記載。《山海經》中也有「共工氏蛇身朱髮」之說。根

據傳說，在伏羲部落中有飛龍氏、潛龍氏、居龍氏、降龍氏、土龍氏、水龍氏、赤龍氏、青龍氏、白龍氏、黑龍氏、黃龍氏等十一個氏族，都可能是以各種蛇為圖騰的氏族。而伏羲本身亦是蛇身人首的神人。因此，與其說漢族是「龍的傳人」，不如說是「蛇的傳人」更貼切。

在自然界中，蛇有其獨特的生活習慣和特性，而在大自然的生物鏈中，蛇亦有其一定的位置。事實上，野生物種環環相扣，互相依存，亦相互制約。一旦食物鏈中某一環節發生變異，整條生物鏈都要受到影響，甚至斷裂，造成生態危機。例如草、蝗蟲、蛙鼠、蛇、鷹，便是其中一條食物鏈，假如蛇的數量大幅減少，便會導致鼠患，對生態環境造成破壞。

而蛇的天敵，除了鷹，便是人類。因為蛇肉可食。在中國、拉丁美洲、中南半島等地都有吃蛇的傳統，並認為吃蛇有滋補的作用。在廣東菜中，蛇羹更是秋天進補的「美食」，著名的有「太史五蛇羹」。蛇類入藥更早在二千多年前的《神農本草經》便有記載，而除了廣為人知的蛇膽，其實蛇全身都有藥用價值。從中醫的角度看，吃蛇亦確實有心臟保暖的功效。亞洲不少地區也有釀製蛇酒的習慣，例如日本，便有一種名叫「波布」的蛇，主要分布在沖繩一帶，當地人會把牠們製成「波布清酒」。在中國，蛇酒更被譽為「酒中之珍品」。

因此，自古以來，便有捕蛇專業的出現。唐代柳宗元便有傳誦千古的〈捕蛇者說〉一文。文中提及「永州之野產異蛇，黑質而白章。孰知賦斂之毒有甚是蛇者乎？」不無感慨的是，文中的捕蛇者蔣氏祖孫三代，為免繳交賦稅而甘願冒着生命危險而捕蛇，除了反映人類的自私而對其他生物的迫害，亦深刻地描繪出當時統治階級對人民的殘酷壓迫，與人民生活的困頓與無奈。

放眼當下，蛇年到來，除了關心個人流年運程，我們又是否應以〈捕蛇者說〉為鑑，反照為政者與人民的關係？所謂無為而治，與民休息，人民自然得以安居樂業。相反，即使政非苛政，但繁瑣擾民，亦只會愈管愈亂，天下焉能大治？

至於千百年來，人類為飽口腹之慾，對大自然的破壞實在比毒蛇更可怕。每逢秋冬便是進補的時節，野生動物，不論是飛禽還是走獸，都成為人類的獵物。濫捕濫殺的結果便是無法挽回的生態災難。一條一條的生物鏈被扭曲，甚至中斷。事實是，人類沒有必要吃野生動物。也許，這個蛇年，人類實應切實反思與大自然的關係。

二〇一三年二月十一日

清明感懷

　　一年容易，又過清明。這年清明前後細雨紛飛，十分應景。為了避開人群，我們每年都會提前拜祭先父。所謂拜祭，現在已不是上墳，而是上骨灰龕位。傳統在不知不覺間跟隨時代的改變而改變，例如「壓紙」，便被靈灰龕淘汰了。

　　從前有段時間，喜歡到墳場獵影，感覺是安詳的，彷彿那裡有一股無法描摹的引力，匯聚四面八方的靈氣，不嚇人，即便是清明節當天人如潮湧，也掩蓋不了那裡的安靜寧謐。那時常常看見墓碑上有一些用石塊壓着，長方形的黃白紙張，當時不知就裡，後來才明白那叫作「壓紙」。

　　「壓紙」又叫作「掛紙」，就是替祖先修理房子的意思。「壓紙」之前，需先除去墓旁雜草，再將墓紙兩三張一疊折作波紋狀，用石塊壓在墓頭、墓碑及墓旁的「后土」。「壓紙」象徵子孫一年一度為先人的居處添新瓦；亦同時表示這座墳有後人祭掃。反之，沒有「壓紙」的墳就是無人祭拜的孤墳，顯得有點淒涼。不過，誠如南宋高菊卿的〈清明〉所言，「日落狐狸眠塚上，夜歸兒女笑燈前。人生有酒須當醉，一滴何曾到九泉。」事實是，哪有墓頭百年香，孤墳荒塚又何妨？

　　消失的傳統，還不止此。正是「百草千花寒食路，香車繫在誰家樹？」（五代馮延巳〈鵲踏枝·幾日行雲何處去〉）。現在只知清明，寒食早給遺忘掉了。寒食的習俗，據說最早見於東漢桓譚的《新論》：「太原郡民，以隆冬不火食五日，雖有病緩急，猶不敢犯，為介之推故也。」晉孫楚的〈祭介子推文〉云：「太原咸奉介

君之靈，至三月清明斷火寒食。」由於寒食和清明日期相近，兩者的分野逐漸模糊，但古時候仍以寒食為主。到了北宋孟元老《東京夢華錄》的「寒食第三日，即清明也，凡新墳皆用此日拜掃。」清明的重要性逐漸提升，加上是廿四節氣之一，終於完全取代了寒食的地位。

正是「人乞祭餘驕妾婦，士甘焚死不公侯。賢愚千載知誰是，滿眼蓬蒿共一丘。」（北宋黃庭堅〈清明〉）。所謂「為介之推故也」，這不禁令人發思古之幽情，而放眼當下，亦不無感慨。

介之推又名介子推或介子，是春秋戰國時代晉國的大夫，在驪姬之亂發生後，他跟隨公子重耳出奔，在流亡國外的十九年間，歷盡艱辛。據《韓詩外傳》記載，重耳逃至衛國時，一名叫頭須的隨從偷光了重耳的資糧逃走了。重耳無糧，饑餓難行，介子推毅然割下自己腿上的肉供養重耳，史稱「割股奉君」。

後來重耳得到秦穆公的幫助，終於回國當上國君，成為春秋五霸之一的晉文公。重耳即位後，時值周室內亂，未盡行賞便出兵勤王。對此，介子推沒有像壺叔那樣，主動請賞。他說，晉文公返國實為天意，忠君愛國乃發乎自然，沒必要請賞，還視主動請賞為恥。他認為狐偃等「以為己力」，無異於「竊人之財」的盜賊，故「難於處矣」。介子推非但沒有對晉文公生起絲毫怨恨，反而對狐偃、壺叔等追逐榮華富貴而感氣憤，恥與為伍，因而與母親隱居綿山，成為不食君祿的隱士。此之謂「介之推不言祿」。

後來有人向重耳進言，他才猛然想起舊事，心中十分愧疚。連忙派人請介子推回來領賞，但派去的人都找不到介子推，最後重耳親自率眾尋訪，但仍無法找到介子推兩母子。這時有人獻計放火燒山，迫介子推下山，但結果反而將介子推兩母子燒死。晉文公既

傷心又懊悔，正要移屍安葬時，發現介子推身後的柳樹藏有一片衣襟，上面用血寫上：「割肉奉君盡丹心，但願主公常清明。柳下做鬼終不見，強似伴君作諫臣。倘若主公心有我，憶我之時常自省。臣在九泉心無愧，勤政清明復清明。」晉文公小心藏好，視為座右銘，而為了紀念介子推，他便將這一天定為寒食節，全國禁止用火，寒食一日。

第二年，晉文公又率領群臣到綿山致祭。一行人先在山下寒食一日，第二天上山。發現介子推兩母子被燒死的那棵柳樹，已經長出了嫩條。晉文公看着，便上前掐了一絲帶在頭上。隨從的臣下也紛紛仿效他折柳插頭。晉文公便把這棵柳樹賜名為清明柳，把這一天定為清明節。

介子推的高風亮節，晉文公的真誠反省，成為詩人反覆吟詠寒食的重要內容，通過對這一悲劇的反覆思索和詠嘆，表達了詩人對介子推無限哀挽敬仰之情。如唐代盧象的〈寒食〉：「子推言避世，山火遂焚身。四海同寒食，千秋為一人。深冤何用道，峻跡古無鄰。魂魄山河起，風協禦宇神。光煙榆柳火，怨曲龍蛇新。可歎文公霸，平生負此臣。」表達了對介子推遭遇的同情和四海人民的敬仰，感嘆其深冤峻跡、其品格之高尚，其精神之壯烈，足以起動山河，感召宇宙。

相對於「狡兔死，走狗烹；高鳥盡，良弓藏」的悲哀，「可歎文公霸，平生負此臣」一語，既包含了詩人對晉文公痛失子推，追悔自責的沉痛，還隱含對歷代君王多寡恩的深深譴責；亦同時投射出詩人懷才不遇的自況。事實是，歷朝忠貞之士、死節之臣、枉受冤屈司空見慣。介子推的命運，不僅反映這一群「明主棄」的賢士比比皆是，亦勾起多少失意詩人的共鳴。

放眼當下，唐代杜甫「雲白山青萬餘里，愁看直北是長安」的感慨依然。白居易「草香沙暖水雲晴，風景令人憶帝京」的「病心情」亦有如身受。天涯淪落、有志不得騁，更難消受歲月的磨洗。敢問「北極懷名主，南溟作逐臣。」（唐代宋之問〈途中寒食〉）的詩人們，曾經多少次在心底發出「如何憔悴人，對此芳菲節。」（唐朝武元衡〈寒食下第〉）的哀思與無奈。失意的沉鬱，無言的苦悶，是自古至今不熄的裊裊飛煙。

二〇一三年四月四日

月餅應該是圓的

「一年容易又中秋，有人快樂有人愁。」這是兒時朗朗上口的順口溜。今時今日，中秋已異化成無限商機，但教人愁的是，節日傳統氣氛卻一年遜一年。

明代田汝成《西湖遊覽志》提及：「八月十五日謂之中秋，民間以月餅相遺，取團圓之義。」故此，中秋又名「團圓節」，而月餅亦叫「團圓餅」，寓意闔家團圓。月餅應該是圓的，縱使現今大部分的月餅已變成了方形。中秋節吃月餅，就和端午節吃粽子與元宵吃湯糰一樣，是中華文化彌足珍貴的傳統習俗，沒有月餅便成不了中秋。

雖然「月餅」一詞最早見於南宋吳自牧的《夢粱錄》，但月餅的歷史卻可追溯至殷周時期。當時江浙一帶有種紀念商朝太師聞仲的「太師餅」，被視為月餅的「始祖」。漢代張騫出使西域，引進了芝麻、胡桃，於是出現了以芝麻、胡桃仁為餡料的圓形餅，稱為「胡餅」。

到了唐代，民間開始出現胡餅餅師和專門售賣胡餅的店舖。據說某年的八月十五，唐玄宗和楊貴妃賞月吃胡餅，玄宗嫌胡餅名字不雅，楊貴妃凝望當空明月，「月餅」二字脫口而出。從此「月餅」的名稱便取代了「胡餅」。而中秋成為節日，據說也始於唐代。傳說唐玄宗夢遊月宮，得到了「霓裳羽衣曲」，民間便有了過中秋節的習俗。

月餅，又稱宮餅、小餅。相傳北宋皇室過中秋，喜歡吃一種叫「宮餅」的食品，「宮餅」又叫「小餅」，也就是月餅，而餡料則

更細緻。北宋蘇東坡〈月餅〉詩云：「小餅如嚼月，中有酥和飴。默品其滋味，相思淚沾巾。」酥和飴，說明了餡中摻入了油和糖。

小時候，母親常常叫月餅為「油餅」。記憶中，那時的月餅盒內都有蠟紙，而蠟紙都會沾滿月餅的油脂而顯得半透明。當時的月餅盒是紙盒，後來完全由鐵盒代替。我們小時候經常將紙盒改造成玩物，其樂無窮。

廣式月餅的包裝通常是四個為一單位，十九世紀七十年代時，四個月餅疊在一起，用玉扣紙包成圓柱體，豎立擺放，稱「一筒月餅」，外面貼有紅色蠟紙，註明品種。使用月餅罐或紙盒包裝是到了廿世紀，月餅被商品化以後的事，一般仍然是四個一盒。除了鐵和紙，我也曾見過木製的月餅盒，相當別緻。事實是，當時我就是為了那個木盒而買了兩盒月餅，至今仍保留着一個木餅盒，用作盛載一些「小物事」。

古時候，月餅其實是祭品，用以祭月。《禮記》云：「天子春朝日，秋夕月。」「夕月」也就是在秋分的晚上祭月，在古代是和春天的祭相對的。記得母親愛說「拜月光」，每年的中秋拜月，是年中大事。但時至今日，拜月的習俗幾成歷史。

至於月餅的形狀，雖然隨着歷史的演進和各地方特色而有異，但大體上應是圓的。明代劉侗、于奕正《帝京景物略》有這樣的記載：「八月十五祭月，其餅必圓，分瓜必牙錯，瓣刻如蓮花。」這與廣式月餅相似，廣式月餅的特點是皮薄鬆軟、油光閃閃、色澤金黃、油潤軟滑、圖案精緻，餅身呈腰鼓形，餅底呈皮色幼砂眼，不易破碎。

唐宋以前，關於拜月的記載較少，而當此兩代，祭月之風已盛，且多是和賞月聯繫在一起的。到明清時期，這風俗更加流行。明清

北京的拜月之俗，多是八月十五晚間家人團聚，等月亮升起之後拜月。明代劉侗《帝京景物略》云：「八月十五日祭月，其祭果餅必圓……家設月光位，於月所出方，向月供而拜……女歸寧，是日必返其夫，家曰團圓節也。」

從前，雖然家境不好，但每年的中秋，母親必定購備月餅，和各式水果，準備「拜月光」。水果計有柿子、橙、蘋果、梨、柚子、葡萄、楊桃、香蕉等，也有花生和菱角。「拜月光」其實沒有什麼特別的儀式，而我們便等母親拜完月光，一起吃水果和月餅。月餅必定是拜完月光才吃的。一家人一起吃，特別窩心。

除了拜月光，吃水果，中秋最令人期待的是提花燈。小時候，每逢中秋，大街小巷都滿是提着花燈的孩子，也有成人。人影疊疊，燈影處處，遍充中秋的氛圍，節日的喜氣。今天，這份節日的氣息已不復往年，甚至不復存在。點蠟燭、提花燈亦漸成集體回憶。

蘇東坡的〈中秋月〉詩云：「暮雲收盡溢清寒，銀漢無聲轉玉盤。此生此夜不長好，明月明年何處看。」時代在變，傳統在消失，而每年的中秋，不變的是特別圓的月亮。我懷念一家人在團圓節一起吃月餅的日子，懷念大伙兒提花燈點蠟燭的夜晚。畢竟，月餅應該是圓的。

二〇一三年九月七日

冬至

已記不起上一次一家人過冬是何年。因工作關係，多年來均沒有和家人一起過冬或過節，大概有二十年罷！今年賦閒在家，反而可以一家四代，在冬至當晚，同桌吃飯過冬。雖然飯前飯後均沒有吃湯圓，但心潮起伏，仰長嘆而唏噓。

常言道，「冬至大如年」。廣東人更有「冬大過年」之說，一家人須於冬至夜團聚吃飯，還須飯前或飯後吃湯圓，代表一家團圓。冬至畢竟是最重要的節氣，一直排在廿四節氣的首位。殷周時期規定冬至前一天為歲終之日，冬至也就是一歲之始。後來改行夏曆，冬至亦有「亞歲」之稱。

雖然冬至不是香港的法定假日，但不少公司的不成文規矩是提早下班，讓打工一族早點回家，與家人吃飯過節。冬至過節源於漢代，盛於唐宋。漢朝以冬至為「冬節」，並會舉行官方的祝賀儀式，稱為「賀冬」。南朝劉宋歷史學家范曄《後漢書》有云：「冬至前後，君子安身靜體，百官絕事，不聽政，擇吉辰而後省事。」即冬至當天朝庭上下均會休假。

早在周代，冬至就有國家祀典。《周禮‧春官》云：「以冬至日，致天神人鬼。」歷代帝王亦會以冬至為盛大的國事大典，南郊祭天，北郊祭地，朝會群臣與各國使節。唐宋時期，冬至成為祭天祀祖的日子。皇帝這天要到郊外舉行祭天大典，百姓須祭拜父母尊長。及至明清兩代，皇帝均有祭天大典，謂之「冬至郊天」。宮內有百官向皇帝呈遞賀表的儀式，而且還要互相投刺祝賀。

時至今日，冬至已鮮有祀祖，但不少習俗依然流傳下來。例如江南水鄉，有冬至夜全家聚首，一起吃赤豆糯米飯的習俗。陝西一些地方在冬至會吃紅豆粥。真是無巧不巧，這年的冬至，我和玉琴吃下午茶時，點了紅豆西多士，而晚飯則吃了糯米飯。雖然沒有吃湯圓，但這也可以算作應了節罷！

年屆九旬的母親向來很重視冬至，按她的說法是「做冬」。「做冬」也就是一家人在一起吃一頓豐富的晚飯，但她並不要求必須在冬至當天，而由於家庭成員各有工作，事實上也很難相聚一起「做冬」，故此，通常也會提前「做冬」。今年是非常難得也是記憶中的首次，四代人一起「做冬」。雖然仍有成員不在席，但我這一代總算人齊，記憶中也是破天荒的第一次。

母親常常把「乾冬濕年」和「冷冬暖年」掛在口邊。意思是冬至不下雨，春節便會下雨；如果冬至寒冷，春節則會相當溫暖；反之亦然。這是她年輕時務農積累下來的傳統智慧。今年的冬至又冷又乾，春節想必既濕且暖。她還有一句「冬歸頭、冬歸尾」的順口溜。民間流傳「冬歸頭，賣被去置牛；冬歸中，十隻牛欄九隻空；冬歸尾，賣牛去置被。」意思是冬至在農曆月初，該年天氣應會較暖，冬至在月中則該年冬天較冷，冬至在農曆月底，那年冬天會相當寒冷。故此，今年的冬季恐怕是會較冷的了。

際此「冬至一陽生」，冬至日是一年中，日最短而夜最長的一天。曹植〈冬至獻襪頌表〉云：「千載昌期，一陽嘉節，四方交泰，萬物昭甦。」在漫長的暗夜過後，必是走向朗朗白日。營役半生，如今面向人生的一大轉折，想到杜甫〈小至〉的「天時人事日相催，冬至陽生春又來。」這次第，怎一個「閒」字了得。

二〇一三年十二月二十三日

聖誕的意義

今天，聖誕節已成為真正普世歡騰的日子，因為不管是否信徒，都同樣互道「節日快樂」或「聖誕快樂」。而聖誕亦已成為借口，讓人們盡情吃喝消費。然而，在歡樂背後，卻已忘記聖誕的真義。

根據《聖經》的記載，耶穌在伯利恆的馬槽內誕生，牧羊人報喜，天上出現明星，引領東方三博士前來參拜。嬰孩代表柔弱，因為耶穌改變人心的方法，是綿密的愛。祂以最溫柔的愛，赤子的心去擁抱世界，以柔弱誘發人心內無盡的關愛。

耶穌在世的日子，不斷宣揚愛的真諦，愛人如己、愛仇敵、愛父母、愛弟兄姊妹、愛鄰舍。祂以愛帶給人們平安、喜樂和盼望。耶穌的降生，是為了從黑暗、不公的現世，將人拯救出來，回歸真善美。

不管是否信徒，每年的十二月，我們的社會都不期然地想起聖誕老人、聖誕樹、聖誕禮物、聖誕燈飾。而在平安夜，更是狂歡的日子，已全然背離平安夜的本來面目。君不見平安夜當天大批港人外遊，更多的是湧往商場食肆，酒店的自助餐座無虛席。現代的消費主義已完全吞噬了聖誕的安寧。

現在一般稱為平安夜的聖誕夜，英語就是「聖誕前夕」。平安夜據說是源自著名的聖誕歌曲《平安夜》（*Stille Nacht*）。顧名思義，平安夜應該是安詳寧謐的。在這一個晚上，全家人都會按傳統聚在客廳，圍着聖誕樹唱聖誕歌，並且交換禮物，分享年中的生活點滴，喜怒哀樂，表達內心的祝福和愛，祈求來年幸福。例如在冰島，聖

誕假期由平安夜當天的下午六時開始，教堂鐘聲敲響，人們會與家人一起享用節日晚餐，之後便拆禮物，一起度過晚上。

不錯，聖誕禮物是在平安夜，又或是聖誕當天拆的，不是一般所說的「拆禮物日」。事實上，十二月廿六日應是「節禮日」（Boxing Day），而不是「拆禮物日」。從前，在西方封建社會，聖誕節是大家庭團聚的日子。奴隸的家人也會在領主的莊園內相聚，以便領主發放年終津貼。十二月廿六日當天，所有聖誕派對結束，領主會把一些有用的物品，如衣料、穀物和用具等，送給住在園裡的奴隸。故此，每個奴隸家庭會在聖誕節後得到一個載滿物品的大盒。「Boxing Day」亦因此而得名。

聖誕其實與中國的冬至有點相似，都是讓一家人年終到晚，聚首一堂的日子。歐美在聖誕期間，都會出現回鄉潮，趕在平安夜回到老家，與家人團聚，相互祝福。平安夜，應該是如聖誕歌《平安夜》所言，是神聖的、是安靜的，絕對不是狂歡的。

曾經有一位英國的老太太告訴我，按照他們的習俗，聖誕前夕會一家人聚在一起過平安夜，晚餐通常是簡餐，所以會準備聖誕蛋糕和大量的薑餅、糖果之類，讓大家晚間可以享用。聖誕節當天，按照傳統，烤熟後的火雞會整隻端上餐桌，再用刀叉把火雞切割上碟，大家一起享用，象徵家人團聚。沒有火雞，便成不了聖誕。她還說，聖誕大餐裡，還有葡萄乾布丁是不可少的！

雖然十二月二十五日不是耶穌真正的出生日，而由於《聖經》上沒有記載，也曾被視為異端。弔詭的是，雖然是猶太人的王，但猶太人不慶祝聖誕，他們慶祝燭光節（Hanukkah）。即使在香港，每年的這個時候，遮打花園都有簡單的儀式，慶祝燭光節。但今時今日，誰又會在意聖誕的真義，只管在這個普天同慶的日子，狂歡！

二〇一三年十二月二十六日

龍馬精神

　　四季更迭，歲歲迎新。二〇一四又迎來甲午，猶記一八九四甲午戰爭，翌年乙未，台灣割讓給日本，進入五十年的殖民時期，那是台灣的痛，中華的傷。不經意已轉了兩個甲子，而那一個馬年發生的大事，依然教人激動。俱往矣！龍馬精神猶在，君子自強不息。

　　在下肖龍，龍與馬頗有淵源。《爾雅・釋畜》指「馬高八尺為龍。」龍也就是昂揚偉岸的駿馬。然而，到了這一個馬年，才曉得每逢春節必不可少的「龍馬精神」，原來不僅僅是新春的祝福語，而且是代表着中華民族自古以來不斷奮鬥、自強不息的民族精神。

　　「龍馬精神」的「龍馬」，原來並不是指龍和馬，而是特指一種傳說中龍首馬身的神獸。《漢書・孔安國傳》曰：「龍馬者，天地之精，其為形也，馬身而龍鱗，故謂之龍馬，龍馬赤紋綠色，高八尺五寸，類駱有翼，蹈水不沒，聖人在位，伏羲繡像負圖出於孟河之中焉。」

　　《尚書・顧命》謂：「伏羲王天下，龍馬出河，遂則其文以畫八卦。」北魏酈道元《水經注・河水一》云：「粵在伏羲，受龍馬圖於河，八卦是也。」明代李贄〈方竹圖卷文〉亦云：「寧獨是，龍馬負圖，洛龜呈瑞。」李白〈白馬篇〉也有「龍馬花雪毛，金鞍五陵豪」之句。

　　伏羲被奉為中華民族的「人根之祖」、「人文之祖」。《漢書・古今人表》中首敘伏羲，次列炎黃，以伏羲為歷史源頭，認為伏羲氏「繼天而王」，因而他是百王之先，中華之祖。據聞甘肅天

水的伏羲廟，在大殿中有一匹形狀似龍似馬的雕像，也就是傳說中的「龍馬」。

傳說天水是伏羲故里，有一天，他在山上凝思，忽見對面雲霧滾滾，有一身着花斑，兩翼振動的龍馬翻騰而出。龍馬身上的花斑就是河圖，伏羲據此創制了八卦。中國還有另一個相傳是伏羲故里的地方，那就是河南孟津縣。那裡有座龍馬負圖寺，寺內供奉着一匹三米多高的龍馬。

龍馬與中華民族息息相關，是中華文化之始源。它等同純陽的乾，象徵剛健、明亮、高昂、升騰、飽滿、昌盛。《易經》中便有「乾為馬」之語，代表君王、父親、大人、君子、祖考、金玉、敬畏、威嚴、健康、善良、遠大。孔子在《周易・乾卦》中便以「天行健，君子以自強不息」一語總結之。

這匹由中華民族的魂魄所生成的龍馬，雄壯偉岸、追月逐日、披星跨斗、乘風禦雨，正是中華民族不屈不撓的寫照，是炎黃子孫克服困難，永遠奮進的表現，也是中華人不畏艱險，樂觀向上的生命意義的反射。

至於「龍馬精神」的「精神」，不是「精神奕奕」的精神，而是指天地萬物的靈氣。《禮記・聘義》云：「氣如白虹，天也。精神見於山川，地也。」「龍馬精神」也就是指龍馬的靈氣。中華人以龍馬精神自況，也就是與天地合，萬物齊一的精神。

中國傳統以農曆的干支紀年，正是中華民族生生不息的投射，其中一個迴圈的第三十一年稱「甲午年」。一八九四年爆發的那場可歌可泣，教人仰天長嘆而無可奈何的中日甲午戰爭，是中國以至世界近代史上的重大事件。而每當想起那一段歷史，五內仍然激起難以平伏的波瀾。

甲午戰爭前，中國和日本都受到不平等條約的制約。甲午戰爭後，日本一躍成為亞洲強國，完全抹掉半殖民地的色彩，國力迅速膨脹，最終走上軍國主義之路。而中國則一落千丈，白銀大量流出，國勢頹敝。甲午戰爭的失敗，對中國社會的震撼前所未有，朝野上下，信心喪失殆盡。教人扼腕的是，甲午之敗，不是敗於日本的船堅利炮，而是敗於慈禧的頤和園。

　　清龔自珍〈己亥雜詩〉云：「九州生氣恃風雷，萬馬齊喑究可哀。」俱往矣！今年又再迎來甲午馬年，歷史是否不斷重演，無人能說得準，只是中華民族以「龍馬精神」無比的生命力，一百二十年來的自強復興之路，卻足以慰藉甲午英魂。

二○一四年一月十四日

冬雨

踏入十二月，迎來這個冬季的第一場雨。有人說，冬雨是雪的使者，但這個南陲小島不會下雪；即便是不下雪，小島的冬雨亦同樣浪漫。也有人說，這小島的冬季不凍，但冬雨卻同樣灑落陣陣淒冷。

那個早晨，雨點斯文得可以，沒有粗魯地頓足，也沒有豪放地咆嘯。細雨紛飛，不疾不徐，卻悄悄將夜間不尋常的暖氣沖走。而急降的溫度，縱令精神為之一抖，但卻難掩三分哆嗦，三分寂寞。

走到街頭，才發覺地上的濡濕。原來這場雨已下了好一陣子。街上的空氣格外清新，是冬天的氣息。冬季終於正式到來。但那個朝早，其實不冷，只是這個秋天沒有秋意，紅葉爽約，金風來遲。立冬過後，陽光依樣燦爛，白日風暖和煦。

排闥而來的，是路邊山杜英一夜間掉落的黃葉。是因為氣溫驟變，還是禁受不起水滴石穿的威力？仍在輕輕擺動的樹枝，是要揚棄更多的枯葉，還是在跟雨水一起跳舞，慶祝冬季的正式登場？也許，一起迴旋起舞的，不止樹枝。

細如鵝毛的雨水，在不經意間沾濕了髮端，但漸灰的髮際，始終沒有滾出淚珠。只是呼吸着冬天的空氣，傾聽着冬天的絮語。在雨中，雙腳不由自主地加速，縱使心裡頭很想放慢一點，感受這清冷的早晨。眼睛亦很想多看一會，多看一會那從天而降的閃亮。

在陽光的映照下，猶如灑下一片銀輝，天空在吐絲。而蠶絲般的零雨，活像要將人縛住，將世界也縛住。然後，等待天蠶破繭的一天。

雨一直沒有下大，雨點顯得有些羞澀，像是不願叫人的孩子。雨絲倒是很密，漸漸顯得有些沉重，掛在外套上，也掛在臉上。而雨水的重量，不經意地化成某種思量，憶記起什麼來；也分不清楚是在遠方，還是在從前。

　　冬雨，沒有春雨綿綿的美讚，沒有夏雨滂沱的豪邁，亦沒有秋雨淒然的肅殺，但卻默默地安撫着人心，為世間帶來溫暖的希望，預報着春天的即將到來，呈現四時更迭的恆常，寒暑有序的規律。

　　那個晚上，再一次獨自走在雨中，再一次思想起什麼。不解的，是冬雨的情懷，生命的情愫。春花秋月有時，寒來暑往無端。四季往復循環，但卻永遠是獨一的春夏，不同的秋冬。生命縱是周來復始，若旦夕之常，但人生只有一次。即使真有來世，亦不會是同一個故事。目前當下，不求聞達於世，亦不求來生福報，只願無愧此生。

　　來自遠方的冬雨，悠然飄落，在街燈的映射下，顯得有點疲倦。整個世界彷彿完全沉默，傾聽着雨點在耳邊低訴如夢似煙的情話。眼睛只看到前方的一點光，在不遠處，等待着這過客，這逡巡不前的過客。

二〇一四年十二月二日

羊年說羊

匆匆走過甲午，送馬迎羊，歲次乙未。這個地球，真的轉得愈來愈快。唐宋古文八大家之一的歐陽修，便曾以「羊胛熟」來形容時光的飛逝。他的〈謝觀文王尚書惠西京牡丹〉詩云：「爾來不覺三十年，歲月才如熟羊胛。」不知這個羊年，又會否「如熟羊胛」，或如「搏扶搖羊角」般瞬間遠颺。

《說文解字》云：「羊，祥也。」秦漢金石多以羊為「祥」，所以「吉祥」就寫作「吉羊」。羊象徵安泰。古語有「三陽開泰」，後亦作「三羊開泰」，出自《易經》，指冬去春來，陰消陽長，象徵吉利。後人附會出「三隻大角羊聚立一處」，成為民間吉亨之象。

在古人心目中，羊擁有正直、美好的形象，久而久之，便成為正義的象徵。東漢王充《論衡·是應》云：「觟𧣽者、一角之羊也，性知有罪。皋陶治獄，其罪疑者，令羊觸之。有罪則觸，無罪則不觸。」戰國時代，秦楚等國獄吏皆穿上帶有獨角神羊圖案的冠服，以示莊嚴神聖。

羊性喜清潔，居於乾燥整潔之處，餐草飲泉，潔身離穢。羊天生馴順，反抗性差，欠缺鬥心，即使被宰殺，亦只低吟，引頸就戮。羊本性孝順，初生便知「跪乳」。《三字經》云：「羊初生，知跪乳。」後來人們用羔羊吃奶跪拜母親這一形象，教化人們孝順父母。《三字經》開篇「人之初，性本善」的善字，和這個羔字，都從羊。善字表示古代統治者希望人性如羊，便於管理。羔，羊子也，從羊，從火。火指羊子的生命之火。

從羊的字多有馴順之意。例如：詳、祥、羞、徉、翔、養、洋、羔、美、鮮、羨、善等。其中「美」字從羊從大，古人以羊為主要副食品，肥壯的羊吃起來特別美味。所以《說文》云：「美，甘也。」老子《道德經》有云：「治大國若烹小鮮。」意思是治理大國要像煮小魚一樣，不能多加攪動，多攪則易爛，比喻治大國應當無為。「魚」表示「鮮」的本義與「魚」有關；「羊」寓意馴順，指古代貴族家的廚師們，在廚師長的帶領下像羊群一樣馴順地運作。

至於羊如何成為十二生肖之一，民間有這樣的一個傳說：羊曾因盜五穀種籽給人類而捨生取義，人類感恩，便要求玉帝將羊列為十二生肖之一。

話說在洪荒時代，人間沒有五穀，人類依賴蔬菜野草為生，因而嚴重營養不良。有一年秋天，神羊從天宮下凡，發現人類個個皮黃骨瘦。神羊善心頓起，承諾為人類帶些糧種來。原來當時只有天宮才種有營養豐富的五穀。然而，玉帝不願與人類分享糧食。神羊便偷偷溜進御田，摘下五穀，偷下凡間，把種籽交給人類。

後來玉帝發現人間出現五穀，便命令天宮宰掉神羊，並要人們吃掉羊肉。到了第二年，在神羊行刑的地方，長出了青草，亦出現了羔羊，羊從此便在人間傳宗接代，以吃草為生，把自己的肉和奶，貢獻給人類。當人類知道玉帝要挑選十二種動物為生肖時，人們便一致推舉羊作為生肖之一。

羊不僅為人類送來五穀，也奉獻上自己的肉。由於羊為火畜，所以不論南北，人們皆喜吃羊肉禦寒。羊肉味苦、甘，性大熱，無毒，可入藥。但與蕎麵、豆醬同食，則會引發舊病；而與醋一起食用則傷人心。

記得多年前曾在牛頭角某茶餐廳吃過一鍋藥膳羊腩煲，雖然是街坊小店，但用料十足，品質上乘，至今回味無窮。可惜牛頭角一帶已面目全非，該家茶餐廳亦已走進歷史舞臺。這個年頭，雖然有凍肉供應，但羊肉始終價高量少，想吃一鍋像樣的羊腩煲亦不再那麼容易。事實是，這個馬去羊來的冬季雖不太冷，但最是想念的，仍是這鍋羊腩煲。

二〇一五年二月十五日

煙樨餅

農曆四月初七，與玉琴重遊沙田萬佛寺。雖然連日陰雨，但當天下午，卻乍現陽光。登山後，不經意已汗流浹背。環寺四顧，青山依舊，只是額上青絲已然褪色。而歲月在山中彷彿停頓。不老的是莊嚴聖殿，月溪寶地。不易的是十八羅漢，觀音慈顏。

這一天，卻與尋常日子有所不同。由於佛誕已屆，齋堂有一年一度的「荽茜餅」供應。玉琴衝口而出說成「芫茜餅」，但立即被更正。雖然齋堂寫的是「荽茜餅」，但正確名稱應為「欒樨（粵音「聯西」）餅」，或「煙樨餅」。中文大學中文系的「現代標準漢語與粵語對照資料庫」，亦有收錄「煙樨餅」一詞，為「餅食一種」。

「荽（粵音綏）」，即芫茜，又名胡荽、芫荽，俗稱香菜。原產地中海沿岸，《康熙字典》有「張騫使西域得胡荽」之語，說明芫茜本非產於中土。其實，芫茜是葷菜，不能用齋。「荽茜餅」實為「煙樨餅」之誤。商務印書館出版的《香港中草藥》第五卷，便載有製作「荽茜餅」之葉，應是欒栖葉，或欒樨葉。但長期以訛傳訛，變成了「荽茜餅」、「蒝荽餅」，甚或「芫茜餅」。

「欒樨餅」源於中山，其後演變為珠江三角洲一帶廣東人的傳統小吃，也是珠三角一帶農曆四月初八佛誕的特色食品。

傳說二百多年前，某年的浴佛節，一個遊方僧來到香山縣龍塘樹坑的河邊，準備沐浴，一條大蟒蛇突然闖了出來，直奔和尚。和尚拔出寶劍，將蟒蛇斬成數段，丟在河裡。這時來了個酩酊漁翁，他抓起蛇頭蛇尾，胡亂地舞起來，竟然令蟒蛇復活，變成一條龍，

騰空而去。而餘下的蛇身，則在河邊變成了幾棵小樹，也就是現在的欒樨樹。

後來，有一年夏天，當地發生瘟疫，死了很多人。河邊有戶窮苦人家，因為無力延醫購藥，嗅到欒樨樹葉發出清香，便摘了一把，回家搗碎沖水喝，不久病就好了。這事一傳十，十傳百，人們紛紛採摘欒樨葉沖水喝、做餅吃。後來每年的四月初八，人們便做「欒樨餅」來貢佛。而欒樨樹也因而被稱為「亂世樹」。

話說我們買了「煙樨餅」回家，母親一看笑逐顏開，連聲稱是，更隨口說得出它的名字來歷，還一口氣吃了兩個。原來母親年輕時，在東莞老家，每年佛誕都親手做這個「煙樨餅」應節。這個墨綠色的糕餅，又一次勾起陳年的回憶，家鄉的味道。她吃着「煙樨餅」，說着從未提起過的故事，臉上則流露出一股莫名的歡喜。在下啖着這個餅，亦彷彿在細味從未經歷過的時代。

欒樨，又名煙樨，學名「闊苞菊」，原產於印度和南中國。《中華本草》記載，欒樨性溫味甘微苦，祛風去濕，具有暖胃去積、散結等功效。《廣州植物誌》載：「農曆四月初八日相傳為浴佛節，廣州舊例於是日常摘取其葉，搗爛後和以米粉及糖製成粢粑，名為欒樨餅，市上間有出售，小孩食之有暖胃去癪（積）之效云。」做法是將欒樨葉搗碎，以粘米粉、糯米粉和糖，加水搓成粉糰，再經過倒模，蒸熟後就成為了「欒樨餅」。

「欒樨餅」呈墨綠色，入口軟滑煙靭，味道清香，略帶甘苦，除原味無餡之外，一般以豆泥或蓮蓉作餡料，以減其苦澀。由於欒樨葉開花後香味便會消失，因此要趕在夏季開花前採收嫩葉，才能做出清香的「欒樨餅」。故此，每年也只有在佛誕前後，才有「欒樨餅」供應。

這個煙槨餅，勾起母親陳年的回憶，家鄉的味道。

著名書畫家黃苗子是廣東中山長洲人，其祖父黃紹昌是晚清光緒年間大儒，曾經寫過一首〈鐵城竹枝詞〉，詠及中山的「煙槤餅」。詞云：「四月煙槤滿路邊，拈來製餅味香甜；醉看兒輩爭番唥，浴佛人傳倍鬧喧。」少年時被譽為神童，曾任中山紀念圖書館館長和省文史研究館副館長的香山老革命家鄭彼岸，在其《新新樂府·四月八》中，也有這樣的詩句：「四月八，拜菩薩，家家做餅搗欒西，捧出蒸籠熱辣辣。」不難想像，當年家家戶戶做餅，鄰里相送，彼此相贈，互相傳遞祝福的和諧喜悅。所謂小康大同，不就是如此？

　　另有一說指煙槤葉子顏色是那種含煙霧狀的粉綠色，因而取名煙槤。而且煙槤的名字才是「正統」，欒槤實為俗名。資料顯示，這一俗名於一九三二年，才收入生草藥家蕭步丹的《嶺南采藥錄》中。

　　且不論名字的長幼正俗，「我今灌浴諸如來，淨智莊嚴功德聚。五濁眾生今離垢，同證如來淨法身。」農曆四月，洗滌身心之後，唥一口「煙槤餅」，讓那股奇妙的甜美，獨特的香氣，沉澱俗慮煩憂，足可除垢納福。而無論是濟亂世的仙草，還是祛煩憂的甘艾，每當聯想着那一叢叢煙霧狀粉綠色的葉子，於焉淒迷，畢竟最能觸動人心，亦瀰漫着無涯詩意！

刊於二○一五年六月二十一日香港《大公報》文學版

地球在顫抖

八月二十四日，意大利中部歷史名城佩魯賈（Perugia）附近，發生六點二級淺層地震，多個山城夷為平地。震區儼如世界末日，災民恍似置身地獄。地震威力強烈，百多公里外的首都羅馬，以至鄰國瑞士，甚至一海之隔的克羅地亞均有震感。

意大利這次大地震，引起全球關注，成為國際焦點。但同日，印尼蘇門答臘南部海域發生的五點九級地震，以及緬甸發生的六點九級地震，卻幾乎沒有人留意。事實是，地震已非偶然，更不是遙遠的事。

根據中國地震局的統計，今年（二〇一六年）截至八月十九日，全球已發生了十二次七級以上地震，包括四月十三日緬甸七點二級地震和四月十六日日本九州七點三級地震。去年全年，則有十八次七級以上的大地震。

再看遠一點，由二〇一〇至二〇一四年，分別錄得二十八次、二十五次、二十次、二十三次和十三次。在二〇〇一年至二〇〇九年期間，發生七級以上地震的次數，平均每年十七點七八次。

而截至七月三十一日，中國大陸及周邊地區發生五級以上的地震，已有二十一次。而去年全年，大陸及周邊地區共發生三十次五級以上的地震。二〇一三年和一四年，則分別錄得四十五次和三十一次。

看近一點，在截至八月二十七日止，全球在今年八月份，共發生了七十一次介乎二點二至七點五級的地震。這些數字，說明一個

事實，地震真的無日無之。由唐山到西藏；從印尼的海底，到意大利的山城；由貧窮的緬甸，到富足的美國。地震無所不在，與萬物為一。

有研究指出，人類活動導致的碳排放，不僅令到氣候異常、全球暖化、海面上升、冰山溶解，也會引發愈來愈多的地震。

澳洲國立大學地球科學系的加姆皮羅‧埃法達諾（Giampiero Iaffaldano）博士，二〇一一年二月在《Earth and Planetary Science Letters》，發表題為〈Monsoon speeds up Indian plate motion〉的論文，透過研究季風侵蝕喜馬拉雅山東部的作用，分析印度板塊的運動。結果顯示喜馬拉雅山東部被侵蝕的岩石，導致的質量改變足以解釋印度板塊發生的逆時針旋轉運動。

加姆皮羅‧埃法達諾在文章中指出，很多地質現象是由板塊運動引起的，但現在找到了相反的規律：長期尺度上的氣候改變，同樣會對地質作用產生影響。在數百萬年的時間尺度下，氣候改變甚至能通過負反饋機制改變板塊運動的模式。

《國家地理》雜誌也曾於二〇〇八年刊登報告指出，大冰塊的融解可引致地震，並預測地震會隨着全球暖化，兩極冰川加快融解而愈來愈多。加拿大地質學家 Patrick Wu 早在二〇〇六年已指出，地殼比很多人想像中敏感，冰川融化改變地殼上的壓力後，會引致地震和海嘯；並估計隨着全球暖化日益嚴重，地震會愈來愈多。

二〇〇九年四月六日意大利中部發生六點三級大地震前，衛星圖片顯示南極威爾金冰架（Wilkins Ice Shelf）北部的 Charcot Island，在二〇〇八年三月三十一日至四月六日期間出現裂痕，再完全分裂，令大量冰塊流進南冰洋。

在這次意大利中部發生六點二級地震翌日，即八月二十五日，由三十一位科學家組成的國際團隊，經過十六年的觀測與資料搜集，在鄰近太陽系的半人馬星系內，發現一顆類似地球的行星。科學家宣稱，該顆被命名為 Proxima b 的行星，有望為人類尋找外星生物和宜居星球帶來新希望。

新希望？事實是，Proxima b 距地球約四點二五光年，約四十點三兆公里。以現在的技術，從地球出發到 Proxima b，需要三萬年。記得去年，美國太空總署也曾表示，按照目前載人登陸火星計劃的進程，人類有望在二〇三〇年踏上火星。

說到底，這些太空計劃，目的就是離開這個孕育人類歷史文明的藍色星球，拋棄這個被人類在過去數百年，破損得體無完膚的地球。而這些太空計劃，涉及的金額可真是天文數字。假如將這些數以千億計的資源，用於守護環境、扶助貧苦、消弭戰亂，建設真正與大自然和平共處的空間，人類又何須離開宇宙間唯一適宜人類居住的地球？

面對大自然，人類也真的很渺小。地震是大自然發出的其中一個警號還是反擊？是地球生病打哆嗦，還是因害怕而顫抖？但問題不是大自然離棄人類，而是人類從破壞（大自然）中建設（人類社會）所帶來的惡果，令人類愈來愈遠離大自然。但人類始終不明白，地球可以沒有人類，但人類不可以離開地球。

二〇一六年八月二十八日

早開的櫻花

曾經，多次在春天走訪長洲，目的就是要拜會關公忠義亭的櫻花。不過，每次都與櫻花擦身而過。然而，在這個金秋十月，卻與亭前早開的櫻花，不期而遇。

雖然，傳媒報道了日本今年（二〇一八年）十月出現櫻花綻放的奇景，而日前本地也有人陸續發現了櫻花早開的情況，但這天在關公亭前親眼所見，仍然感到驚訝，有點震撼，但更多的是感嘆！

櫻花多在三、四月間開花，但近年全球暖化，已令櫻花提前綻放，也同時縮短了花期。然而，在這個秋季，剛過了霜降，尚未立冬，櫻花便已盛放，眼下亭前這株僅存的櫻花樹，樹上的櫻花，甚至已開始凋萎！

日本今年可謂無間斷地受到颱風吹襲，除了造成破壞，也「誤導」了櫻花，在十月便已綻放！原因是強風既將樹葉吹走，也將海水帶到樹上。當海水蒸發後，留下來的鹽分令樹葉枯萎。樹葉脫落後，在失去植物激素控制的情況下，本應在春天盛放的櫻花，便提早在這個秋季開花。

上月強颱風「山竹」襲港，除了摧折無數樹木，也可能是直接令到香港的櫻花早開的原因。除了關公亭，也有人在將軍澳和中文大學等地發現早開的櫻花。然而，我們在駐足觀賞，拍照打卡之外，又有否想到這一「奇觀」，可不是上天的厚賜，反而是大自然向人類發出的警號。是全球暖化攪亂了四時的更迭，令氣候愈加異常，走向極端。

與日本的情況相似，「山竹」吹掉了不少樹葉，令櫻花樹缺少可抑制花芽生長的化學物質，加上近日氣溫異常和暖，似秋非秋，因而令到櫻花樹「被騙」，誤以為已是春天，所以便開出花來。

　　大自然的生物鏈，環環相扣，息息相關。一株櫻花樹的生物時鐘攪亂了，並不是一株櫻花樹的問題，而是整個生物鏈，整個大自然同時出現了狀況，而這個狀況最終會走向何方，誰也說不準。

　　忽然想起，科學家曾經指出，今天的赤道地帶，曾經是冰河世界。而今天的南北兩極，卻曾經是茂密森林，青蔥一片……。

二〇一八年十月二十八日

眼下亭前櫻花，已開始凋萎！

木棉的警號

清代陳恭尹〈木棉花歌〉云:「粵江二月三月天,千樹萬樹朱花開。」詩中的二月三月,指的當然是農曆的二、三月。也就是說,木棉樹開花的時節,對應於西曆,應該是三、四月罷!

雖然今年年卅晚已經立春,但元宵未至,那木棉樹上,竟然已開了花,而且落了個滿地紅。不獨朱花開了,而且還有綠葉。這個釀紅醞綠的「美景」,看在眼裡,卻教人怔忡不安。

今年(二〇一九年)的春節,也許是歷來最溫暖的一個春節。二月四日年卅晚當天,氣溫高達廿五點五度,是歷來第二暖的年卅,和第三暖的立春。而大年初二那天,更是香港有紀錄以來最熱的大年初二,溫度高達廿四點四度。部分地區更高達廿八度,與炎夏無異!

然而,隨着「靄春煙」而來的,卻真是「火樹燃」。

「紅棉盛放,天氣暖洋洋。」這是已故羅文的名曲。但這一個年頭,還未正式換上冬衣,卻猛然發現,這個暖冬已在不知不覺間離去了。如果仍可以稱之為「冬」的話!

全球氣候暖化日益明顯,沒有地方可以倖免。從前香港四季分明,春和、夏炎、秋爽、冬寒。但近年來已愈趨模糊。不僅人給弄得糊里糊塗,動植物也搞不清楚了。秋天不再紅紅黃黃,而冬天也不「冬眠」,花和葉迫不及待地探頭出來,爭取曬一曬溫暖的陽光,吸一口暖和的空氣。

木棉樹，應是先開花，後長葉。然而，近年來，也沒規沒矩地花葉爭妍。都搞不清那是拒絕枯黃的老葉，還是提早登場的新綠。而暖和的空氣，雖然騙得木棉樹開了花，但這個紅花綠葉的美麗圖畫，卻教人寒在心頭！

大自然生態鏈環環相扣，密不可分，除了人類之外，沒有多餘的物種。萬物皆順天應時，各守其分，配合得天衣無縫。一個小小的改變，足以亦必然影響整個生態鏈，影響整個生態平衡。花時失了序，並不是一株樹、一枝花的事，而是圍繞着這株樹、這朵花的物種，如昆蟲、雀鳥、動物……等整個生境的問題。

已有研究指出，昆蟲的數目和種類正急遽減少，在可見的將來，大有可能徹底消失。而昆蟲的消失，直接影響植物的繁殖，也危及其他以昆蟲和果子為食糧的物種。如此環環斷裂，最終整個生態鏈便有冰消瓦解之虞。甚至是早晚之事。

真的無法想像那一個沒有蝴蝶蜜蜂的世界是何模樣。那一個教人不寒而慄的世界！

二〇一九年二月十四日

卷三：生命的嘆息

　　……死神往往不請自來，但亦可以教人期待，但當死神真的出現眼前，我們卻又只想逃避。但無論如何想方設法地逃避，卻又永遠躲不過命運的安排。生命，在乎的可能就是抓住嘆息的一瞬。心中一份永遠遙不可即的希冀，可以讓人生充滿期待，正是這種「尚未」，令人生更精采，迎向無盡的可能，開拓無限的空間。留下一點遺憾，生命才得以完整。……

——〈抓住生命的嘆息—
《依戀在生命最後八天》觀後感〉

生命，可以讓人生充滿期待。

在河邊有生命樹

生命樹（Tree of Life）是一棵長在伊甸園的樹，它的果子能使人得到永生。耶和華原初沒有禁止阿當吃生命樹的果子，只是化身為蛇的魔鬼誘騙夏娃和阿當吃了善惡樹的果子以後，耶和華說：「那人已經與我們相似，能知道善惡；現在恐怕他伸手又摘生命樹的果子吃，就永遠活着。」（《創世紀》三章廿二節）於是驅逐亞當和夏娃離開伊甸園。從此，人便背負着原罪，並會死亡。

看電影《生命樹》，百感交集，思潮起伏。連串如詩般優美的影像，引領觀眾走向無限的聯想。片中逆光拍攝的鏡頭重複出現，極為優美。多次直視太陽的場景，實在教人讚歎。彷彿在隱喻「亮光不照惡人。」（《約伯記》卅八章十五節）

電影雖帶有濃烈的宗教色彩，但與其說它在說教，不如說它在叫人反思宗教。而反思的問題還不止此，其中核心的命題，是生命從何而來，往何處去。若死亡隨時都會降臨，生命存在的意義何在，人生如何得以安頓？

生命從何而來，萬物因何而生。影片由一段辛潘飾演的積克（Jack）的獨白開始：「弟弟……母親……是他們把我引到祢的門。」漆黑的畫面閃出光暈，然後畫面交代了一宗兒子死亡的消息：母親幾近崩潰，停機坪上的父親欲哭無淚。簡單的獨白和輕描淡寫的鏡頭，把這個影片的關鍵情節和人物交代得一清二楚，卻又毫不煽情，亦凸顯出死亡的命題。

然後是一段頗長的「盤古初開」的影像，由星雲的變幻，漸次形成宇宙和連串自然景象；由太空到地球，熾熱的岩漿形成陸地，接下來是生命的形成，由微生物到水母、海藻、游魚，甚至恐龍。

這樣交代了萬物的演化，與畢彼特飾演的父親相信「適者生存」和積克母親的獨白中連串問題相呼應。

電影一開始便引《約伯記》第卅八章經文「我立大地根基的時候，你在哪裡呢？」經文是耶和華回答約伯的，經文如是說：「誰用無知的言語使我的旨意暗昧不明？你要如勇士束腰；我問你，你可以指示我。我立大地根基的時候，你在哪裡呢？你若有聰明，只管說吧！」

社會混亂、天災人禍，人為什麼要蒙受諸多不幸？假如好人也會遇上最不幸的際遇，那麼為何要當好人？《約伯記》所說的故事，是極為虔敬的約伯，遇上人生種種最淒涼的苦難，人們說耶和華已離棄他，但約伯的信心沒有動搖，深信耶和華依然眷顧着他。約伯最終得到耶和華給他最好的回報。

畢彼特飾演的嚴父，便教孩子不要太好人。這是他的切身感受，然而，他仍是個非常虔誠的信徒，對工作無限的忠誠，從不缺勤。雖然很想掌握命運，卻又身不由己，一切任由上天擺弄，恍如約伯，但內心的交煎，卻又是百般無奈，萬般憤懣。相反，他的妻子雖同樣把一切交給主，但心存感恩，刻盡己任，相夫教兒，對人對事從不苛求、苛責。兩夫婦選擇了不同的道路，而兩條路同時存在於辛潘飾演的兒子積克心內，形成了纏繞一生的矛盾，長大後縱使物質生活無憂，但內心始終一片迷惘。

「溫良的舌是生命樹，乖謬的嘴使人心碎。」（《箴言》十五章四節）積克的父親正是乖謬的嘴，母親卻是溫良的舌。積克一生活在父母相悖的教導和死亡的陰影之下。鄰家孩子無端溺斃，十九歲的弟弟無故死去，均令他對主失去信心，對生命陷於迷惘，一生在探求自己也不知是什麼的東西。從連串的獨白中，清楚呈現出他對信仰的動搖甚至失去信心的心路歷程。

電影的末段，他在沙漠中尋尋覓覓之後，終於通過一道門，走到了沙灘，看見一生中所遇過的人，包括他孩提時期的父母和兄弟，還有小時候的自己和死去的弟弟。恍如第三者般觀看着眾人，看着眾人的歡愉，讓他內心亦得以安頓，一生中所要探求的已然呈現：愛，如童真般純潔的愛。平靜的沙灘不是偶然，而是回應了「大地根基」的問題：「狂傲的浪要到此止住。」（《約伯記》第卅八章十一節）

　　電影出現了多幕河邊的場景，亦出現了多次母親在晾衣的鏡頭。那是因為「在河這邊與那邊有生命樹，每月都結果子；樹上的葉子乃為醫治萬民。」（《啟示錄》廿二章二節）塵世只是浮光掠影，世事變幻無常，只有回歸自然，以愛，如童真般的純潔的愛，洗滌心靈，才可到生命樹那裡，讓人生得以安頓。

二〇一一年七月

敢和宇宙比身段——
《擊掌》詩集讀後感

　　對於寫詩，仍在摸索。寫些什麼，為何而寫，為誰而詩等問號，一直也在五內迴旋，卻又聽不到回響。自問並非僅僅是個「寫詩的人」，但仍不敢以「詩人」自居。已故丁平老師曾指出，「『詩人』只忠實地寫自己所曾感受的事物中底喜、怒、哀、樂；而『寫詩的人』就會寫出一些不經濟而粗俗的語言，一些空虛的夢囈，一些厭惡的噪音，和一些朦朧的概念並加工排列。」

　　讀詩人金筑的詩集《擊掌》，除了讀到一首首好詩，還神交了一位文學素養深厚、率性豪邁灑落的詩人。金筑，本名謝炯，貴州省貴陽市人，曾獲中國文藝獎章及詩運獎等。五十年代開始寫詩，早年加盟詩人紀弦所組成的「現代派」。現任《葡萄園》詩社社長，《貴州文獻》主筆，中國詩歌藝術學會、世界華人詩人協會理事。他是虔誠教徒，擅長新詩朗誦，舊詩吟唱及聲樂，曾在台灣和大陸各地朗誦。

　　對於「詩人」，金筑亦有一番見解。在一首沒有收錄在這本詩集的詩〈詩人〉中，作者認為詩人是「整日黏貼夢境……常常／笑不像笑 哭不像哭／吶喊無聲 寂寞孤獨／癡癡 傻傻 默默 沉沉／與繆斯對盞／酣入／醉中醉 幻中幻／夢中夢 癲中癲……赫然發現／李白醉眼中的月亮在水中／閃亮」。《擊掌》中的哲思與詩懷，亦離不開繆斯與李白。例如〈詩・畫・夢〉的「幻景中有詩人孤獨的唱吟／牽引繆斯來畫中」、〈茶局〉的「將繆斯沖入茗甌／細品慢飲 雀舌甘冽」、〈殘盞〉中的「邀請清月 太白共飲／對飲成五人／舞起那把青霜的古劍……醉眼相看 意興遄飛」、〈獨飲寂寞〉

裡的「只有一人／偏偏說對影成三人……端起一杯寂寞……杯底朝天／遺滴下 尚剩一粒星／就這樣 一飲而盡……我不會／絕對不會趁著月色／到水中把自己撈起來」。也許，在金筑的心裡，真的很仰慕那抽刀斷水的李太白；真的很渴望達到上青天攬明月的境界。

《擊掌》中的詩歌，用字爐火純青，精於排比對偶，諸如「夢境的跨越／坎坷的記憶」（〈時空的變奏〉）、「白馬王子的瀟灑／白雪公主的麗影……沒有警察 秩序井然／沒有武裝 橫逆不生……有諧和的旋律 無群體的鼓噪」（〈大草原〉）、「天天三月 日日陽春／晨晨春風 暮暮月華」（〈遲來的三月〉）、「折斷時間的距離／催散伶仃的幻影」（〈虛杳的切斷〉）、「酒香正濃 豪情激起／邀請清月 太白共飲……長庚不再孤獨／金筑不再寂寞」（〈殘盞〉）等佳句舉目皆是。

詩人不拘一格，亦不囿於題材，舉凡身邊和已不在身邊的人和事，以至生活中的點滴，生命中的感受，無一不可詩之歌之。詩人在書中的序中便指出：「題材方面，不拘一格，看到什麼就寫什麼……融入壯闊朗健的生活細節。」事實是，書中所寫的，除了人生素描，曠達哲思，也有好友作古或壽辰的作品，其中的真情實感，不管哪方面的感情，絕對認真，不落俗套。金筑先生正正是位忠於自己所感所受，亦勇於抒發所思所想，為詩而詩的詩人。

丁平老師亦曾經指出，「詩人的基本義務是：不要把詩寫成道符和咒語。」這一點，金筑先生實實在在的做到了。不獨做到了，讀他的詩，委實有許多值得學習和反思的地方。文字與思維有著微妙的關係，而詩是最精煉的文字，是詩人以最少的載體，向讀者傳遞最多的信息。詩人和讀者之間可以茫昧不可知，亦可以幽明兩相通。但有一點可以肯定的是，只有作者自明的作品，無論如何也稱不上佳作，更遑論好詩。

金筑先生在序言中指出：「我認為詩的懂與不懂，要反正來思考，多一個角度來慎思明辨，才不會偏頗。客觀條件的具備固然需要一定的水平，也要有正確的態度。主觀方面，詩作者的水平才是極大關鍵，作者對於詞藻應用不當，辭彙不足，造詞遣句不切實際，意象拿捏不準，不統一……作者自認完美無缺，卻不能與客觀接軌，讀者自然扞格不入，無動於衷，這樣的責任，誰孰？」也就是說，知音固然不易求得，但更重要的還是詩人本身的修為。不能輕率的說「你看不懂是你水平不夠」，正正相反，人家看不懂自己的詩，是因為自己有欠水平。

　　「秋風清，秋月明。落葉聚還散，寒鴉棲復驚。相思相見知何日，此時此地難為情。」李白留傳千古的名句，金筑想必不會陌生，而詩人對於秋天，亦似乎情有所鍾。書中收錄了〈醉秋〉、〈俯拾〉、〈寄〉、〈和春〉、〈舉觴〉、〈簾睫〉等六首寫秋抒懷的作品，數量雖不多，但足以讓讀者留下印記，予人以蕩氣迴腸之感。詩人的秋天，雖滿溢詩香（〈醉秋〉），但卻是蕭煞的（〈寄〉）。在「拾起一片紅葉」以後，「聽到秋在嘆息」，詩人便「不忍心俯拾了」，因為他聽到「心在悲泣」（〈俯拾〉）。到底何事令詩人如此悲泣？從「醉秋」到「悲秋」，迎向「秋後的黃昏／西風的蕭冷」（〈舉觴〉），想到悠悠的未來，長河之水不絕，但生命總有盡時。詩人是在為往後的餘生神傷嗎？

　　雖說不拘一格，但詩人的作品亦如實反映作者的個性和所思所想。畢竟生命與死亡是詩人永遠的題材，詩人對生命的感覺亦特別敏銳。書中收錄了多首以生命為題材的作品，包括〈疊夢〉、〈影子〉、〈人生素描〉、〈銜接〉、〈願景〉、〈擊掌〉等共廿三首，約佔詩集的五分之一。

　　對於個人的生命，詩人有一股「下到銀河漱口……和宇宙比身段」（〈壯懷〉）的豪情，亦「常常想上升穹蒼／與晶亮的星星等

量齊觀」（〈踏實〉），然而，畢竟是凡夫俗子，回到現實，只有「一步一腳印／登臨一座小土丘／遂有踏實……紮實的快慰」（〈踏實〉）。在〈銜接〉中，詩人直言「握別黎明與黃昏……累積生命的厚實／當生命在歲月中被掐斷／就銜接無極／通向／渺遠」。而渺遠的是「一條無止境的長線」（〈時間〉）在漫漫延長，此際詩人直視人類的渺小與卑微，感悟到在無止盡的六合之間，人類不過是如流星般瞬即消逝的東西。然而，詩人對生命的定律不是悲觀的，因為縱使「年華畢竟老去／機遇不復當然」（〈回首的流盼〉），但「馳騁的風……蛻變的生命……觸撫逾越現實的存在／是超現實的契合」（〈冬天裡的春天〉），故而「人生是／義無反顧的／昂然」（〈人之初〉）。

而在多位故友大去以後，詩人亦不禁想到自身的前途，即使一路走來是多麼的瀟灑，雖有和宇宙比身段的豪情，但每當想到人生的終點時，總是百般滋味。在〈願景〉中，詩人自言「豪氣勃勃的年華／歷盡黑白顛倒的擺布／自己那敢有／願景／如今／垂垂朽矣……唯願／大歸之期／臨摹黛玉焚稿／稿焰中　冉冉升起／人生虛幻冷清的完結」。耄耋之齡的金筑先生，毫不諱言靜待人生的遠逸飄香。

刊於二〇一二年春季號台灣《葡萄園》詩刊

筆者按：金筑先生於二〇二一年十二月二十三日凌晨一時四十分，因病離世，享壽九十四歲。

抓住生命的嘆息——
《依戀在生命最後八天》觀後感

　　一段開不了花，結不成果的愛情，造就音樂家阿里的藝術生命。一聲永遠的嘆息，一份永恆的企盼，成為一生之所託。以藝術感悟人生，以嘆息成就生命。在電影《依戀在生命最後八天》中，一段刻骨銘心的愛情，改寫了音樂家阿里的一生，而這份悲傷的幻滅，最終反過來奪去了他生存的意志。

　　雖然以死亡為題材，但電影充滿黑色幽默，毫不悲傷，不僅阿里的死是理所當然似的，還拿死神和大哲學家蘇格拉底開玩笑，但意蘊深邃，令人回甘。死亡，真的用不着呼天嗆地。當生命的動力消失殆盡，何不讓生命隨煙雲般消散？

　　然而，肉身的死亡並不等於一切的消失，阿里的母親幻化成一團煙雲，歷久不散；蘇格拉底的哲思永續流傳；阿里的音樂亦如是。而阿里的音容，亦永遠留在所有愛他的人的心中，包括不肯相認的初戀情人。生命，重要的也許不在生前，而是死後。

　　一段被中斷的愛情，即使男妻女夫，卻可以天荒地老，至死不渝。電影中，雖然阿里和依蘭不能在一起，但這一份遺憾，卻令阿里找住了生命的嘆息，臻成音樂大師，而在他周遊列國，巡迴演奏的同時，依蘭卻在默默地追隨着他的音樂的足跡，從未離棄過他。

　　演奏成為了阿里的生命，而動力則來自對依蘭的惦念和依戀。他深信自己在依蘭心中亦擁有同樣的位置，這一份無形的維繫，彼此的珍惜，成為阿里生存的意志。這份生命的意志則以演奏小提琴的形式呈現。

然而，一次意外，他的妻子砸爛了阿里的小提琴，阿里因而四出尋找新的琴，當他從琴店買了新琴，走到街上的當兒，赫然遇上久別的依蘭，但當時依蘭佯裝記不起他是誰。這句簡單的話語直刺阿里的心脾，令他一直賴以存在的信念頓時崩潰。

　　阿里回到家中，嘗試拉小提琴，卻再拉不出像從前一般的琴音，他憤然回到琴店，怒斥店主是騙子。然後千辛萬苦尋得一個最上乘的小提琴，但結果依然。他再也拉不出美妙的琴音，再也提不起拉琴的興趣。於是他決定尋死，因為他生存的意志已然消失於無形。

　　事實是，並非小提琴不濟，而是他再也抓不住生命的嘆息。他以為依蘭早已把他忘記得一乾二淨，那份相思的維繫，再也沒個安排處，生命亦無所倚傍，存在毫無意義。即使面對最愛吃的梅子雞亦失去了吃的興味，一個人在房中，靜待死神的降臨。

　　在生命最後的八天，阿里糊里糊塗的天馬行空，預視兒女的將來，憶記起前塵舊事，亦想起亡母兒時。而最令他撕心裂肺的，正是和依蘭的相識、相戀、相分。

　　電影從死亡探討生命，透過阿里和依蘭縈迴一生的感情，帶出生命所為何事的問題，和對於生前死後的思考。死神往往不請自來，但亦可以教人期待，但當死神真的出現眼前，我們卻又只想逃避。但無論如何想方設法地逃避，卻又永遠躲不過命運的安排。

　　生命，在乎的可能就是抓住嘆息的一瞬。心中一份永遠遙不可即的希冀，可以讓人生充滿期待，正是這種「尚未」，令人生更精采，迎向無盡的可能，開拓無限的空間。留下一點遺憾，生命才得以完整。依蘭拒不相認，阿里至死亦不明白，誤以為她真的完全忘記了自己。誰又會料到，依蘭心中埋藏着那份深厚的感情，才是阿里生命的原動力。

二〇一二年六月二十四日

《飢餓遊戲》的連串反思

　　原先以為是另一部「死亡遊戲」電影，看完才感受到《飢餓遊戲》的成功，絕非來自角色的互相廝殺，而是影片或原著小說帶出的連串反思。

　　電影改編自美國小說家蘇珊·柯林斯（Suzanne Collins）的科幻小說飢餓遊戲三部曲（The Hunger Games trilogy）的首部曲《飢餓遊戲》（*The Hunger Games*）。故事講述在大災難後的北美洲，從一片頹圮中建立起新的國家「施惠國」（Panem），國家以座落於洛磯山脈的都城（Capitol）為中心，並由十三個行政區負責供應都城一切所須的天然資源。然而，十三個行政區不久便發動叛變，雖然叛亂很快便被敉平，但都城向第十三區投放毒氣彈，企圖將之徹底摧毀，藉以殺雞儆猴，建立中央的威權。

　　為了懲罰發動叛亂的行政區，都城強制餘下的十二個行政區每年派出一對年齡在十二至十八歲之間的少男少女作為「貢品」，前往都城參加「飢餓遊戲」，而且透過轉播，向全國各地全程直播貢品們的比賽過程，藉以壓制各行政區的反抗意識。三部曲的故事，由第七十四屆飢餓遊戲展開，凸顯出個人生命與社會國家、統治階層與被統治階層、人性與道德之間的矛盾，從而引發一系列對於政治、經濟、生命與倫理的反思。

　　施惠國是個烏托邦式的國家，擁有極為先進的科技和豐饒的資源，國家元首是總統，總統擁有國家絕大多數的財富。然而，除了少數幾個行政區如第一、第二區外，整個施惠國的人民都處於飢餓與貧窮之中。每一個行政區的城鎮邊界，都以高壓電網環繞，進入

森林屬違法行為，而各行政區之間也禁止交流或遷徙。每個行政區都由維安人員負責執法與維持秩序。

　　每年參加飢餓遊戲的貢品人選由抽籤決定，十二歲起會有一個籤條投入大籤球裡，第二年有兩個，如此類推，到十八歲那年，籤球裡便至少有七個籤條。由於籤條可以用來換取一人一年的糧票，窮人們便會為了多換糧票而增加自己名字的籤條。

　　在第七十四屆「飢餓遊戲」抽籤日前夕，女主角凱妮絲便問年滿十八歲的打獵夥伴蓋爾有多少個籤條，蓋爾說已累積四十多個，因此被抽中的機會很高，但他最終沒有被抽中。相反，凱妮絲雖然沒有被抽中，但卻自願請纓代替被抽中的十二歲妹妹小櫻，成為貢品，從而展開一段生死之旅。

　　飢餓遊戲是對十二個行政區的懲罰，但也是都城人的娛樂。比賽後的競技場，會成為都城人的旅遊熱點。這與現實中各種國際比賽是否有些雷同之處？比賽前夕，貢品的首個公開活動就是出席在都城舉行的開幕禮。每名貢品都會被指派一名設計師和專業的預備小組，以及遊戲導師。貢品在比賽中的生存機率，往往取決於資助的多少，例如凱妮絲便多次在危難當中接收到贊助者的物資而得以脫險。

　　每一屆的比賽場地都不同，由首席遊戲設計師設計，而遊戲規則是沒有規則，唯一的禁制是在銅鑼聲響起前六十秒不能離開金屬板，否則會觸動地雷。而在比賽過程中，設計師可以隨意加入不同的項目，如山火、野獸等變數來「考驗」貢品，更可以訂立新的規則。

　　但究其實，比賽不是為了選出優秀的青年，正如史諾總統問首席設計師希尼卡為何要得出勝利者時，便暗示比賽的真正目的不是

要製造英雄，而是要摧毀人性，令人民絕對服從中央，而在史諾總統的眼中，各區的人都是賤民。希尼卡最終破天荒讓同是來自十二區的凱妮絲和比德一同勝出而被處決。說到底，所謂的遊戲，只是要達到政治目的，順者生，逆者亡。

以生命作為遊戲，以廝殺作為娛樂，以死亡作為威嚇，以高壓作為統治的手段。這就是整個飢餓遊戲帶出的弔詭。生命是平等的，不應亦不能有等級，因為天地不仁，以萬物為芻狗。不論是總統還是平民，都是一條生命，一律平等。

在遊戲中，都城人以觀賞和博彩的心情看貢品相互廝殺，而貢品則為了生存而拼命。人性的扭曲何其醜陋。掌權者以這種遊戲來控制人民的意識形態，以死亡的恐懼作為統治的手段，這個高科技的烏托邦是何等可怖。第七十四屆的飢餓遊戲，便凸顯出受壓制的憤怒已達到超越恐懼的臨界點，當屏幕直播第十區的小芸被殺時，第十區即時發生騷亂。

第七十四屆飢餓遊戲最後的勝利屬於人性，屬於自決，屬於真實的本我。因為凱妮絲在生存與死亡之間選擇了人性，本我取代了殺戮的衝動。當遊戲規則由一人勝出改為由兩名來自同一行政區的貢品同時勝出時，凱妮絲立即想到比德。當這個規則被撤銷後，凱妮絲決定與比德一同吃下毒草莓自殺，最後雙雙成為勝利者，一同返回家鄉。

然而，這才是第二部曲《星火燎原》（*Catching Fire*）的開始。雖然依照遊戲規則，勝利者往後的日子應該是安全、優裕的，但他們的勝利成為總統的恥辱。在第二部曲中，十二區發生騷亂，而凱妮絲突然成為動亂的象徵人物。偽裝的美麗與殘酷、隱藏的現實、施惠國的權力結構、人民的痛與反抗，逐一呈現。在第三部曲《自

由幻夢》（*Mockingjay*）中，飢餓遊戲成為夢魘，不能逃脫。被遺忘的第十三區從荒野中再度呈現。反抗軍確實存在，一批新的領導人在等待，革命正在展開。

電影最令人戰慄的不是殺戮的場景，而是從電影回到現實之後，如此這般的「遊戲」是多麼的眼熟，電影中的經濟模式、政治體制亦似曾相識，施惠國的影子如在左右，如在上下。

二〇一二年四月九日

《辰巳》的灰色世界

對於日本的漫畫家，就只認識宮崎駿與手塚治虫。對於「劇畫」（Gekiga），更是從不知曉，縱使我和不少香港人一般，都是看日本動畫長大的。

看《辰巳》（Tatsumi）這齣動漫電影，初次認識「劇畫」這一名詞，電影甫開場便道出這是紀念手塚治虫的作品，立即引起我的特別注意，往後更是高度集中看電影。

電影由五個獨立短篇故事，加上穿插其間的自傳式故事組成。結構獨特，並非一般的動漫電影。五個故事《地獄》、《寵猴》、《大丈夫》、《使用中》、《再見》雖各自成章，但探討社會人性的主題鮮明，故事均沒有完整或圓滿的結局，也許正好表達作者對現實生活無盡的控訴。

自傳式故事則取材自辰巳嘉裕的自傳漫畫《劇畫漂流》（A Drifting Life），講述他的一生，自少年時代開始投稿，到開創「劇畫」之風，到現在垂垂老矣，年屆七旬，但對於創作，依然熱情如火，因為尚有很多「世界」要描繪。他在電影中親自旁白，直言沒有真情實感的故事，不過是騙人的故事。

辰巳的灰色世界，在電影中，或正確點說是在他的作品中展露無遺。人性的灰暗，社會的悲涼，現實的無奈，全然呈現眼前。這可能與他成長的背景有關，亦可能是他的性格使然。他出生於二次大戰前，少年時代經歷了戰後百廢待興的歲月，而戰敗國的包袱和恥辱，正正伴着他成長。

在《地獄》、《大丈夫》和《再見》中，充分展現出辰巳對戰敗的悲鳴。《地獄》的故事講述被原爆扭曲了的人性，比核爆的煉獄更可怖。一幀「弒母照片」被誤認為是孝子為母搥背的照片，還準備用作反核宣傳，但真相令攝影師做出愚蠢而且更錯的事，讓他的後半生活在心中的地獄。

在《大丈夫》中，主人翁原先心中感覺威武非常的大炮，最後淪為笑柄，隱喻民族尊嚴的男性尊嚴消失殆盡。這種無力感，在《再見》中更加借女主人翁麻里子的口直接地說了出來，亦道出了人生與人性的絕望。

辰巳嘉裕的作品大都涉及情色，《再見》除了美國大兵與麻里子的性愛描寫，還有麻里子以肉體強迫父親與她性交，發生亂倫的行為，藉此永遠地與男人斷絕關係，亦與世界斷絕，深刻地描寫出對人生與未來的絕望。

《使用中》的主人翁原先是兒童漫畫作家，但作品受到讀者離棄之後，對前路，對人生，對自己都一片迷惘。他偶然在公廁看到露骨的色情塗鴉，起初非常反感，但漸漸受到吸引。他因而光顧色情場所，之後明白到性工作者快速地引發顧客的情慾，令男人宣洩，之後兩不相干，就如漫畫家和讀者的關係一樣。

至於自傳式故事部分，詳細交代了辰巳少年時為了幫補家計，開始投稿漫畫，贏取獎金和賺取稿費，並且接受了報章專訪，因此而有機會與心目中的偶像手塚治虫見面，並得到他的指點及啟發。這正是電影獻給手塚治虫的遠因。

雖然辰巳嘉裕在漫畫界已闖出了名堂，但他發現當時只流行可愛或童話式的漫畫，所以在一九五七年，創立了寫實風格的「劇畫」，儘管「劇畫」得不到手塚治虫的認同，甚至是反對。所謂的「劇畫」，在某種程度上可說是「漫畫」的反義詞。從歷史的角度

看，「漫畫」帶有玩笑或諷刺成分，是二維的空間，又或是一個片斷。「劇畫」的「劇」指的是戲劇，是三維的空間，是連續劇。也就是說，它的背後是完整的故事，因此「劇畫」走的是寫實路線，看畫有如看「劇」。相對於漫畫，「劇畫」的讀者不是兒童，而是成人，因此，題材也基本上不再受到局限，對於人性，對於社會，可以作更深入的批判，也帶出種種哲思。

在《寵猴》中，作者不獨帶出了人被「異化」的悲哀，也帶出了同類相殘的可怖。現實中，也就是一個人吃人的世界，一個在人群當中感到極度孤獨的世界。故事的結尾，是男主角面對眼前的人群，極度驚慌地逃跑。

六個故事都沒有結局，正如人間世的一切也沒完沒了。人只有在紅塵中無奈地打轉，左奔右閃，找不到真正的方向。因為人生本來就沒有方向。也許，這正是辰巳的作品想要說出的灰色世界。

二〇一二年八月五日

風起了，好好活下去！

宮崎駿是愛國的，但他反對軍國主義。他是軍事迷，但他也是反戰的。在理想與現實的無奈之間，他選擇實現理想，縱使同時發出悲涼的嘆息。

動畫電影《風起了》描繪出大正至昭和前期，未受污染的日本，沒有一粒垃圾的田園，仍未混濁的天空，引領主人翁奔向理想，游走夢境與真實之間，最後卻只剩下唏噓。然而，宮崎駿一再告誡我們不要放棄，面對現實的殘酷，也要好好地活下去。

法國詩人保羅‧瓦樂希（Paul Valéry）〈海濱墓園〉（*Le cimetière marin*）詩中的一句「Le vent se lève... il faut tenter de vivre」（風起了！……總得試着活下去！）貫穿全片。是宮崎駿對觀眾坦率而直接的鼓勵。「風起了」代表什麼？是夢想，也是人生路上遇到的種種困阻。人生本來就是一場夢，夢醒了再入夢。而無論如何，風起了，也要好好活下去。

《風起了》不僅是宮崎駿的告別作，也多少帶點感情投射。且不論情節是否與宮崎駿本人的經歷相似，也不論是否為父親說項，電影中的日本少年堀越二郎的際遇，便彷彿是宮崎駿追尋夢想的過程，對國家從災難中走出來的盼望，和對戰爭的否定。

主人翁堀越二郎自小便沉迷於飛機，但由於近視的關係，不能當飛機師，因而醉心於飛機設計。意大利飛機工程師卡普羅尼（Giovanni Battista Caproni）成為了他的偶像，也一而再地在夢中與卡普羅尼對話，在這夢幻與現實之間，道出了理想的堅持，縱使結果並非由自己控制得了。

風起了！也要逆風前行！

雖然二郎強調工程師的責任是設計出能夠橫越長空的飛機，不管飛機如何運用。但在二郎的理想中，飛機是載人，包括孩子翱翔天際的，是為人類帶來喜悅的。在一次會議中，二郎便強調要提升飛機的性能，必須減少負載武器的重量，彷彿是在否定以飛機作為戰爭工具。

在結局中，二郎淡然地說，飛去履行轟炸任務的飛機沒有一架飛回來，也似乎是在重申反戰的觀點。但淡淡然的一句話，聽在日本人和中國人的耳中，卻又勾起迴然不同的反響。

故事細緻地描寫二郎的飛行抱負，從小到大，不斷研究和設計飛機，其中穿插了他和菜穗子的愛情故事，教人反思理想與愛情、國家與家庭、群眾與個人的種種矛盾。身患肺結核而且性命危在旦夕的菜穗子，最後叮囑二郎「風起了，要努力好好活下去！」可以說是電影點睛之處。

《莊子・天地篇》云：「有機械者必有機事，有機事者必有機心。」假如輪船代表人類征服海洋，飛機便代表着人類征服天空。當人類的力量愈來愈強大，野心也愈益膨脹。飛機只是工具，本身並沒有對錯，犯錯的永遠是人類。《風起了》宣示了這一觀點，也教人反思科技為人類帶來的改變，和如何改變人類。

風起了！也要逆風前行！二郎和卡普羅尼一樣，選擇有金字塔的世界，寧願在亂世中堆砌夢想，也不願放棄追夢。我們呢？到底是「要有金字塔還是沒有金字塔的世界」？

二〇一四年一月七日

「叮」⋯⋯走冷氣

在電影《月滿軒尼詩》中，愛蓮（湯唯飾）對阿來（張學友飾）說過，她對電車沒有什麼感覺。也許就是因為這句對白，所以才找來湯唯演這個角色。因為，只要是香港人，都不會對電車沒有感覺。雖然，每一代人都有其獨特的感覺。

阿來也不甘示弱，立即詭辯式地證明了香港人百分百愛電車：問任何一個（香港）人，喜歡稅局還是電車。事實是，電車堪稱香港之寶，不僅承載着香港百年來的起落跌宕，而且也曾跟香港一起停擺。

雖然公司已由法國人持有，但電車仍絕對是香港的標誌。有人認為電車落後、古老，未能跟上時代的步伐，應該淘汰，甚至送進博物館。但究其實，在促減排、倡環保，慢活之風漸成時尚的今天，電車又成為了地球村的新寵。

「叮叮」沒有冷氣，一直是理所當然，本當如此的。不過，電車公司近日推出「冷氣電車試驗計劃」。聽到這個計劃，未坐上冷氣車廂，心裡頭便已涼了太半。雖然電車公司表示歡迎乘客提供意見，但同時表明在搜集及評估數據及參考乘客意見後，「再微調車廂溫度及通風設定以繼續進行測試。」也就是說，冷氣電車似乎已事在必行。

問題是，愛電車，就是因為它天然，無冷氣。可以讓陽光和清風撲面而來，讓街上的喧嚷走進耳朵。讓城市的氣味，無論是西環的海味，灣仔的街市，還是北角的花店，均可自然而然地飄落鼻腔。

假如換上了密封的冷氣車廂，倒不如躲進冷冰冰的空巴，又或是暗無天日的地鐵罷了！

同樣是湯唯，在李安導演的《色戒》中，王佳芝（湯唯飾）在香港大學演罷話劇，與同學遊電車河的一幕，將老香港完整地重現眼前。空空的車廂，在路軌上穿過冷冷的大街，霓虹廣告在黑夜中如歌星似的耀眼。也不知是車在搖，還是燈在晃，看的人都着了迷，都醉了。

電車悠悠，歲月匆匆。曾經，在下在北角工作，但上班時間卻是人家的下班時間。因此，往往能乘坐電車上班。現今的人稱之為「慢活」。在車廂內，曾經見過不少溫馨鏡頭，浪漫情景；也曾留下難忘的記憶。而從電車上層的高度，更有一種超然的態勢，看似與世無干，卻又伸手可及。

這個城市，正在不斷遺忘，甚至是不斷撕掉歷史。與陽光空氣、清風絲雨無有隔閡的電車，恐怕在不久將來也要成為歷史。時間不會停留，只會不住溜走。每次登上電車，總是百味紛陳。例如經過莊士敦道龍門大酒樓舊址，腦際都不期然浮起一些往事……。只是再也吃不到龍門的炭燒燒味。也許，有一天，坐上電車，也只剩下一種感覺：冷！

二〇一六年六月十日

只要是香港人，都不會對電車沒有感覺。

《天氣之子》順天應時

一如以往，主人翁都是孩子，因為成年人都爛透了，而且將這個世界摧殘得體無完膚，污染到無以復加。有「新世代宮崎駿」之稱的日本動畫導演新海誠的《天氣之子》，主人翁是十六歲，離家出走，對東京一無所知，但卻充滿幻想的森嶋帆高；和十五歲卻自稱十八歲，擁有令天空放晴的能力的「晴女」天野陽菜。

對於日本的神道教，在下不太認識，但《天氣之子》卻刻意將今天被人類污染得近乎末日的地球，與日本遠古的宗教或傳說結合起來。據說片中的天氣神社是以東京高圓寺為原型的，神社帶出能夠聯繫天與人，自古以來便一直存在於人間的「晴女」，而這一代的「晴女」，就是陽菜。

神社的神官還煞有介事地說，氣候變化的尺度，是與有科學觀測的這一百年來累積的資料作為參考，但一百年前、二百年前，甚至八百年前的氣候變化的程度，也許比現在還要大；只是前人知道神是不可拂逆的，所以只求順應其中，安度一生。

片中一幕幕由氣候變化所產生的末世景象，改變不了人類喜愛藍天白雲的本性。然而，片中有如《挪亞：滅世啟示》（*Noah*），「異常」地連續下了三年的大雨，也改變不了人類繼續破壞和污染環境。

究其實，「晴女」可以令到天空在這一刻放晴，但始終改變不了氣候變化，更改不了大自然的呼息，和冥冥中早已給定的安排。事實是，人類是不可能操控大自然的。順天應時，跟隨大自然的步伐行進，隨着大自然的改變而調適，才是人與自然應有的關係。

「其實東京在二百年前，也有許多地方沉沒於水中，如今只是恢復原狀而已。」帆高在片末再度拜訪過去曾幫助過的立花奶奶時，奶奶意味深長地如是說。事實是，相對於地球以億年計的歲數，八百年亦不過是白駒之過隙，又有誰能說得準，這個美麗的藍色星球，到底經歷過多少次生死輪迴？

到了東京，便立即流落街頭的帆高，在快餐店遇到陽菜之後不久，在代代木廢棄大樓雜草叢生的天台上，陽菜對帆高說：「馬上就會放晴了！」之後，天空的烏雲逐漸散去，綻開耀眼的陽光，原先灰色的世界，呈現鮮豔的色彩。陽菜知道自己擁有「讓天空放晴」的能力！問題是，她該如何運用這個能力。當時，她並不知道，也沒有認真想過。

然而，當帆高知道陽菜擁有這種神奇的能力之後，便與他口中的「前輩」，陽菜的弟弟天野凪一起，在網路上接單，為客人在指定日子和時間，實現晴天的願望。不過，凡事都要付出代價，而實現晴天的代價，是「活祭」！而「晴女」就是「活祭」。陽菜令天空放晴的次數愈多，身體便會愈來愈變得透明，最後會回到天空，永久被囚禁在天上。值得一提的是，「凪」字的意思，就是風平浪靜。

這個「晴女」的最終命運，陽菜似乎是一直都知道的。但當帆高知道了，也明白到這是條不歸路時，卻堅拒命運或天意的播弄，因為「比起藍天，我更想陪在你身邊。」帆高不僅對抗那些一心要阻止他的成人們，也不顧這個城市，這個世界將會如何，最終救回已升上天空的陽菜。但結果是導致日本終年大雨，一天也沒有停過。

「這世界原本就是瘋狂的……這世界變成這樣，不是任何人的錯……不對、不是這樣，世界並非一開始就是瘋狂的，是我們造成

的改變。那年夏天,在那片天空,我做出了選擇。和晴空相較,我選擇陽菜;和眾人的幸福相較,我選擇陽菜的性命,我們許下心願,不論世界變成什麼樣子,我們都要一起活下去!」新海誠在《天氣之子》小說的二七四至二七五頁,寫下這段帆高的獨白。

從天空這個「深奧未知的世界」,將陽菜救回地面之後,帆高因為連串未成年違法行為,被送返家鄉,接受監管。三年之後,他考上東京的大學,因此正式地回到東京生活。故事的結局是,他在東京與陽菜重逢。而天空下大地上的末日式豪雨,卻依然沒有歇止。

《天氣之子》沒有如《明日之後》(*The Day After Tomorrow*)或《挪亞:滅世啟示》等為「人類」帶來滅絕性的危機和災難,反而讓觀眾看到在無間斷暴雨中的人類,如何適應着去生活。也許,即便是回到冰河世紀,人類也能夠,亦應該懂得如何去適應環境,懂得尊重生態,順應和守護大自然。這才是人類與大自然真正的契約。

二〇二一年七月九日

《奇蹟車站》 讓逝者離開

生死之間，最難過的，也許就是一個「斷」字。正如《省菴法師語錄》卷二云：「生離死別最堪傷，每語令人欲斷腸。」所謂人雖死，情不斷，苦亦不斷。而無論是親情、愛情，又或是對寵物的深厚情素，那一股離情，如何消解？其實，放下，並不艱難，就在一念之間！

在電影《奇蹟車站》中，八歲的女孩沙也加，在學校被排擠，受欺凌，偶然遇上被遺棄在寵物店的小狗露露，便要求父母讓她收養牠。起初父母拒絕，但說着說着，沙也加的父親對她說，狗和人不一樣，至多可以活十至十五年，到時候，「你能夠忍受得了嗎？」沙也加堅決地說「可以！」於是，沙也加最終收養了露露。

然而，話雖如此，但當露露因心臟病突然死亡之後，沙也加卻一直接受不了，並深信露露依然生存着，只是不知道在哪裡而已。

電影甫開場，便是沙也加做出一個如同牽着狗的動作，在火車軌旁邊等火車經過，因為露露喜歡火車，特別是紅色的火車。後來沙也加在她和露露的「秘密花園」，遇到另一頭被遺棄的狗露芙，因而認識了布瀨爺爺，兩個人還成為了好友。

布瀨老先生本身已病入膏肓，但仍從醫院偷走出來，回到家中，並且重開咖啡店。沙也加不能接受露露的死，而布瀨老先生則不能接受兒子已死去四十年的事實。有一次，在咖啡店中，兩個人都向對方坦言相信奇蹟。也不知道是奇蹟，還是幻覺，沙也加不只一次見到布瀨老先生死去的兒子。在那次充滿陽光的沙灘之旅，不但沙也加見到了，布瀨老先生也見到了他的孩子。也許，那次在沙灘的「相見」，終於讓布瀨老先生圓了一個夢，最終得以安詳地離世。

弔詭的是，布瀨爺爺和沙也加一老一少，因為放不下而相識相知，但最後卻因為布瀨老先生的死，令沙也加明白到怎樣放下，如何釋懷。布瀨老先生死前向沙也加留下了奇怪的說話，就是跟他的兒子，還有露露，約好了在火車站相見。當時沙也加莫名其妙，不知道火車站是什麼地方，又或是什麼意思。

　　最後，她獨自回到她與露露的「秘密花園」。那一個夜晚，奇蹟出現了，「秘密花園」原來就是布瀨老先生說的那個火車站。列車載滿了已死去的人，包括沙也加死去的外婆，而她的外公，也同一時間在月台上，向車廂內的老伴揮手道別。當然，布瀨老先生和他的兒子，還有露露都在車廂裡頭，向沙也加道別。

　　電影改編自同名小說。但「奇蹟」指的是什麼，卻又不好說。但可以肯定的是，沙也加對露露的思念，充滿着快樂與幸福。同樣，布瀨老先生對兒子的回憶，也充滿了陽光。死別，不一定是傷痛的，也不必是悲慟的。因為，人離開了，還會留下美好的影像或片段，在存者的心裡頭。

　　「奇蹟車站」的列車，不是純粹的帶走逝者，也不是逝者主動地、必然地、限時地離開。而是在於存者何時放下，讓逝者得以離開。正如布瀨老先生的兒子，死時十歲，數十年之後，才與布瀨老先生一起離開。因為布瀨老先生一直放不下，一直不讓兒子離開！露露也一樣，死了之後，一直未有真正的離開過，直到沙也加真正放下了，才與布瀨老先生一起走。到底「奇蹟」所指為何，也就不言而喻了！

　　一如經云：「合會終別離，有命咸歸死。」人生的無奈，正是因為人生是一連串的離合，無論道別的對象是快樂還是悲傷！

二〇二一年七月二十一日

狩獵不死鳥的謊言

　　那個周末下午，偶然在電影台找到《機動戰士高達 NT》，我們看了，而且是玉琴主動提出要看的。雖然，她對高達一無所知，而我對高達的認識，也只是停留在「紅彗星馬沙」（後來譯作夏亞）的階段。不過，高達，自一九七九年面世以來，便一直伴隨着不同年代的高達迷成長，也是我的童年回憶之一。

　　雖然馬沙是當年的主角阿姆羅（當時譯作阿寶）的「宿敵」，但在機動戰士中，沒有簡單化的正邪對決，而是充滿着人性的矛盾、利益的衝突、政治的計算、野心的醜惡、反戰的意識……，以至對生命的思索。而紅彗星馬沙，更堪稱機動戰士系列故事中，人氣最高的角色。所以，機動戰士高達，一開始便不是簡單的給孩子們看的動畫，而是一輯教成年人懺悔，教社會反省的動畫。

　　我在想，機動戰士系列故事裡頭，一以貫之的隱藏着明顯的暗示，就是無論那些機動戰士型號多先進，武器多屬害，最重要的，仍是駕駛員。還有，即便是太空殖民多成功，宇宙資源多豐富，也永遠比不上這個藍色星球。

　　話說在 U.C.（宇宙世紀）0022 年，地球聯邦政府宣布，已（以武力）徹底剷除了反對勢力。全面建立了高度集中的統治，但這種極度高壓的統治，又造成了官僚的肆虐和貪腐的氾濫。不僅助長了極右組織提坦斯（Titans）的勢力，也催生了反聯邦思想，最終燃起無休止的戰火。

　　一九七九年高達面世的時候，故事已經到了 U.C.0079 年。當時在宇宙殖民區的居民，因忍受不了地球聯邦政府無盡的剝削和壓

迫，終於宣布獨立，而且建立軍隊與地球聯邦政府對抗。戰爭帶來了毀滅性的破壞，新類型人（或新人類）少年阿姆羅與一群「難民」，無意中登上了由聯邦軍開發的太空母艦《白色基地》，成為機動戰士高達的駕駛員，並捲入由離地球最遠的殖民地 SIDE3 的獨立運動引發的戰爭。那場戰爭由 U.C.0079 年一月三日全面爆發，到 U.C.0080 年一月一日自護公國無條件投降結束。這場戰爭後來稱為「一年戰爭」。

《機動戰士高達 NT》的故事，也由 U.C.0079 年開始。電影甫開場，故事的主角，約拿和蜜雪兒追着莉塔來到岸邊，莉塔抓着他們的手，三人看到了即將發生的未來，也就是殖民地墜落澳洲悉尼的時間點。他們預告了這件事，因而拯救了不少生命，後來被稱為「奇蹟的孩子們」。然而，這亦是悲劇的開始。

他們三人被當作新人類，送到新人類研究所，但研究所知道「奇蹟之子」只有一個，無論如何也要找出來，留在研究所研究。但與此同時，以新香港為基地的財團羅商會，向研究所提出收養那個真正的「奇蹟之子」。研究所最終接受了蜜雪兒的建議，將蜜雪兒當作「奇蹟之子」送去羅商會，作為羅商會會長羅武明的養女。而真正的「奇蹟之子」莉塔，便被留在研究所，接受非人道的研究。

機動戰士中的新人類，指的是以擺脫重力束縛後所誕生的人類，被視為人類進化後的一種新形態。新人類被視為擁有超乎人類的力量，但這股無可估量，甚至如蜜雪兒般相信可以控制時間的力量，卻完全由意志發揮和呈現出來。也就是說，力量的大小與意志的強弱是成正比的。

長大後的蜜雪兒，藉着羅商會的影響力，找到了隸屬聯邦軍的約拿，並讓他成為機動戰士高達 NT（或稱「敘述高達」，NT 即是 Narrative 的縮寫）的駕駛員。然而，同樣是機動戰士駕駛員的

莉塔，則已經死去，但她的靈魂，卻依附在金光閃閃的獨角獸高達3號機鳳凰之上。那部3號機，在 U.C.0095 年因暴走而行蹤不明。一年後，羅商會和聯邦軍，加上新自護殘黨「帶袖」，一同展開一場「狩獵不死鳥」行動，也就是要活捉獨角獸高達3號機鳳凰。

約拿一直活在痛苦中，他與蜜雪兒一起說謊，才令到莉塔受到了研究所極不人道的對待。他一直希望為這一切作出補償，因此，他決心要拯救困於鳳凰之中的莉塔。然而，事實卻是反過來，依附在鳳凰身上的莉塔，不斷引導約拿，最終將他從自我的枷鎖中，完全釋放出來，讓約拿放下對莉塔的愧疚，重新迎向未來。

蜜雪兒一直也是藉着謊言而活着，包括她為羅商會作的所謂占卜。而在她短暫的一生中，最大的謊言，也許就是狩獵不死鳥的真正動機。她要狩獵的，其實也是她自己編出來騙自己的謊話：扭轉時空。

她和羅武明同樣相信靈魂的存在，也深信靈魂可以轉移，假如可以將靈魂自由地轉移，也就相當於擁有「不死」的生命，讓個體的生命變成永恆。然而，蜜雪兒最終也不得不承認，所謂的「精神感應框架」，本身也是謊言。對於莉塔所遭遇到的不人道對待，她同樣深感愧疚，想盡力去彌補，最後也為了約拿而犧牲了。

「即使得到永恆的生命，也不會是好事。」隸屬於地球聯邦軍，宇宙巡洋艦《大馬士革》號機動戰士部隊隊長伊阿古少校如是說。他認為，即使真有永恆的生命，但那道門仍然緊緊地鎖着，無法打開，但人類就是要強行將它撬開。

當蜜雪兒將狩獵不死鳥的謊言和盤托出之後，伊阿古問副隊長弗蘭森上尉：「永恆的生命，你要嗎？」弗蘭森說，以他的年紀，預計可以再當十年機動戰士的駕駛員，然後他換了個鬼臉，說：「十

年做同樣的事情，不是吧！饒了我吧！」正如《莊子·齊物論》所言：「終身役役而不見其成功，茶然疲役而不知其所歸，可不哀邪！人謂之不死，奚益？」也許，弗蘭森那一個鬼臉，才是真正的永恆！

莉塔是片中出場最少的主角，也是片中最悲情的角色，但片中的莉塔，卻是充滿陽光的。鳳凰能夠持續地在宇宙中，如同幽靈般飄盪着，正是莉塔的意志使然。雖是戰爭與陰謀的犧牲品，但莉塔始終沒有因此而憎恨出賣她的人，更加沒有憎恨這個世界。雖然在片中，她沒有正面否定蜜雪兒所追求的「永恆的生命」，但她一直相信輪迴。「如果下次投胎轉世的話，我希望能變成小鳥⋯⋯。」一隻普通的，會死的小鳥。相對於她的靈魂依附着的鳳凰，導演要說的，可謂不言而喻了！

生命的珍貴，在於其生滅無常，而非久暫與否，也絕對與能否永恆常在無關。正是因為有限，和獨一無二的本質，所以才珍貴。如果黃金鑽石如同砂石般普遍，還有那麼矜貴嗎？

有生便有死，有死，才會教人珍惜生時的一切，包括受騙、失去，包括恐懼、愧疚，包括痛苦、疾病，也包括被奪走所有，以至一切不愉快甚至教人傷痛的事情。畢竟，順時而生，應時而死，才是真實的人生，實實在在的人生。正如每一天都有黑夜，才是完整的一天。

二〇二一年八月二日

永生其實是一道詛咒

　　與其說是「永生人」，不如說是「不死藥」。韓國電影《複製人徐福》（Seobok），其實是一部探討生死的作品。也許台灣譯作《永生戰》更為貼切，而這個「戰」，不是外部之戰，而是心內，生死抉擇之戰。

　　故事講述身患絕症，只餘一年壽命的前特工閔奇憲（孔劉飾）接受秘密任務，在護送複製人徐福（朴寶劍飾）由實驗室轉移至另一地方的同時，也參與實驗，嘗試用徐福的幹細胞醫治他的絕症。

　　徐福，正是相傳二千多年前，秦始皇派往蓬萊尋找不死藥的方士。在電影中，由財團控制的研究所研發複製人技術，就是要從複製人身上抽取幹細胞，醫治人類的絕症，從而擊倒死亡，達致永生。

　　然而，徐福在複製過程中，由於基因變異，「意外」得到了異能，因此，與其說徐福是個永生人，不如說他是一個能夠提煉出不死藥的異能人。因為他並沒有不死身，他的價值在於他的血。他也會因為被車撞倒，或被子彈打中而死亡，更不用說他壓根兒離不了實驗室，因為沒有了實驗室的藥物注射，他便會大量吐血，生命隨時終結。

　　有一次，徐福問奇憲：「反正人都會死，為什麼只有你能活？你是有活着價值的人嗎？」

　　奇憲：「我確實沒那種價值，但想活下去錯了嗎？」

　　徐福：「活着的感覺好嗎？」

奇憲：「有時候好，有時候不太好，更多時候感覺爛透了。我已分不清是想活着還是害怕死。」

生命從來都是沉重的，很少人會去思考為何而活，到底是「想活着還是害怕死」。為何而活，又是為什麼怕死，沒有人說得準，更加沒有標準答案，但肯定的是，在人的一生中，如果沒有目標和意義，即便是無盡的生命，也只會是無盡的折磨，不解的詛咒。

在一九八六年上映的美國電影《挑戰者》（Highlander）中，便描述一群長生不老的不死者，從十六世紀（甚至更早）到現代，怎樣為了生存而被迫互相殘殺。電影由已故的基斯杜化·林拔（Christopher Lambert）及辛康納利（Sean Connery）主演。

對！不死者為了存活下來而互相殘殺！因為唯一可以「殺死」不死者的方法，就是斬下他的頭，令其身首異處。成功斬殺同類的不死者，可以吸收對方的能量。即使有不死者想放棄戰鬥，但亦不能逃避受挑戰、被追殺的宿命。最終的解脫，可能是頭顱被砍下的瞬間。而地球上最後一個存活下來的不死者，便可以獲得終極「大賞」（The Prize）：知悉宇宙的終極奧秘。

對於那些擁有無盡財富，無限權力的人來說，長生不老是夢寐以求的。但說到底，他們貪戀的，是其財富或權力，不是生命！在《挑戰者》中，正邪雙方的不死者，都顯出相當厭倦長生。因為長生不老，意味着要忍受身邊的摯親好友，一個個離自己而去。不死的一生，只有無盡的孤獨與殺戮。對於不死者而言，長生不老，其實只是一道詛咒。

故事的結局，當然是由基斯杜化·林拔飾演的主角，「被迫」將宿敵斬殺，成為地球上最後一個存活的不死者，從而獲得「大賞」。弔詭的是，「大賞」就是，原先的不死身，會變得如凡人般衰老和死亡！

德國哲學家海德格爾（Martin Heidegger）認為，在眾生中，人是唯一能夠意識到死亡的，而人的存在，就是一個「向死而生」的過程。正正是因為知道將來必定會死，才會讓人認真地思考，嚴肅地問自己，在這一期生命年限之內，想成為怎樣的人，成就怎樣的勞績？又或是簡單的，如何生活得更好，更實在，也更自在。換句話說，人的生命之所以有意義，是因為人知道生命是有盡頭的。

在《複製人徐福》中，導演便透過美國人的口說出，假若人能夠長生不死，對死亡沒有恐懼的話，最終會導致自我滅絕，因為「知道自己有一天會死，才讓人類追求人生意義，永生只會帶來無盡的貪婪和慾望。」所以他們要消滅徐福這個能令人長生不死的實驗品。

徐福這個實驗品，雖然也是個生命體，但從來不被視作「人」。他在實驗室除了「做檢查、看書、吃飯」，便沒有別的事情可做。但作為一個生命體，他依然會思考自身的命運，也會對自己的存在感到懷疑，究竟是為了什麼而存在？

雖然可以吃飯、看書，但徐福從未吃過真正的食物。有一次，奇憲問徐福「餓嗎？」徐福答「餓！」奇憲為他弄了個杯麵，想不到徐福不但被生平第一個杯麵迷倒，一口氣吃了三個，還意猶未盡，要再吃多一個。從未真正吃過飯的徐福，第一次，自在地，吃完麵，那個滿足的表情，也就足以讓他成為一個真正的人了！雖然實驗室從不當他是「人」，但至少他能感覺到作為人的感覺了！至少，奇憲也真真正正地視他為人了！

「什麼是永生？就是沒有盡頭。什麼是死亡？就是永遠睡着。」徐福的母親，研究所醫生林世恩（張英南飾）這樣答徐福。當徐福問奇憲：「死亡真的像睡覺一樣嗎？那麼人們為什麼會害怕死亡，不會害怕睡覺？」

「睡覺是暫時的，因為人們相信隔天早上會醒來。」奇憲如是說。而他認為，「人總要睡覺才活得下去！」也許，好好活着，就是能夠健康的、自在地，好好吃飯和睡覺！即使害怕死亡，也不可能逃避，只有好好地過好每一個今天！

二〇二一年十一月

《留芳頌》與伊凡之死

生命的意義是什麼？當生命走到盡頭，吾等可會如伊凡・伊里奇般問：「等我沒有了，那還有什麼呢？……難道真的要死了嗎？」

在托爾斯泰的名著《伊凡・伊里奇之死》（*The Death of Ivan Ilyich*）中，主人翁伊凡・伊里奇在瀕死之際，反思一生，頓然醒悟到一切都不對頭，但怎樣才對頭呢？當他的末日到了，心裡明白生命要結束了，由不知死之將至，至不想死，到恨不得立即死去，最後無助待死，終於在一片光明中死去。可是，生死之謎依然沒有解開。

活着到底為了什麼？活下去又有什麼意義？曾在集中營裡，以自身的瀕死經驗，印證其意義治療法的傅朗克（Viktor E. Frankl）認為，探究人生的意義，才是人類存有最真實的表達。他認為，重要的是改變對生命意義的懷疑觀點。也就是說，不是期待人生能夠給予我們什麼？而是我們能夠為人生留下什麼？

弔詭的是，人們往往只有在生命快要結束之時，才會認真反思一生的真相，生命的意義。伊凡・伊里奇如此，渡邊勘治也如此。黑澤明在一九五二年上映的電影《留芳頌》（*Ikiru*，也譯作《生之慾》）中，透過志村喬飾演的主人翁渡邊勘治，展開了一段尋找人生意義的旅程。

假如伊凡・伊里奇展示出西方以「有」為中心或出發點的死亡哲學，則渡邊勘治便可說是從「冇」出發，尋找生命的意義。

伊凡的一生，不斷的追求更高的收入和地位，從沒有半點踰越世俗的規範。然而，當死神在召喚，他回過頭來一看，頓然失落於

這一生的空洞和悲哀，孤獨地在痛苦無助中度過生命的餘日，深刻地體會到肉身和精神的痛苦，留下一切也不對頭的懸念。相反，渡邊從迷惘虛無的混沌中醒悟過來，尋回真我，完成了人生中最有意義的任務，生命的意義已然呈現眼前。

死神畢竟是共產主義的最堅實信徒。不管是高高在上的大法官伊凡·伊里奇，還是市政府的市民課課長渡邊勘治，在死神面前一概平等，誰也沒有特權。兩人的死亡之旅，也同樣由醫生的一個謊言出發。

渡邊一開始便識破醫生「胃潰瘍」的謊話，自知死之將至，滿臉迷惘失落，走在街上，眼前一片灰暗，到處也沒有兩樣，恍惚間全然迷失了方向。他心裡唯一的希望，是兒子的支援。事實是，喪妻已廿年的渡邊，早已變成了毫無生命力的「木乃伊」，而回顧一生，支持他「活下去」的唯一意義，便是照顧他的兒子。可惜就在這時候，他得悉兒子夫婦只關心他的退休金，能否拿出來蓋新房子。這下令渡邊完全崩潰，萬念俱灰，不禁質疑生存為了什麼，生命意義何在？他當晚即躲在被窩裡抱頭痛哭。

伊凡·伊里奇無法從醫生那裡直接得到有關他的病情的答案。他步出診所時，垂頭喪氣，反覆思量醫生的話，希望從中找出端倪，最後自己給自己一個答案：「病情嚴重！」這時，他覺得街上的一切都是陰鬱的。然而，他沒有哭，即使後來當他知道所有人都知道他快要死了，就只有他自己一個不知道的時候，他還是沒有哭。但當他開始可憐自己，便再也忍不住，獨個兒像孩子般痛哭起來。他哭，因為縱使有妻有兒，擁有尊貴地位，但卻是那麼無依無靠、孤獨寂寞。他哭，因為一直以來的「有」，快要變成「冇」，他發出哀鳴，「等我沒有了，那還有什麼呢？什麼也沒有了。等我沒有了，我將在哪兒？難道真的要死了嗎？不，我不願死。」

托爾斯泰和黑澤明不約而同地讓兩個走向生命盡頭的人，在生命餘日真正的、完全的成長。誠如庫布勒‧羅斯（Elisabeth Kübler-Ross）所言，死亡是生命最後的成長階段。她在《Death‧The Final Stage of Growth》中指出，生命的意義，其實是因應生命不同的時刻而不盡相同的，也就是說，生命在不同時段也有特殊的意義；而更重要的是，我們不應在面對死亡之際，驀然回首，才發現一生的光陰，竟是平白虛耗掉。儘管伊凡‧伊里奇和渡邊兩人從步出診所直至大去之日的數月間，方向南轅北轍，經歷也折然不同；期間充滿了否認、憤怒、講價、抑鬱，但最後還是接受，泰然離世。

　　然而，這些階段並非逐一依次出現，也不是在兩位主人翁身上全然出現。在伊凡‧伊里奇身上，確實極盡描摹。打從診所出來，他便滿腹疑慮和抑鬱，任憑他擁有地位和智慧，但仍無法解開心裡的疑團和鬱悶，整個人愈加鬱鬱寡歡。即使他明白到凱撒是人，而人皆會死，所以凱撒也會死這種邏輯，但他認為他不該死，因為他不是凱撒！

　　與此同時，他充滿憤懣和怒氣，尤其是當他感到妻子漠不關心，他的怒火在燃燒，而且愈來愈盛，他恨身邊的人，恨他們說的謊話，恨這一生也不對頭。他以為，就是這一切也不對頭的一生，令他承受如此巨大的痛苦，可以的話，他寧願放棄一切，重新過活，但他又反問自己，「如何才對頭呢？」直至彌留之際，他才接受死亡的應然。最後，當伊凡‧伊里奇看見一片白光，他放下了所有的憤懣，原諒了所有人，也寬恕了自己，從而令他的生命進化，帶着笑離開，帶着恕與愛擺脫死亡的折騰，也為他的家人帶來了解脫。

　　相反，渡邊沒有憤怒，只有沮喪，而且很快便接受了行將離世的事實，在死前的五個月，從一片迷惘迷亂之中，不僅找到了死亡的實然，也理順出生存的意義，而且將之昇華，把生命的意義發揮

得淋漓盡致。在他死前的五個月，為了市民爭取興建的公園而四出奔走，不屈不撓、不卑不亢，最後一點功勞也沒沾上，便在剛建成的公園的鞦韆上安然離世。

人類優於其他動物，正正在於人類的存在，是在有限的人生中，以有限的生命創造無限的價值。這一點，渡邊做到了。

渡邊沒有顯赫的地位，只是政府機器中的一枚螺絲，自尊自我自信早已消磨淨盡。創下三十年不曾缺勤紀錄的渡邊，得知自己患上胃癌後，突然體現到托爾斯泰指出的「（伊凡·伊里奇）生活最是單純，且最為平凡，故是最恐怖可怕的。」這段名言的箇中意義。他驚覺生命的短促平凡，找不到可堪回味的事時，在迷惘中竭力尋找活着的意義。正如他在食店偶然遇上的作家所言：「對別人來說，這是生命的盡頭，但對他（渡邊）來說，這才是生命的開始。」

渡邊踏上的旅程，是不平凡的旅程，對於當時甚或現今的社會來說，均非公認為「自然」的行為或反應。片中醫生明知渡邊得的是胃癌，卻只說是潰瘍，在在反映出社會上諱死的「常態」。至於片中護士表明「如果知道自己只餘下數月的壽命，便會拿出毒藥，自行了斷！」正好代表現今不少絕症病人、厭世長者積極尋死的心態。渡邊既不諱死，亦不積極尋死，也非如伊凡般消極待死，但卻心有不甘，非要找出活到這把年紀的意義不可，否則便死不瞑目。

片中還有兩組影像最是難忘，一是渡邊在夜總會點唱《人生苦短》，琴師輕快地彈着，眾人翩然起舞，一名舞女正依偎着渡邊。就在此時，渡邊如泣似訴地唱起歌來：「人生苦短／可人兒啊／請沐愛河／嬌艷櫻唇／盡情燃燒／明天事誰知曉。人生苦短／可人兒啊／快墮愛河／燃放青春／莫待華髮／今天永不復還。」當他幽靈般的歌聲響起，原先喧嚷的夜總會頓時沉寂下來，眾人錯愕甚而是驚愕的表情，已然說明了縱情聲色無助釋除渡邊的迷惘。

當他第二次唱起這首歌的時候，也就是他死的當晚。他獨個兒在新建成的公園內盪鞦韆，那夜正下雪，他就在雪中、在鞦韆上，滿足地死去。死時沒有痛苦，也沒有掙扎，無怨懟，亦無恐懼，泰然赴死。正如《大般涅槃經》卷一云：「臨命終時，正念分明，死即生於清淨之處。」

至於伊凡，他願意以重新生活作為交換，企圖換取不用死去。當他臨命終時，覺悟到短暫的一生，真正歡樂愜意的時光，不過是兒時的匆匆歲月。反觀成年後的所有經歷，只是隨俗甚而是媚俗的違心，觀乎追求升遷財富、結婚生子、社交應酬，得到的是什麼？伊凡彷彿在想，如果一切可以推倒重來，便不會白過這四十多年的歲月。在世俗的規範中，在世人的眼中，他是成功的大法官，但在生命的餘日，伊凡對這段人生卻只有懊喪和悔恨，包括事業、地位、婚姻；直至死亡過去了，所有的痛苦沒有了，存有也不再存在了，終可放下一切的怨恨，眼前出現白光，見於善道，綻露出安祥滿足的笑容。

伊凡臨死的笑容告訴我們，死亡一直與此身並存，只有當「我」沒有了，死亡和死亡帶來的痛苦才會隨之消失。在渡邊的靈堂上，他的同事七嘴八舌般拼湊出事件的真相，猛然發現是預知死期令渡邊徹底的改變，但同時也發現了每一個人也可能隨時死去的實然。吾等實不應待至預知死期，才去思考死亡，反思一生。事實是，思考死亡才可真正思考生命的意義；而人類優於其他動物之處，正是我們擁有思考死亡的能力。

二〇〇九年六月
二〇二一年十一月修訂

卷四：詩意地棲居

……人棲居，也就是在大地之上、天空之下，在神靈之前，從而讓天與地、神與人的純一的四方域得以呈現，而人居其中。人棲居，即蘊含着拯救大地、接受天空、等待神靈、泰然赴死。……泰然赴死，也就是要衛護作為「終有一死者」的本質，自覺地、安然地面對和承擔起自己的死亡，從而得一好死。詩意地棲居！

——〈從靈灰龕到詩意地棲居〉

泰然赴死，詩意地棲居！

打破忌諱　思考死亡

　　又見重陽盡孝時，但假如唯一能盡的孝是讓母親得到解脫，那又該如何？在紐西蘭，一名男子協助罹患末期癌症的母親安樂死，被控企圖謀殺，今年（二〇一一年）十月二十六日展開聆訊。

　　現年四十九歲的被告大衛遜（Sean Davison）和終年八十五歲的母親帕特里夏（Patricia Ferguson）都是醫生，大衛遜定居南非，是一所大學法醫實驗室的主管，與華裔妻子育有兩名子女。他的母親則早已退休，並一直享受着多采多姿的退休生活，但到了她八十三歲那年，也就是二〇〇四年，帕特里夏證實患上癌症，初期的治療反應良好，直至兩年後，癌細胞擴散至各器官，她的子女們，包括大衛遜便趕到紐西蘭跟她說再見。

　　帕特里夏並非尋常婦人，她早已訂立預先醫療指示，亦已開始斷食，只接受鎮痛藥物。然而，斷食至死的過程也可以很漫長，而她的身體亦已開始腐壞，這個過程實在比死更難受。她懇求大衛遜協助，讓她得到解脫。大衛遜起初拒絕，但不忍眼巴巴看着她活受苦，最終也是答應了她。

　　二〇〇六年十月二十五日，他給帕特里夏高劑量的嗎啡，並對她說：「喝了它，你便會死。」她喝了，六小時後死去。大衛遜形容那一刻是喜悅的一刻。此事一直無人知曉，直至他在他二〇〇九年六月出版的書中提起，才引起有關方面的注意，並在同年九月被捕，但卻獲准保釋，留在南非，直至被控企圖謀殺，今年十月二十六日在紐西蘭展開聆訊，聆訊預計長達三星期。

　　這個案有很多值得思考之處。即使訂立了預先醫療指示，並

慎終追遠，無分中西，古今一如。

得到執行，亦可選擇在家中，在家人的陪伴下安度人生中最後的歲月，而在紓緩治療相對發達的紐西蘭，病人依然選擇斷食以求大去，而最終在身心極度痛苦之下尋求助死。問題出在哪裡？一句話，如何確保死亡的尊嚴與素質！

　　相對而言，香港的善終服務長期得不到正視，資源不足，政府有力無心，而弔詭的是，善終正是中華人最為渴求的。香港的紓緩治療表面上推行多年，但若剔除自我感覺良好，卻似乎依然舉步維

艱。預先醫療指示既不普及又沒有法律效力，大多數病人亦不能選擇在家安度餘日。香港的瀕死病人的處境可想而知！君不見因病厭世而自殺的新聞，幾乎無日無之？若論及死亡的素質與尊嚴，香港實在落後得可憐，更遑論整全的善終服務。

孔子曰「未知生，焉知死？」但究其實，應是「未知死，焉知生？」若不明白到死亡的不確定之確定，又如何如實把握當下現在，全力幹要幹的事？若不明白到個體生命的有限性，又如何懂得珍惜生命？死亡，雖然是中國人的一大忌諱，但亦應是時候打破忌諱，多談生死，思考生命。誠如塞內卡所言，不懂得如何好死的人，不會活得好。

生和死正是一幣之兩面，人甫生下來便朝向死亡這結局進發，每一天也在死着。因此，叔本華便直言，我們無所懼於死亡，正如太陽無所畏於黑夜一樣，要毫不畏懼地面對面看着死亡。雅斯貝爾斯也說過，學習如何去生和學習如何去死實際上是一回事。

慎終追遠，無分中西，古今一如。但若真的談到慎終，卻又是一片茫然，偌大的空白仍等待着我們去填補。

刊於二〇一一年十月六日香港《星島日報》評論版

編按：二〇一一年九月，大衛遜承認協助自殺，被紐西蘭法院判處五個月家居拘留。他一直推動安樂死，並在南非成立推廣安樂死的組織「Dignity South Africa」。紐西蘭二〇二〇年十一月六日公布十月十七日舉行的公投結果，讓安樂死合法化的《生命終止選擇權法案》（*End of Life Choice Act 2019*）獲得百分之六十五點一贊成票，確認通過，二〇二一年十一月七日正式生效。

風起了，好好活下去！

受難日有感

　　原是受難日，卻為何稱「好的星期五」（Good Friday）？也許，正是因為這一天，那一個人的苦難，為人類帶來新生。正如《聖經》所言，若不死便不能生，而這個「生」，是永生的生。

　　復活節的前一個星期五，是耶穌基督的受難日。受難日是紀念耶穌在地上的生命最後階段的「聖周」中最重要的日子。「聖周」是從復活節前的一個星期日，即傳說中耶穌進入耶路撒冷城，群眾以棕櫚枝歡迎他入城開始計算，到星期四耶穌與門徒吃過最後的晚餐，星期五便被定罪釘十字架而死，死後第三天，即星期一復活。耶穌基督的受死和復活，也就是《新約聖經》的核心思想。

　　耶穌自稱基督，意思是猶太人的王或彌賽亞。耶穌三十歲以前的記載不多，只知道他是個木匠，過着一般猶太人的傳統生活。也有傳說耶穌曾到印度遊學，因此其思想帶有東方色彩。當時以色列受羅馬統治，而根據猶太人的傳說，他們的王必會出現，領導子民重新立國。

　　耶穌三十歲以後開始傳道，收門徒，行神蹟，名聲傳遍了全國，引起了在以色列境內的羅馬官員和猶太領袖的注意。到了他三十三歲時，便因聲稱自己是神的兒子，被宗教領袖要求羅馬政府處死他。最後在找不出罪證和任何罪行下遭受酷刑，被釘在十字架上而死。

　　然而，這一切卻是耶穌所預見的，他不是被殺死而是自我奉獻生命，他以自己的血，為人類和上帝訂立新約，赦免人類的罪，讓

人類重得永生。所以《聖經》上說，若不死便不能生。意思是若耶穌不為人類而死去，人類便不得重獲永生。

根據《舊約聖經》，人類本來是可以永生的，但因阿當夏娃吃了禁果而擁有智慧，上帝怕他們再吃生命樹的果子而得到永生，於是便把阿當夏娃逐出伊甸園。從此人類便要經歷生老病死。

舊約反映原始宗教對死亡的態度，人本來是可以不死的，只是犯了過錯而受罪，而罪的代價乃是死。死亡也就成為了不可踰越的界線，因為死亡是生命的終結，而對死亡的恐懼，除了來自對死後世界的恐懼，亦是對於在生時所有一切的眷戀。

死亡，成為了人類生命中最大的敵人，為了超越死亡，戰勝死亡，便有新約的出現。人類藉着耶穌的血，與上帝重訂新約，讓一切信耶穌是神之子的，都可以得到永生，從而超克心底裡對死亡的恐懼感。

受難日和復活節，應是我們反思生命的日子，為何害怕死亡，為何渴望永生，生時的所有，真的那麼重要嗎？生為何，死為何，當我們坦然面對生命的非必然性，和死亡的必然性，便能體會到其實我們毋須害怕什麼，死亡後能否復活並不重要，重要的是在生之時好好的珍惜，而非等到失去了才感可惜，更毋須害怕失去什麼，因為目前當下擁有的，便是最好的。

二〇一二年四月六日

綠色殯葬追思無極

聖嚴法師曾經說過，骨灰跟精神生命毫無關係，只是肉身生命最後的一分碳。如果老是執着於遺骸、骨灰的落腳處，「就像是想把每天梳頭掉落的頭髮或身上褪下的皮屑收攏帶走一般，好累啊！」事實上，聖嚴法師的骨灰，就是撒在法鼓山骨灰植存公園內，不立碑，亦不設靈龕。

基於如土地資源等種種問題，現代人雖已接受火葬替代土葬，但由於大眾仍傾向保有一個可以在清明祭拜的地方，因而令龕位取代了墓園，成為追思與祭拜的載體。然而，靈灰龕位的短缺卻又產生了不少另類問題。

在可持續的前提下，近年興起了綠色殯葬。綠色殯葬在外國已存在廿多年，例如在澳洲，便早已深入人心。英國亦早於一九九三年建成了全球第一個綠色殯葬陵園，時至今日已增至二百多座。

綠色殯葬有兩個含義，一是指節儉辦喪事，二是指葬式，採用骨灰回歸大自然的方法，譬如是樹葬、海葬、灑葬、花葬等。相對於土葬和靈灰龕，綠色殯葬不但更加節地和環保，而且還可以為城市營造新的綠化面積。而不論是花葬還是海葬，綠色殯葬均蘊含着天人合一的哲思，讓自然的生命回歸大自然，讓生命昇華，亦可從而推廣尊重、關愛、珍惜生命的生命觀。

所謂樹葬，是讓家屬選擇喜愛的植栽區作為下葬點，由家屬親自執鏟，掘出地穴，放入以可分解棉紙袋盛裝的骨灰，然後覆上土石。至於灑葬則沒有穴位，而是自由遍灑在指定的花圃區。花葬即

是把骨灰倒進花壇下方地窖，讓其自然溶解。海葬便是把骨灰撒入海中，回歸大自然。

中國民政部在二〇〇九年明確提出推廣樹葬等節地葬法，推動綠色殯葬。然而，民眾對綠色殯葬的接受程度仍然不高。根據統計，濟南市每年約有一萬六千人去世，但採取樹葬、花壇葬等的僅有三百多人。同樣是一線城市，北京人也愈來愈接受骨灰撒海，但骨灰深埋、樹葬等生態安葬方式，仍為數不多，有的公墓開展骨灰深埋節地安葬，三年僅安放了十八份骨灰。

推廣綠色殯葬，得首先改變傳統認為樹葬、灑葬或海葬，令先人「死無葬身之地」，對先人大不敬的觀念。綠色殯葬雖備受推廣，但其載體的抽象，一般人尚難接受，因此，推廣綠色殯葬，關鍵是如何誘導大眾接受綠色殯葬的載體。例如把先人骨灰撒海、撒花園、深埋植樹，對先人的緬懷只存心裡，但春秋二祭，卻沒個安排處，正是無處話淒涼，那種憂思如何撫平？

但究其實，除了長懷五內，對先人的思念可以是無處不在的，因為我們思念的並不是那堆骨灰，而是逝者留下的精神，長存於心內的懷想，是往生者留存的身教行誼。事實是，即便把骨灰安置於靈灰龕內，除了子孫後代，同氣連枝，別人又如何產生幽思憐惜之情？

假如生命由愛開始，何不讓生命以無私的愛回歸自然。譬如海葬，凡是涯邊海岸，都是思親的地方。又如花園葬、樹葬，不僅讓逝者與花草林木為伴，亦讓青蔥芬芳遺世同享，而縱使沒有墓碑，卻還有一處花木或公園可供徘徊憶念。

雖說喪葬是傳統文化，但現代人表達緬懷祖宗的情懷，又何妨跟隨時代的步伐趨前，讓殯葬載體多元化，例如香港的食環署除了

大力推廣綠色殯葬，設有八個紀念花園及在指定香港水域提供免費撒灰服務，還提供免費的「無盡思念」網上追思平台，讓市民隨時隨地透過互聯網悼念摯愛逝者。

二〇一三年四月六日

喬布斯的死與生

被譽為「蘋果教主」的喬布斯（Steve Jobs）死了，他早於二〇〇四年證實患上胰臟癌，活到今天已屬奇蹟。他的死，成為了全球的頭條新聞，皆因他的影響力實在無遠弗屆，其地位亦無出其右。在全球蘋果信徒哀悼之際，因他的死，卻又呈現出生命的意義。

二〇〇五年，胰臟癌初癒的喬布斯，曾在史丹福大學演講，他的演詞，藉着抗癌經歷談到對死亡的看法，當時已展示出他那豁達積極的生死態度。事實是，不曾親歷生關死劫，不會洞悉死亡；不曾與死神擦肩而過，又怎會了悟生命？

喬布斯當時在演辭中，提及十七歲時讀過的一句話：「如果你能將每天都視為生命的最後一天，那天你就能作出最正確決定。」而他亦切實地視這句話為座右銘，每天問自己「若今天是最後一天，我還想做現在要做的事嗎？若答案連續多天都是『不』的話，那便是時候作出改變了。」正如塞內卡所言，一個人必須不斷地想到死，一個人如果希望一死，他怎麼會恐懼呢？

也許，只有直面死亡，才不會害怕死亡，才會懂得生命，才會明白如何活得更好。或許喬布斯面對死亡的豁達坦然，與他中途輟學，隻身前往印度修行，多少有點關係。印度宗教不會逃避死亡，反之，視死亡為生命中不可或缺的一環，沒有了死亡，生命壓根兒不得完整，而死亡亦非生命的終點，死與生相伴相隨，循環不息。沒有死，便不能生。正如喬布斯在那次演說中所言：「死亡促使生命更替，送舊迎新。」

一期的生命是有限的，短促的，但印度宗教相信輪迴，生命也就因此而變得無有止盡，而每一期的生存，便是為了擺脫輪迴而需不斷的努力，故此，印度宗教並非如一般所想的那樣悲觀消極，而是導人積極地面對人生。且不論是否相信輪迴再生，這一期的生命的確是有限的，而且是隨時隨地也可以終結的，正因如此，生命才有其意義，因為人生不可以推倒重來。

假如生命的存在是三維空間加上時間，生命的結束，也不過是時間的停頓而已。然而，時間不會停頓，停頓的是個體所擁有的時間而已。正如時光不住流逝，但我的手錶會停。因此，在個體的時間停頓之先，每一刻也得好好地活着，善用每一分每一秒，不讓時間白白流逝。

相傳日本禪宗也有一種獨特的修行法，就是「嘗試死一天」。也就是在整整的一天內，感受身心俱死的感受。據說透過這種修行，可以讓我們切實深入地了解死亡的真相，了解死亡與身外一切人和物的關係，從而更認真地，活好每一天，更誠實地面對身外的一切，如實的活在當下，善待他人，也善待自己，當自己的主人。

喬布斯無疑是曠世奇才，思人所弗思，想人所弗想，幹一般人不能亦不敢幹的事。執着、堅持、自信和超凡的才華，透過一個又一個的革命性產品，他不僅改變了世界，也改變了人類行為和思考的模式。

弔詭的是，喬布斯在當自己的主人，亦在呼籲人們積極做回本我，當自己的主人的同時，全球數以萬計的蘋果迷卻如着了魔一般崇拜「教主」，迷戀蘋果產品的程度近乎奴役。當喬布斯說「不要浪費時間去重複別人的人生，不要被教條教規所限制……不要讓其他人的意見左右你自己內心的思想」的時候，正正是他的一舉一

動，一言一語，甚或是個人的堅持，掌控着千萬人的內心世界，主
導着萬千蘋果迷的思想行為，令他們不能當自己的主人。

刊於二〇一一年十月八日香港《星島日報》評論版

編按：二〇一一年十月五日下午，喬布斯在家人的陪伴下，於美國加州的寓所逝世，
享年五十六歲。

從靈灰龕到詩意地棲居

「老竇」生前是理髮師。小時候，理髮大事，都由他一手包辦，要麼在他工作的上海理髮店，要麼便在家中。那個傍晚，偶然經過這條橫街，發現數間傳統理髮店，全屬「個體戶」，不由得怦然心動。盤算了數天，終於，走進了這一間。

店主已年逾八旬，店內兩張「盤龍椅」，均有過百年歷史。雖然設施簡陋，而老人家又……。不過，眼前光景，卻勾起了一絲記憶，一捻感覺。一時間，心中五味紛陳，百感交集。坐上「盤龍椅」的那一剎，那份親切，說不出所以來。

說實在的，「老竇」並不是好父親，也不是好丈夫，更不是好市民。雖非作奸犯科，但經常因嫖與吹，進出警署。母親傷心已極，直至他離世，舉殯也沒有到靈堂，亦從沒有到靈灰龕看他。

「老竇」已離開了廿多年。這些年，他卻經常回到母親的夢中。但在母親的夢中，他除了再三道歉、懇求原諒，便沒有說別的東西。她則一再打發他離開，同樣沒有說別的東西。

生無所安，死何以息！每年的清明時節，也會前往鑽石山靈灰安置所探望「老竇」和姐夫。他們生前各自奔波，各有各的造化和經歷，但死後卻成為了鄰居。姐夫在五樓，「老竇」在六樓。這一回，「老竇」看見這個新剪的髮型，不知又會不會給一個「讚」呢？

而他們的鄰居，則來自五湖四海，不同年代，現在都匯聚一處。靈灰龕不是給人居住的建築物，卻又是給人棲居的地方。讓那些曾經存在的人，繼續存在於天空之下大地之上。而眼前空着的龕位，

則等待依然存在而將會成為曾經存在的人進佔。「曾經存在和尚未存在都是存在的本質」這句話的含義，突然躍現眼前。

拜別「老寶」的時候，不禁感悟到海德格爾所指的「死亡乃是無之聖殿……庇護存在之本質現身於自身內……是存在的庇所」所指為何！在〈築‧居‧思〉一文中，海德格爾從人在世界中的定位出發，思考並提出人在世界中所承擔的使命和如何「去存在」。他指出，人類的在世存在，就是棲居，也必須學會棲居。

正如德國詩人荷爾德林（Friedrich Hölderlin）的詩句所言：「……充滿勞積／然而／人仍詩意地棲居／在地上……」。

棲，同栖，本作西，形聲字，鳥類歇息為之棲。《說文解字》：「西，鳥在巢上，象形，日在西方而鳥棲，故因以為東西之西。」居，象形字，本義為蹲着，是踞的本字，象人曲脛蹲踞形。《說文解字》：「居，蹲也。」蹲，也指鳥獸趴在窩裡。

日暮鳥在巢為之棲，獸趴在窩裡為之居。夕陽西下，人也應如鳥獸般回到家中歇息，也就是順天應時，日入而息。由是觀之，也就不難理解海德格爾所說的「一任日月星流，四時更迭，不令黑夜變成白晝，不讓白日變得忙亂。」的意思了。

海德格爾後期稱人為「終有一死者」（die Sterblichen），因為他們能赴死，赴死意味着有能力承擔作為死亡的死亡。在〈人詩意地棲居〉中，海德格爾清楚地道明，「只要人在這片地上逗留，只要人棲居，他就不斷地赴死。但人之棲居基於詩意。」

然而，與其說棲居是人在大地上的存在模態，不如說是種使命更為貼切。因為人棲居，意味着去珍愛、保護、培育和關照大地和大地之上的萬物，從而締造和平，並讓萬物持恆處於這種自由和衛護之中，保有其本質。人棲居，也就是在大地之上、天空之下，在

神靈之前，從而讓天與地、神與人的純一的四方域得以呈現，而人居其中。人棲居，即蘊含着拯救大地、接受天空、等待神靈、泰然赴死。

拯救大地並不僅僅是使大地免於危難，更重要的是解放萬物，讓萬物得以各不相犯、各得其所地在大地上持留，也不應向大地予取予攜、肆意掠奪。接受天空，意味着接納日月星辰的起降升沉，順應自然的井然秩序。等待神靈，也就是期待着獲得神靈的接納，傾聽着神靈顯隱所帶來的信息，而不是由人妄自扮演神的角色。

泰然赴死，也就是要衛護作為「終有一死者」的本質，自覺地、安然地面對和承擔起自己的死亡，從而得一好死。詩意地棲居！

刊於二〇一八年十二月二日香港《大公報》文學版

只要人棲居，就不斷地赴死。但人之棲居基於詩意。

廿一世紀的死亡態度

當身體變成無法衝破的桎梏，存在的空間有如煉獄。每一分每一秒都在承受着無比的折騰，但卻沒有能力扭轉厄運，那種求死不能的痛苦，實不足為外人道。雖然尼克林森（Tony Nicklinson）無法自行了斷，但他堅信擁有終止生命的權利。他為此告上法庭，而法院亦接受他的申訴，展開聆訊。

居於英國威爾特郡（Wiltshire）的尼克林森，現年（二〇一二年）五十八歲，本身是名土木工程師，也是名運動健將，一九九六年曾來港參加欖球比賽。然而，他二〇〇五年在希臘公幹時中風，從此自頸以下全身癱瘓，被證實為閉鎖症候群（Locked-in syndrome）。

閉鎖症候群是指患者意識清醒，但全身隨意肌癱瘓，導致患者失去能動力，亦不能說話，只有眼睛可以活動。與植物人不同的是，閉鎖症候群患者的病變部位一般位於腦幹的特定部位，大腦半球沒有受損。

尼克林森也僅餘眼睛可以活動，透過目視溝通板，以眨眼的方式與外界溝通，其日常起居、飲食穿衣，以及個人清潔等大小事情，均須旁人協助，而進食則必須依賴喉管餵食。尼克林森感到自己已不算是在生活，因為他的存在變得「陰暗、悲慘、沒有尊嚴、不能忍受」，終於想到只有結束生命，才可終止這活着的夢魘，他希望找個醫生，來個了斷。

然而，英國不容許安樂死，而協助死亡亦屬違法。故此，尼克林森入稟法院，尋求法庭裁決，免去協助他死亡的醫生的刑責，從而確定和履行他結束生命的權利。尼克林森透過電腦，用眨眼方式

「寫」下約六百字狀書，申訴他這些年來的感受。他在狀書中指出，他的存在已毫無尊嚴及私隱可言，就是身體痕癢也無法抓，鼻孔塞了亦不能挖。他又聲言，若當初知道會如此，便不會求救，讓生命結束算了。狀書還絕望地指出他已受夠了這種折騰，不想往後二十年都如此度過。

英國高等法院二〇一二年三月十二日作出裁決，認為尼克林森的訴求，即是免除協助他結束生命的醫生的法律責任，可以繼續進行聆訊，縱使認為解決安樂死問題的理想地方應是國會而不是法院。然而，展開聆訊並不意味法庭同意尼克林森安樂死的要求，只是表明當事人的訴求有理據，可以繼續探討這宗個案。

得悉裁決後，尼克林森的太太宣讀聲明說：「很高興法庭能聽取有關協助死亡的問題。法庭提供了一個辯論的場所，政府不應該再繼續忽視今天我們社會的一個最重要的問題。」科技為人類社會帶來了新的問題，現代醫療技術無疑可以延長病人的生命，但卻付出了尊嚴作為代價，從前的中風病人可能在無法救護的情況下自然地死去，但現在卻變成了閉鎖症候群，思想被肉身牢牢的囚禁着。

事實是，尼克林森並不是求一己之死，亦不是立即求死，而是同時為像他這般狀況的人，爭取結束生命的權利。擁有權利不等於要行使，但這權利是不容剝奪的。他向《太陽報》表示：「讓我和其他同樣受苦的患者死去罷！」他認為，面對廿一世紀的醫療科技，不能再以廿世紀的態度來面對死亡。

人類以科技對抗死亡，延緩死亡的過程，卻往往適得其反，帶來痛苦，而這痛苦如傳染病般感染患者身邊的人。廿一世紀的醫療科技，扭曲了自然死亡的過程，但不等於帶來幸福，相反，如尼克林森般變成閉鎖症候群患者，實在生不如死。這群不幸得連自殺都沒有能力的人所承受的苦，不是必然的。

問題是安樂死始終涉及他殺的行為，因此必須以新思維看待這特殊的他殺行為，將之排除在謀殺以外，成為合法殺人。法庭的爭拗點在於應否讓這種他殺行為獲得刑事豁免，讓醫生可以為這類病人執行安樂死。

　　雖然尼克林森可以前往瑞士尋求助死，但他除了身體過於虛弱，不宜遠行，更重要的是，他不是要求即時死去，而是要取回死亡的權利。事實上，他目前仍未想死，至於何時離去，他尚未有決定。自決死亡的時間、地點和形式，也許正是我們面對廿一世紀醫療技術的新態度。只有確認這個天賦的權利，生命才得以圓滿。

二〇一二年三月十四日

編按：英國法院於二〇一二年八月十六日星期四最終裁定，拒絕尼克林森的訴求。尼克林森隨即絕食，八月二十二日星期三死亡。

獵鹿人的最後抉擇

當你睜開眼睛，面對的是至親和醫護，同時發覺自己全身動彈不得，口不能言。聽到的第一句說話，是你往後的日子將要在輪椅上度過，而且不能自行呼吸，必須依賴呼吸儀器，才得以維生。你願意這樣生存下去嗎？

美國印第安那州獵鹿人提姆‧鮑爾斯（Tim Bowers）的答案是「不！」當然，他不能用口說出來，只是堅決的搖頭。印第安那州的法律容許病人拒絕治療，但一般是由病者家屬代為作出決定，由病人自行作出決定的個案絕無僅有，鮑爾斯實屬首例。

三十二歲的鮑爾斯居於印第安那州的迪凱特（Decatur），擁有自己的商店，樂於助人，是家中的老么。由於父親經營牧場，自小培養出外向型性格。他經常協助父親打理牧場，而他本身則喜愛獵鹿，是名業餘獵人。他剛於今年（二○一三年）八月結婚，妻子懷孕。

十一月二日星期六下午，他如常到野外獵鹿，但不幸地從五米高的樹上掉下來，導致三節脊椎骨碎裂，自頸以下全身癱瘓，而且不能自行呼吸，亦喪失語言能力。

醫生經診斷後，認為鮑爾斯往後不僅需要在輪椅上度過餘生，亦無法自行呼吸，必須依賴儀器。他的家人要求醫生把受到藥物影響而仍然昏迷的鮑爾斯喚醒，詢問他自己的意見。醫生答應家屬的要求。

鮑爾斯睜開眼睛，發現自己身在醫院，全身動彈不得，亦無法張口說話，見到他的家人和醫護圍繞着他，心知不妙。他的姊姊珍

妮如實地告訴鮑爾斯他的狀況和醫生的診斷，問他是否願意這樣生存下去。鮑爾斯斷然搖頭。醫生再問他同樣的問題，他亦同樣堅決地搖頭。

醫生因而為鮑爾斯拔喉，五小時後，鮑爾斯在家人和七十多名親友的陪伴下，安然離世。這是意外發生後的第二天。

鮑爾斯比其他類似病人幸運的，不僅是省卻不必要的治療，減少不必要的痛苦，也在於他能自行作出決定。他的姊姊珍妮是名資深護士，在加護病房工作，深深的體會到如鮑爾斯這類病人的痛苦。她知道即使鮑爾斯能「康復」過來，也不過是名活死人，那樣實在比死去更難熬。鮑爾斯亦曾向他的妻子透露心聲，表明不願在輪椅上度過餘生。他的家人因而很理解亦支持鮑爾斯的決定，縱使那是令人心碎的決定。

《莊子·達生》有云：「生之來不能卻，其去不能止。」誰能如莊子般，妻死而鼓盆而歌？面對生離死別，誰能豁達面對，無悔無憾？生命本無常，如鮑爾斯般，生命如日中天，充滿活力，卻遇上突如其來的丕變，為生命撇然劃上句號。不禁問，當生命要結束的時候，我們是要自然地接受，還是以科技抗拒？但科技又真的能延長生命的質素嗎？

也許，我們都應思考一旦類似的事故發生在自己身上時，自己和家人又可以如何面對。也許，是時候認真思考在健康時立下醫療預前指示，讓家人和醫護人員有所依據。因為當事情發生的時候，我們未必都能如鮑爾斯般「幸運」，可以自行作出抉擇。

二〇一三年十一月九日

走過一甲子的愛

一起把臂走過六十年，不是一件容易的事。一起挽手離開這個塵世，更加不容易。既能同年生，亦能同日死，教人既羨且敬，亦教人反思生命的意義。

法國一對同是八十六歲的夫婦，結婚六十年，健康良好，生活無憂，而且各自擁有自己的事業成就。在任何人的眼中，從任何角度來看，他們都沒有尋死的理由。然而，在今年（二〇一三年）的十一月二十一日，他們一同自殺，死時兩人依然手牽着手。

伯納‧卡茲（Bernard Cazes）和他的妻子喬其紗‧卡茲（Georgette Cazes）不僅選擇了自殺的時間，也選擇了地點，是巴黎的高級酒店盧泰西亞（Lutetia）。這家酒店不僅是畢加索經常流連的地方，對他們來說也別具意義。他們星期四晚入住酒店，特意安排翌日的早餐送餐服務，讓送餐的服務員發現他們的屍體。

他們相識於第一次大戰之後，當時兩人還是學生，其後結婚，至今六十年；生了兩個兒子，但幼子不幸於二十一歲時因意外死去。他們的長子向傳媒表示，伯納在二次大戰期間曾在德國被俘五年，回到巴黎時，便是與喬其紗在盧泰西亞酒店重聚的。

喬其紗是名退休拉丁語教授，亦著有教科書和熱心義務工作。伯納則是名經濟學者和哲學家，也有多本著作，包括描繪如何預測未來的《The History of Futures》。他的讀者對未來也許依然充滿懸念，但對於伯納來說，所謂的未來，卻如實的掌握在他手中。

對於他們的自殺，親友們均感意外，想不出所以然來。事實是，他們沒有病患，身心健康，活力充沛。但他們的長子卻向傳媒表示，他們一起自殺的計劃已籌劃多年。他們尋死的唯一理由，就是彼此深愛着對方，不能承受對方先己而去，獨個兒存活於世的淒涼，於是決定一同赴死。

他們在酒店房中留給巴黎檢控官（the Paris prosecutor）的遺書，痛斥法國政府剝奪公民安然和有尊嚴地離世的自由，喬其紗在信中對此表示憤怒，並授權他們的長子代他們提出訴訟，取回這一權利。

遺書內容提及法律禁止公民購買可達致安然離世的藥物，這無疑是限制了公民尋求安然而有尊嚴地死去的自由。他們還在遺書中指出，沒有人有權阻止作為良好公民的他們，在不涉及第三者的情況下結束生命；也沒有人能在他們希望安詳地離世的時候，強迫他們走向暴力的死亡。

他們的死，在法國再度引發安樂死的爭議。在二○○五年，法國通過被動安樂死的法例，即容許醫生為病人注射高劑量的鎮痛藥，其副作用是加速死亡，從而讓病人安然地離世，但主動安樂死卻依然不合法。今年七月，法國的醫學道德議會（Medical Ethics Council）重申反對主動安樂死或協助自殺非刑事化，並因應這議題進行了普查，普查結果在十二月公布。但另一項在十一月公布的調查結果卻顯示，九成二法國人支持為身患絕症或身陷不能承受的痛苦的病人執行主動安樂死。

現任法國總統奧朗德在競選期間，曾經承諾一旦當選，會致力保障人民「尊嚴地離世」的權利。事實是，沒有人能阻止任何人自殺，只是自殺的形式可以很不相同，容許助死可以是一個選擇，不

僅讓堅決的自殺者安詳地和有尊嚴地離世，也可以讓一些因一時衝動而想到自殺的人，及早得到適切的幫助，釋除自殺的念頭。

不能同日生，但願同日死，說來容易，但到底有多少人做得到？像伯納和喬其紗般，手牽手地走過一甲子，手牽手地一同離開，不僅盡顯兩人的愛之深，也展現出兩人的無比勇氣和吃透生死的瀟灑。對他們來說，生命的意義在於彼此兩忘生死的愛。

說到底，生命的素質不能以壽命的長短來衡量，也不能以物質補償。生命中失去了最珍貴的愛，的確比死更難受。生命的意義，縱使因人而異，但有一點是可以肯定的，就是當生命結束時，都渴望可以安詳地、有尊嚴地離去。

二〇一三年十二月一日

編按：法國國會二〇一六年一月通過法案，允許瀕死病人停止治療，進入持續深度睡眠狀態（continuous deep sedation, CDS）直至死亡。同年二月三日正式生效。然而，法國國會二〇二一年四月八日否決讓助死合法化的《尊嚴死法案》。

生不帶來　死不帶去

人生寄塵，轉眼成空。生不帶來，死不帶去。一切得失，如鏡花水月。正如蘇軾〈祭陳君式文〉云：「猗歟大夫，有死有生，如影之隨，如環之循，富貴貧賤，忽如浮雲。」

香港電視廣播有限公司榮譽主席邵逸夫爵士，二〇一四年一月七日早上在家中安詳離世，享年一百〇七歲。除了是影視大亨，邵逸夫也是慈善家，多年來捐出善款超過六十五億元。在香港，不乏較邵逸夫富有的人，但邵逸夫格外受社會尊崇，關鍵並非他善於「聚財」，而是他更懂得「散財」，為善不甘後人，惠澤社群。

二十世紀初的世界鋼鐵大王兼首富卡內基（Andrew Carnegie）在一九一九年去世前，共捐出三億五千萬美元。卡內基認為財富不應傳給後代，臨終前還立下遺言，要把剩餘的三千萬美元全數捐出。他留下一句名言：「一個人死的時候如果擁有巨額財富，是一種恥辱。」卡內基的善行引得同時代的富人仿效，並且延續至今。

去年（二〇一三年）十二月二十三日平安夜前一天，居於紐約曼哈頓上城區聖雷莫大廈（San Remo），八十六歲的威爾遜（Robert W. Wilson），在其面向中央公園的十六樓公寓，打開窗戶一躍而下，結束自己的一生。已退休的威爾遜曾經中風，他的友人維斯庫西（Stephen Viscusi）憶述：「他一直計劃捐出全部財富，最近曾說：『還剩下約一億美元。』他不願忍受疾病的折磨，如果時候到了，他便準備離開。」

威爾遜生於底特律，白手興家，營運對沖基金致富。一九六九年以一萬五千美元創立「Wilson & associates」，一九八六年退休後

財富繼續滾雪球，至二千年，估計他的財富達八億美元。他「臨走」前已把約七億美元財富捐給慈善機構，並留下遺書：「我這輩子過得很滿足。再會了，我所有的朋友，謝謝你們。請確認取消我所有（投資）計劃，告訴大家我走了，並且賣掉我所有資產。」

他生前曾向好友透露，目標是在死前捐出所有財富。威爾遜曾在受訪時表示相信身後帶不走錢財這句說話。他先後向世界建築文物保護基金會、大自然保護協會、野生動物協會等組織捐款。

深信死後帶不走錢財的，還有一名超級富豪，環球免稅集團（DFS Group）的創辦人之一費尼（Chuck Feeney）。被稱為「慈善界占士邦」的費尼，在過去三十年一直悄悄地把七十五億美元家財，向世界各地捐贈出去，涉及教育、科學、醫療、護老和人權等領域。他至今已透過由他創辦的大西洋慈善基金（the Atlantic Philanthropies），捐出六十二億美元，這使他成為當今在生時捐款最多的人。他的目標是把餘下財產在二〇一六年前悉數捐出，然後「無牽無掛地去見上帝！」這意味着費尼已為他的一生定出時間表和目標。

與其他高調行善的富豪不同，費尼一直隱藏自己的善行。受益的機構甚至不知道資金來源，即便知道了也必須簽署保密協議，否則資助便會停止。直至一九九七年，法國奢侈品巨頭伯納德‧阿諾爾特收購環球免稅集團，相關資訊必須向公眾披露，公眾這才知道費尼的股份早已轉到大西洋慈善基金名下。這不僅令費尼廣受關注，也啟發了微軟主席蓋茨和股神巴菲特。

大西洋慈善基金正以每年四億美元的速度「散財」，而費尼個人的淨資產則只有約二百萬美元。他深信行善要趁早，「不要等你老了或百年之後再做善事，應該趁着有精力、有關係、有影響力的時候及早做，這樣效果會更好。」

兩千多年前，中國曾出現過一位極能聚財亦極會散財的人。他就是助越王勾踐擊敗吳王夫差的范蠡。其實，在聚財創富的過程中，必有一部分人因而得益，而在散財的過程中，則有另一批人受惠。

　　傳說越滅吳後，范蠡沒有戀棧權位，反而急流勇退，到了齊國，改名為「鴟夷子皮」。他帶領家人在海邊定居，開墾荒田，同時經商，不久便積累了數千萬家財，齊王聞賢尋至，拜他為相。三年後，范蠡再次引退，將萬貫家財散盡，施給貧困鄉人，再度遷徙，到了山東肥城陶山一帶，從頭開始，改名「陶朱公」。數年下來，又成了巨富，適逢當地饑荒，他慷慨解囊，救濟災民。後來更成為「千處祈求千處應」的善長，被民眾尊稱為「陶朱公財神」。

　　范蠡有一段話，大意是：「做官到了卿相，治家能有千金，這些於我這樣一個白手興家的布衣來說，已到了極點。久受尊名，恐怕不是吉祥之兆。」回頭再看，若不是放棄官爵，散盡千金，范蠡的腦袋早就沒了。散財不僅是功德無量的布施，更是在散憂散禍！

　　聽聞在西藏，許多人在得悉即將死於末期疾病之後，就把所有財產布施掉，一心準備死亡。財富無疑是生不帶來，死不帶去的身外之物，對於個人而言，死後毫無用處，賢子孫用不着，不肖兒用不好。秦皇漢武鐵木真，死後空餘六呎身。人生是一個過程，當中的意義在於耕耘，不在於收穫多少。

二〇一四年一月十一日

編按：大西洋慈善基金在二〇二〇年九月十四日正式停止運作，宣告費尼近四十年的「散財」善舉終於告終。這意味着費尼已將財產散盡。

當存在變成刑罰

千百年來，智者哲人不斷思考存在的意義，但對於查爾斯‧塞爾斯伯格（Charles Selsberg）來說，不單沒有繼續存在的意義，反而只有不再存在的理由，就是免受「遁天之刑」。

莊子認為，世界本無人的生命形態，「雜乎芒芴之間」，由氣聚而為人的形質，進而有了人的生命形態。生命的本性是永恆的、無限的、純真的，而形是有限的、暫時的、有瑕疵的，如果不能超越形限，就會陷入游移不定的是非紛爭，造成對生命本性的遮蔽。莊子稱違反自然規律而受到的刑罰為「遁天之刑」。

二〇一三年十月，當時七十七歲的查爾斯，證實患上肌肉萎縮性脊髓側索硬化症（Amyotrophic lateral sclerosis, ALS），但在此之前的一年間，他已出現各種病徵，情況急速惡化。對於不煙不酒，一直活躍健康的查爾斯來說，這是不能理解的噩耗。而面對這種不可逆轉的頑疾，查爾斯下了一個他個人認為是可怕的錯誤決定：生存下去。

俗稱為「漸凍人症」的肌肉萎縮性脊髓側索硬化症，又稱路格瑞氏症（Lou Gehrig's disease），是一種漸進和致命的神經退化疾病，起因是中樞神經系統內控制骨骼肌的運動神經元（motor neuron）退化。病人由於上、下運動神經元退化和死亡，停止傳送信息到肌肉，在不能運作的情況下，肌肉逐漸萎縮。最後，大腦完全喪失控制隨意運動的能力。這個病不一定影響病人的心理運作，即使是晚期病者仍可保留清晰記憶和智力。

查爾斯二〇一四年二月二十七日，在《丹佛郵報》（*The Denver Post*）發表題為〈拜託，我想死〉（Please, I want to die）的公開信，向科羅拉多州議會的議員表達死亡的渴求，並且同時呼籲州政府立法，容許醫生合法助死。

他在信中說，「我犯了一個可怕的錯誤，就是當我應該選擇自行了斷的時候，選擇了生存。我現在已不能吞嚥食物，不能說話，不能溝通，不能行動，甚至需要依賴儀器才能呼吸。我熱愛旅遊，身體一向健康，但現在，我的思想卻被困於一具屍體之內。」

查爾斯直言這不是生存，雖然不感到疼痛，但卻承受着無比的痛楚。他希望醫生能協助他離去，但科羅拉多州不容許助死。他呼籲州議會立法，讓醫生可以合法地協助瀕死病人死亡。在美國，已有五個州容許醫生助死，包括俄勒岡州、華盛頓州、蒙大拿州、佛蒙特州和剛於二〇一四年一月才容許合法助死的新墨西哥州。

在發出這封公開信的一星期前，查爾斯開始絕食斷水。他說這是他唯一可以辦到的事。查爾斯在三月六日離世。

現代醫學的進步，反而成為自然死亡的障礙。病人可以在藥物和機器的「協助」下延長「存在」於世的時間，但種種藥物和儀器，雖然可以人工地延長科學家眼中的「生命」，卻不能延續人類存在的意義。延續的只不過是生命的形態，而不是生命本身。「形變而有生，今又變而之死，是相與為春秋冬夏四時行也。」（《莊子‧至樂》）生死本是自然的生命流程，只有人類，才會以人為的手段，干擾這一自然的過程。

當「思想被困於一具屍體之內」，那是多麼可怕的存在模式。需要反思的是，現代先進的醫護，延續病人存在着的時間，但不過是逆天而行的施為，延長的畢竟不是生命，而是形體。這種施於病人身上的科技，亦不過是一種「遁天之刑」。而不論是終止治療還

是協助死亡，亦不過是解除自然生命進程的障礙而已。不禁問，人類真的需要延續生命形限的科技嗎？

　　人作為生命主體，可以將自然的意義完全由人的利益、需要、喜惡來定義。在莊子看來，當人懂得把自己看作「人」，並與自然區分開來的時候，便預設了宇宙萬物生命整體的分裂。但人的生命和認識能力是有限的，而世界本真的生命存在是無限的，天地大化的自然本性是流動不息、無窮無盡的。當人的知性思維用有限的知識去測度無限的宇宙的時候，即使是「知之盛者」，也必將陷入夸父逐日一樣的困窘。

二〇一四年三月十五日

編按：二〇一六年十一月八日，美國科羅拉多州通過「Proposition 106, the End of Life Options Act」，成為美國第六個立法容許協助自殺的州份。

人生的退場機制

無論多精采的歌劇，也有落幕的一刻；無論演技多精湛的演員，也有退場的一天。人生的舞臺，同樣也會謝幕，只是人在其中，又是否可以安排自己如何退場？

生老病死是人生必經階段，只是對於死亡，我們的社會總是避而諱之。事實是，醫療科技扭曲了自然的生死過程，不獨可以人工授孕，也可以人為地推延死亡的到來。不過，在延長壽命的同時，卻不一定保存着生命的質素，而是在延長老者、病者的苦。

今天（二〇一四年十月八日）多份報章報道，黃大仙一對兒孫滿堂，同為七十九歲的夫婦，疑感年老無用，一個月前開始籌備「自殺」。兩老於凌晨縱火尋死，街坊揭發報警，兩老最終獲救，情況危殆。兩人留下遺書，透露財產分予三名子女，死後骨灰撒於政府轄下公園。

據報章報道，老翁姓梁，退休前為攝影師。老婦姓麥，曾任職工廠。兩人鶼鰈情深，十多年前退休，每朝凌晨一起外出晨運、嘆早茶，偶爾參加社區活動，恩愛非常。雖然梁伯聽力不佳，麥婦也有膝痛，但並無大病。然而，近月兩老曾向家人透露「年紀大無用，諗起將來唔知點。」

面對不可知的將來，任誰都有一種無力感。年輕時對未來充滿期望，還有努力的方向。一旦老了、倦了，甚至身體不再屬於自己，餘下的日子只是在蠶食生命意志，我們又將如何自處？人無法決定

是否來這個世上，但是否可以決定何時及如何離開？事實是，沒有人可以阻止真正決意尋死的人。

在華人社會，死亡仍是忌諱，不會公開討論，因而往往導致悲劇的發生。不過，死亡不是悲劇，不平和、不安祥的死亡才是悲劇。反觀西方社會，死亡已不再是禁忌，部分國家和地區更容許安樂死或助死。自殺也可以事先張揚。

在比利時布魯塞爾，八十九歲的法蘭西斯（Francis）和八十六歲的妻子安妮（Anne），雖然都有長期病患，但並非末期病人。不過，由於兩人深愛着對方，表示不能忍受任何一方先行離世，所以決定安樂死，成為世上首對一同安樂死的夫婦。在比利時，「精神上不能承受的痛苦」也是尋求安樂死的理由。

法蘭西斯和安妮這一決定，不但公開，而且得到子女的支持，子女們甚至尋找醫師，協助兩老離世。據英國《每日郵報》報道，法蘭西斯和安妮經常一起外出，因為他們害怕其中一人有一天不會回家。他們決定二〇一五年二月三日，即他們結婚六十四周年紀念日一同離世。

中華人說的「五福」，出於《書經·洪範》。五福者，一曰壽、二曰富、三曰康寧、四曰攸好德、五曰考終命。第五福考終命即是盡享天年，長壽而亡，也就是「善終」，安詳離世。然而，今天的死亡過程可以很漫長，也可以很可怕。事實是，不少長者均表示「不怕死，怕等死。」

問題是，我們願意看見如梁伯夫婦的悲劇繼續重演，還是嘗試欣賞法蘭西斯夫婦的灑脫安然？假如我們的社會有一機制，讓老

者、病者，甚至厭世者主動提出尋死的想法，也許能阻止一些人尋死，同時讓真正決意求死者得以安祥地、尊嚴地離世。我們的社會，是否應該認真地思考人生的退場機制？

二〇一四年十月八日

編按：比利時國會二〇〇二年五月通過主動安樂死法案，令比利時成為全球第二個容許安樂死的國家；並於二〇一四年二月通過兒童安樂死法案，將合法安樂死的年齡降至十二歲，成為首個容許兒童安樂死的國家。

死在自己的床上

人到底有沒有權利選擇死亡？如果可以的話，你又會選擇死在哪兒？英國牛津郡退休教師，八十六歲的戴維斯（Jean Davies）便選擇死在自己的床上。

戴維斯並非末期病人，但卻百病纏身，經常無故暈厥，而且長期背痛，因而厭世尋死。戴維斯希望死得有尊嚴，但英國不容許安樂死，而她希望死在自己的床上，與家人和家庭醫生商量後，決定以絕食斷水的方式結束生命。戴維斯明言這是她唯一的選擇。

她說：「我沒有做違法的事，亦沒有做錯。但我沒有其他選擇，其他的死亡方法，不是觸犯法律，便是要前往瑞士尋求協助死亡。但我只希望死在自己的床上。」

今年（二〇一四年）八月二十八日，戴維斯進食了由她女兒焗製的甜點，和喝了一杯茶之後，便開始絕食。她死於十月一日，十月十六日舉行葬禮。英國《星期日泰晤士報》十月十九日在頭版報道了她的死訊，並在內頁以全版篇幅報道她的故事，形容戴維斯是「協助死亡運動的國際領袖」（an international leader in the assisted dying movement）。

戴維斯並非尋常的退休教師，她畢生致力推動安樂死合法化和倡議死亡權利（right-to-die）。她一九九七出版了名為《*Choice in Dying*》的書，推廣死亡權利。而在明年一月出版，名為《*I'll See Myself Out, Thank You*》的書中，戴維斯（作為該書的其中一名撰稿人）寫道：「當那個時刻到來，我會躺在床上，絕食斷水，將所有塵世的事情安排停當……這樣可以免除自己因病而承受的痛苦，讓我得以自主自己的命運。」

戴維斯不僅是「尊嚴死協會」（前稱「自願安樂死協會」）的終身會員，也曾是該會的主席。她是國際死亡權利協會牛津分會的創會會員，並於一九九〇年成為該會的主席。除了英國和歐洲，她也曾出訪多個國家，推廣安樂死和死亡權利。

雖然戴維斯的死被視為老者理性自殺的典範，但她的死亡過程卻一點也不好過，她自己甚至以「地獄」來形容。不過，在她死前的最後四天，表現平和安祥，一直由兒孫陪伴在旁；死前一天更是整天掛着笑容。

戴維斯之死，再一次掀起安樂死的討論。事實是，英國人爭取安樂死立法的努力，一直沒有停止過。十一月七日，由福爾克納男爵（Lord Falconer）在六月提出的安樂死法案，會在英國上議院進行三讀辯論。這是英國過去八年，第四次提出的安樂死法案。

一項最新的民調（YouGov poll）顯示，英格蘭和威爾斯百分之七十三的成年人支持通過該法案。

福爾克納男爵提出的法案，以美國俄勒岡州的尊嚴死法為藍本，讓末期病人申請處方藥物，在自己認為有需要時，自行了斷。去年俄勒岡州共有約三萬人死亡，一百二十二人透過該法取得處方藥物，其中七十一人最終服藥而死。

英國去年共有約四千五百人自殺，其中三百三十二名死者是末期病人，另有二十五人前往瑞士尋求協助自殺。

支持福爾克納男爵提出的法案的人認為，該法案一旦成為法例，可以有效地分辨出那些並非真正求死的人，例如抑鬱，從而及早提供協助，避免不應該發生的自殺個案。

反對法案的人則認為，有研究指出，容許安樂死的地方，包括荷蘭、比利時、瑞士等地，有濫用安樂死的趨勢；他們亦擔心一旦社會環境逆轉，例如出現經濟衰退，老病殘弱會承受安樂死的壓力。

今天，死亡和死亡的過程大都在醫院內發生。病人被異化，變成「個案」，得不到作為一個人應有的對待和尊嚴。瀕死的病人躺在不知有多少人躺過的陌生病床上，在陌生的醫護面前，承受着不必要的痛苦，生命的餘日被人工地延長，以星期，甚至以月計算。

病人彌留之際，往往沒人知道，只有空虛寂寞。而早已失去了靈魂的軀體，無意義地存在着，到底醫院延續的是什麼？死在自己的床上，在兒孫簇擁下，滿臉笑容地離世，對於現代人來說，可能有點奢侈，但卻是人類心底裡，原始的渴望；亦是每一個人，應有的權利。

二〇一四年十月二十二日

編按：福爾克納男爵二〇一四年提出的安樂死法案最終不獲通過，但他在二〇二〇年一月再度提出安樂死法案。

自由地面對死亡

雖然，生死有命，但這個「命」，又如何界定？雖說「生有時，死有時」。但假如我們真的相信生死是由上天安排的話，便不應容讓剖腹生子，尤其是配合「吉時」的手術。如果出生的日子可以由人決定，那麼，死亡的日期又為何不能由人自己決定？

目前，關於安樂死的辯論趨於恆常化，而接受安樂死而離世的個案亦不斷增加，但鮮有如布莉塔妮·梅納德（Brittany Maynard）那麼高調。梅納德之死再次引發正反雙方的激辯。

梅納德年僅二十九歲，原本居住在美國三藩市，但為了尊嚴地死，與丈夫專程遷往俄勒岡州居住，以該州的《尊嚴死法》（*The Death with Dignity Act*）了結生命。梅納德在結婚後四個月，即今年（二〇一四年）四月確診罹患末期腦癌，當時醫生認為她僅餘六個月生命。

在生命倒數期間，梅納德沒有放棄生命。她到阿拉斯加冰原遠足十六公里，並到大峽谷與丈夫留下親密合影。她以積極的態度，擁抱死亡。她曾向傳媒表示，她不是自殺，是癌症奪走她的生命。她希望大眾明白，面對死亡不應只有恐懼，如果人能自己選擇如何離世，便可以讓人自由地面對死亡。

梅納德十月時把她選擇安樂死的影片上傳 YouTube，獲得全球關注，點擊次數近千萬人次。她預告在十一月一日，慶祝丈夫生日之後，便結束生命。雖然一度打算延後死亡，但因病情急轉直下，梅納德最終在十一月一日，在家人的陪同下，通過醫生處方的藥物，在家中安詳離世。

她臨終前在「面書」上寫道：「這個世界是個美麗的地方，旅行已成為我最偉大的導師，而我的親近的友人和民眾，都是偉大的施與者。……世界，永別了。請散播正面的能量，並把愛傳出去！」（the world is a beautiful place, travel has been my greatest teacher, my close friends and folks are the greatest givers... goodbye world. Spread good energy. Pay it forward!）

　　支持安樂死的組織「憐憫和選擇」（Compassion & Choices）主席庫姆斯（Barbara Coombs Lee）表示：「梅納德雖已過世，但她對生命與大自然的熱愛，其熱情與精神將永遠留存。」梅納德的故事讓她成為美國《時人》雜誌（*People Magazine*）的封面人物。

　　庫姆斯指出，何時死去，是個困難的決定，也是完全屬於個人的事，因此，應留給病人自己決定，政府不應干預。

　　梅納德的支持者表示，梅納德有權決定「自己死去的時間」。反對者則指出「自殺永遠是錯的」，並認為梅納德應接受治療，延長生命。然而，假如梅納德將生命的餘日虛耗在病床上，她還能到阿拉斯加冰原遠足，到大峽谷旅行嗎？生命的意義雖因人而異，但可以肯定的是，生命並不是「存在着」而已！對於梅納德，甚至每一個人來說，在有生之年完成心願，才是最重要的。

　　反對安樂死的宗教團體「Priests for Life」的負責人表示，「她（梅納德）放棄了生存的希望，我們擔心這會使其他的晚期病人仿效。我們希望人們有勇氣活下去，直到上帝決定要帶走自己的那一天。」不過，誰又能知道，這樣的結局不是上帝安排的呢？活下去的確需要勇氣，但決定離開，卻需要更大的勇氣。

　　法例可以禁止協助自殺，但法例並不禁止自殺。在美國不容許協助自殺的州份，仍然有末期病人，在他們力所能及的時候自殺，他們常用的方法是吞槍。反觀如俄勒岡州等容許安樂死的州份，病

人取得藥物後，可以自行決定是否服藥和何時服藥，反而推遲了他們死亡的時間。正如庫姆斯所說：「安樂死法例實際上延長了他們（末期病人）的生命。」

雖然已立法容許安樂死的國家不多，但近年支持安樂死的人卻不斷上升。在法國，民意調查機構 Ifop 上月公布最新調查結果指出，九成六的法國人認為醫生應該協助末期病人離世，九成二人認為現有法例不足以照顧末期病人的需要。正在爭取為安樂死立法的以色列，當地推廣尊嚴地生和死的組織「LILACH」上月公布，今年已有接近一萬二千人提出終止生命的要求，顯著高於二〇一三年的七百四十人。

生和死不應是對立的，亦不應是生命的桎梏。生存着可以很消極，但面對死亡卻可以很積極。

《莊子·大宗師》云：「死生，命也，其有夜旦之常，天也。……故善吾生者，乃所以善吾死也。」假如我們真的相信冥冥中自有主宰，相信生死都是由上天或上帝所安排的，那麼，我們又如何能否定自殺和自決死期有違天意，而不是命運的安排呢？

死生如夜旦，善生難求，善死更難得。只有當人們擁有如何和何時死的決定權，才可以真正自由地面向死亡，無畏於死。

二〇一四年十一月六日

編按：Institut français d'opinion publique（Ifop）是一家法國民意調查機構，其官網（https://www.ifop.com/en/）資料顯示，該機構創立於一九三八年，現時業務遍及全球七十個國家。

「加」入安樂死行列

司法獨立到底有多重要？真正的司法獨立，法官亦真的可以因應社會實際情況，「限令」政府修改法例，甚至訂立新法。

加拿大最高法院九位大法官，今年（二〇一五年）二月六日一致裁定，容許長期承受身心痛苦的重病者或瀕死病人，在自願的情況下，讓醫生協助他們結束生命；並給予聯邦政府及各省政府一年時間制訂新的法例。

這一裁決，推翻了二十二年前最高法院禁止醫護人員協助病人安樂死的禁令。大法官們一致認為，該項禁令剝奪了瀕死者的尊嚴與自主。根據加拿大的刑法，教唆、說明或指導他人自殺，最高可判囚十四年。

案件由加拿大卑詩省兩位已故女子，卡特（Kay Carter）與泰勒（Gloria Taylor）引發，由卡特的女兒和泰勒，以及卑詩省公民自由協會（BC Civil Liberties Association）作為代理人，在二〇一一年四月提起。

罹患退化性脊髓症的卡特，二〇一〇年在女兒和女婿陪同下，前往瑞士接受安樂死，終年八十九歲。她的女兒二月六日向傳媒表示，如果加拿大的法例早幾年修訂，卡特便毋須遠赴瑞士尋死。但對於最高法院的裁決，她仍感欣慰。

泰勒患上肌肉萎縮性脊髓側索硬化症（ALS，俗稱漸凍人症）。她二〇一二年獲得法院豁免令，可以在醫生協助下死亡，但該項裁決隨即被上訴法院駁回，她亦在那一年因併發症去世，終年六十四歲。

最高法院的裁決指出，讓泰勒忍受不可忍受的痛苦，等於侵犯憲法給她的人身保障。該院並引述泰勒說：「我怕的是一種把我變得毫無價值的死，我不要慢慢，一點一滴的死，我不要昏昏迷迷在醫院病床上萎謝。我不要在被痛苦百般蹂躪之下死去。」

根據二月六日的裁決，可以接受安樂死的人，是身體或精神上長期受到難以忍受痛苦的人。換言之，他們不一定是患上末期疾病的病人。裁決再次掀起激烈爭辯。支持者認為人權至上，尤其是自己決定的權利，如果在生命走到盡頭時，都不能決定自己可以有尊嚴地離世，那還談什麼權利呢？但反對者則擔心安樂死會為虐待老人打開缺口，引發滑坡效應。

《莊子·達生》云：「有生必先無離形，形不離而生亡者有之矣。生之來不能卻，其去不能止。悲夫！世之人以為養形足以存生，而養形果不足以存生，則世奚足為哉！」意思是說，保全生命必先使生命不脫離形體，但形體沒有死去而生命卻已死亡的情況是有的。生命的到來不能推卻，生命的離去亦不能阻止。可悲的是，世人認為養育形體便足以保存生命，但養育形體實不足以保存生命。然則，還可以做什麼呢！

現代社會迷信科學，輕忽人文。而醫生的職責就是治病，每一個病者都是一宗個案，忘記了個案的主體其實是人。而人是必死的生物。無論科技和藥物多先進，留住的真是生命嗎？但為了治病，卻可以犧牲病人的尊嚴和生命的質素。

在韓片《我的忐忑人生》中，患有罕見先天性早衰症的雅林，雖然已十六歲，但身體卻停留在八歲，而外貌則已經八十歲。醫生雖然催促他入院接受治療，但坦言雅林可能只能多活一個月。有一次，雅林拒絕吃藥，並憤怒地說，「正在待死，還吃什麼藥。」

事實是，與其「在醫院病床上萎謝……被痛苦百般蹂躪之下死去」，不如好好安排和享受死前的時間。誠如泰勒接受媒體專訪時表示：「我絕對是怕死的，我不否認我即將死去。假如讓我選擇今天死去，你問我是否準備好的話，我會說不，因為今天是個好日子。」

在訪問中，泰勒亦明言不想死。爭取安樂死的目的，是因為那是一種權利，是當身體再不能支撐下去時，讓她尊嚴地、安詳地、自主地離世的權利。事實是，物質的形體亦保不了，更何況是精神性的生命？科技可以延續軀體的運作，但不是生命本身。

現代女詩人舒婷的〈楓葉〉，有幾句是這樣的：「我可以否認這片楓葉／否認它，如同拒絕一種親密／但從此以後，每逢風起／我總不由自主回過頭／聆聽你指頭上獨立無依的顫慄」。

不容否認的是，加拿大這宗判例，可以讓無數獨立無依的顫慄指頭，不用再「昏昏迷迷在醫院病床上萎謝」。

目前，容許合法協助自殺的國家或地區，計有瑞士、哥倫比亞，以及美國的華盛頓、俄勒岡、佛蒙特、新墨西哥、蒙大拿州。而荷蘭、比利時和盧森堡則容許主動安樂死，即由醫生施以藥物致令其死。至於容許被動安樂死，即以終止治療而讓其死亡的國家，則有芬蘭、挪威、瑞典、英國、德國、阿根廷、智利、墨西哥、愛爾蘭、以色列、阿爾巴尼亞、南韓、印度、日本等。

二〇一五年二月八日

編按：加拿大國會二〇一六年六月十七日通過「Bill C-14」修訂案，將協助死亡非刑事化；並於二〇二一年三月十七日通過「Bill C-7」修訂案，擴闊可以接受協助死亡人士的類別，包括自然死亡的日期不在可預見的時間內的人。

從衛斯理談生死說起

　　年屆八旬的倪匡，在今年（二〇一五年）二月二十七日《AM730》刊出的專訪中說，他的生日願望是「希望『喳』一聲去咗！」吃透生死，百無禁忌，真的很衛斯理（Wisely）！亦佩服《AM730》，在大年初九以頭版頭條刊出題以《八旬衛斯理　新春談生死》的專訪。

　　文中提到，倪匡表示「一睡不起就最好不過，最開心。臨老生cancer，電療又化療，好陰功。眼見患上頑疾的老人經常出入醫院，明知沒有希望，就算醫得好，又如何？……始終是社會制度有問題，你話安樂死幾好……我支持到極點。」

　　「一睡不起就最好不過。」也許是大眾心底裡的那一句。人都渴望得一「好死」。任誰都不願意在生命的最後階段，承受百般痛苦，甚至失卻作為人的尊嚴。但今天，科學主義掩沒了人文精神，醫院看見的是病，不是人。長者、病者，在生命的晚期，往往身不由己地接受治療，進出醫院。不過，易地而處，當照顧這些復康無望的長者、病者的醫護人員，預視自己成為受照顧者時，又會如何？

　　二月十九日，美國《費城詢問報》（The Philadelphia Inquirer）刊出了巴巴拉（Barbara Bitros）的專訪。六十四歲的巴巴拉不是大作家，也不是什麼名人。她是美國賓夕法尼亞州一名前臨終護士，見證過無數癡呆症患者離世。證實患上早期癡呆症的巴巴拉表示，會在失去自我認知能力之前，結束自己的生命。

　　她告訴記者：「我害怕在長期的、痛苦的、屈辱的過程中，不

知道自己是誰，不認得任何人。沒有人應該那樣死去。⋯⋯我希望我的孫兒永遠記得我是個充滿陽光、和藹可親的人，永遠是那個讀書給他們聽，與他們一起吃飯的祖母。」

巴巴拉坦言害怕癡呆甚於死亡。雖然她已有了離世的安排，但會堅持到最後一刻，也就是無法照顧自己的時候，才會執行。事實是，她只希望在清醒的情況下，安詳平和地死去。她的這個願望，亦得到親人摯友的支持。

倪匡和巴巴拉俱不諱死，而且不約而同地認為，與其備受痛苦，喪失尊嚴地存在，不如爽快地退出人生舞臺。

人對於死亡的恐懼，實源於對死亡的無知。在莊子眼中，生死卻如「夜旦之常」，像四時之更迭。莊子妻死，他「鼓盆而歌」，便是莊子看透生死的最佳寫照。《莊子・至樂》云：「察其始而本無生，非徒無生也，而本無形，非徒無形也，而本無氣。雜乎芒芴之間，變而有氣，氣變而有形，形變而有生，今又變而之死，是相與為春秋冬夏四時行也。」

在莊子眼中，生死就是氣聚氣散的往復循環，而生命則「不知其盡也」。也就是說，人有生死，但人的生命卻是無有盡頭的。《莊子・養生主》云：「指窮於為薪，火傳也。不知其盡也。」意思是燭薪會有燃燒殆盡的一刻，但火卻是永遠留傳，沒有盡時的。

這個火，可以是思想，可以是知識，可以是技術，也可以是一種感召。即便是你的人不存在了，你的精神卻可以活着，就是活在其他的生命體裡，活在六合之間。

流沙河認為，「養生主」應理解為「養・生主」而不是「養生・主」，其意思是保養「生主」，而不是「養生」的主旨。他認為，這個「主」字，其實是今天的「炷」字。「主」字是象形文字，篆

體是「主」，下面不是「王」字，而是一個燈盞，上面那一點就是火。因此，「主」就是燈，「生主」就是生命之燈。《說文》：「主，鐙（燈）中火主也。」

隨着人口老化，倪匡口中「患上頑疾的老人經常出入醫院」亦常態化。更有甚者，是巴巴拉照顧過的無數癡呆症患者，在不知自己是誰的情況下，成為沒有生命的軀殼，雖生猶死。

今天，我們都注重「養生」，但養的其實是必然會枯毀的軀殼，卻不知道保養生命之燈，讓精神永遠不滅，生命之火不熄。可以放光，也可以活在別人的燈裡。正如衛斯理可以永存於世。

二○一五年三月八日

李光耀的生死之道

　　有人問，李光耀雖然訂立了預先醫療指示（Advance Medical Directive），但其家屬或醫院會否執行指示呢？尤其是今年（二〇一五年）是新加坡建國五十周年，又會否人工地延長李光耀的「存在」，讓他「見證」五十周年慶典呢？答案是「不會」，因為在新加坡，預先醫療指示具法定效力，不執行是違法的。

　　新加坡在一九九六年，便已通過了《預先醫療指示法》（*The Advance Medical Directive Act*），賦予年滿二十一歲的公民法定權利，訂立有法律效力的預先醫療指示；同時賦權予醫護人員，終止人工延長死亡過程的相關行為。台灣也在二〇〇〇年通過了《安寧醫療緩和條例》，讓不可治癒的末期病人，以「生時意願書」（Living Will）的形式選擇自然死亡。

　　相對而言，香港便顯得顢頇落後，故步自封。香港在二〇〇四年曾展開諮詢，但卻因為預先醫療指示「對社會大眾來說仍是一個新概念，大部分人均對之認識不深」，所以最終沒有立法。雖然，這是一個荒謬的理由。

　　事實是，預先醫療指示並非新事物。預先醫療指示是指人們在健康或意識清楚時簽署，說明在不可治癒的傷病末期或臨終時，要或不要哪種醫療護理的文件。而生時意願書便是其中一種最先出現的預先醫療指示。最早出現的生時意願書，可以追溯至一九六九年。到了一九七六年，美國加州首先通過了《自然死亡法》，允許患者依照自己意願，不使用維生系統自然死亡。此後二十年間，預先醫療指示和《自然死亡法》之風吹遍歐美加澳等西方世界。

二〇一三年，李光耀在其新作《李光耀觀天下》（One Man's View of the World）中，毫不忌諱地暢談對生命與死亡的看法。他直言：「生比死好」，但「萬事終將有盡頭，我希望自己人生的終結，會來得迅速且毫無疼痛。我可不想變成殘廢，半昏迷臥床，鼻孔插着管子直通入胃。那樣的情況不過只剩下軀殼而已。」

在書中，李光耀指出，所有人終究都得面對死亡，這是許多壯年人不願去想的課題。「但我都八十九歲了，沒必要迴避這個問題。我關注的是，我會怎麼離世？會不會是冠狀動脈中風，迅速地離開人世？還是腦部中風，陷入半昏迷狀態，臥病在床幾個月？這兩種方式當中，我選擇迅速的那種方式。」因此，他訂立了預先醫療指示，也就是一旦必須靠插管才能進食，而且不太可能復原或再次自行走動，醫生就得拔掉插管，讓他盡速離世。

談到亡妻時，他寫道：「我當然也會希望來世能與妻子重逢，但我相信這是不可能的。我（死了）會停止存在，就像她已停止存在一樣。」他認為，「若非如此，冥界豈不是會很擁擠？天堂真的如此廣闊無垠，能容納得下千百年來所有死去的人嗎？」之後他又寫道：「太太不相信死後還有來世。不過說真的，相信有來世，心靈上會得到安慰，就算明知道來世是不存在的。」（按：李光耀的妻子柯玉芝於二〇一〇年去世。）

中國傳統素忌談死。事實是，不論長幼，死亡都會隨時找上門來。即使死亡不是人生的最後一件大事，至少也是在有生之年，應該預先安排好的最後一件事。關於死亡的安排，可以立遺囑（Will），交代身後事；可以簽署生時意願書，表明自己在生命末期，希能在有尊嚴、少折磨的前提下，安詳離世。兩者都必須在神智清醒時完成，也可以在神智清醒下隨時更改。

《莊子》有云：「人謂之不死，奚益？」可是，在現代醫療下，「亡而續存」的悲劇舉目皆是。李光耀書中描述的種種情狀，每天都在發生。現代醫療科技已造成「維持生命」與「維持有品質的生命」、「維持軀體存在」與「維持生命尊嚴」的衝突。畢竟，當生命走到盡頭，人們應有選擇不存在的自主權。

二〇一五年三月二十五日

加州的選擇

美國加州州長布朗（Jerry Brown）今年（二〇一五年）十月五日簽署法案，令加州成為美國第五個容許末期病人在醫生協助下，合法安樂死的州份。這意味着由二〇一六年一月一日起，六分之一的美國人，可以選擇安樂死。

其他四個容許安樂死的州份，是俄勒岡、華盛頓、蒙大拿（法院裁定、尚未立法）和佛蒙特。支持安樂死的團體「Compassion and Choices」呼籲其他州跟隨加州，通過相關法案。而下一個容許安樂死的州份，可能是新墨西哥。

「我（布朗）不知道當我在持續不斷，且無法忍受的病痛折磨下等待死亡時，我該怎麼辦。但至少我肯定，這個法案會給予人慰藉。而我不會否定人們這個權利。」（"I do not know what I would do if I were dying in prolonged and excruciating pain. I am certain, however, that it would be a comfort to be able to consider the options afforded by the bill. And I wouldn't deny the right to others."）

曾經想當神父的布朗表示，將《終結生命選擇法案》（*the End of Life Option Act*）入法，是他的宿願。加州州議會自一九九二年起，一直爭取為安樂死立法。縱使反對聲音不斷，認為法例對老弱病殘不利，但民意卻愈來愈傾向安樂死。

美國獨立民調機構皮尤研究中心（Pew Research Center）引述蓋洛普在今年五月底完成的民調指出，百分之六十八的美國成年人

認為，應該容許醫生合法地協助末期及極度痛楚的病人死亡。這個比率，較一年前高出十個百分點，也較兩年前高十七個百分點。

調查也指出，十八至三十四歲的年齡組別中，百分之八十一支持安樂死立法。比二〇一四年高六成二。

回顧安樂死合法化以來，以俄勒岡州和華盛頓州為例，不但沒有出現反對者預言的濫用等不良狀況，相反，善終服務明顯改善，而使用善終服務的末期病人的數目，也持續上升。

「死者歸也」，死亡就如旅人歸家，如孤舟返航。而掌舵的應是何人，不言而喻。畢竟，生命的長短久暫，與生命素質沒有必然關係。人們的出生，不能自主，入死，又是否可以自決？

十月七日，香港《星島日報》有一則簡報，題為〈病漢疑厭世雙刀自刎亡〉。報道指六十二歲姓李男子，十月六日下午四時許，被發現昏迷倒臥將軍澳尚德邨尚禮樓一平台，頸部有刀傷，救護員到場證實李已死亡。警員在現場檢獲兩把刀及遺書，相信死者因病自刎。問題是，我們的社會，從來也未有認真地思考出現這類「暴力自殺」的原因。

同日，傳媒廣泛報道《經濟學人》信息部公布的臨終關懷死亡質量指數調查（Quality of Death Index）。英國蟬聯榜首，緊隨其後的是澳洲和紐西蘭。容許安樂死的比利時和荷蘭，分別位列第五和第八，美國排第九。在亞洲，以台灣最佳，全球排第六位，新加坡十二，香港二十二。

在香港，自殺個案幾乎無日無之，死亡亦早已是街談巷議的話題，但仍有些站在道德高臺的人，尤其是擅長鴕鳥政策的政府官

僚，依然忌而諱之。沒有死亡的自由，甚至沒有求死（求助）的途徑。死亡的尊嚴，生命的尊嚴，又從何談起。

究竟人有沒有終結自己生命的權利，依然爭議不斷。而安樂死是讓人「尊嚴地離去」，還是「合法的謀殺」，亦辯論不休。但可以肯定的是，將安樂死入法的案例和地區，正在不斷增加。

二〇一五年十月十日

善終的權利

東晉陶淵明〈與子儼等疏〉云：「天地賦命，生必有死，自古賢聖，誰能獨免？」然而，人卻諱死貪生，迷信科技，抗拒死亡。但卻原來，在現代醫療、法律、科技、道德等等枷鎖下，人類的死亡，不再自然，反而變成了莫大的悲哀。正如瓊瑤所言，「『有救就要救』的觀念，也是延長生命痛苦的主要原因！」

瓊瑤今年（二〇一七年）三月十二日在「面書」發表〈預約自己的美好告別〉的公開信，叮囑兒子和兒媳，「千萬不要被『生死』的迷思給困惑住！」成為她自然死亡的最大阻力。瓊瑤在信中指出，「生命中，什麼意外變化曲折都有，只有『死亡』這項，是每個人都必須面對的，也是必然會來到的。……（死亡）是當你出生時，就已經註定的事！那麼……我們能不能用正能量的方式，來面對死亡呢？」

中華傳統思想中的「五福臨門」，源自《書經·洪範》。「五福」指的是「壽、富、康寧、攸好德、考終命」。其中「考終命」，也就是指「能得善終，安祥離世。」其實，自然死亡的觀念，對於中華人來說，從不陌生。

《莊子·齊物論》有云：「一受其成形，不亡以待盡。與物相刃相靡，其行盡如馳，而莫之能止，不亦悲乎！終身役役而不見其成功，苶然疲役而不知其所歸，可不哀邪！人謂之不死，奚益！」這不正是順時而生，應時而死，善始善終的生死觀嗎？然而，今天「自然死亡的最大阻力」，除了親情，還有法律。

在剛過去的十二屆全國人大五次會議上，全國人大代表、溫州醫科大學原校長瞿佳，便建議「加快推進中國安樂死合法化」。原來瞿佳曾做過一項調查，結果顯示，超過八成的普通公眾贊成安樂死。同時，七成五以上普通公眾支持安樂死合法化，而醫務人員對安樂死及對安樂死合法化的支持率，更超過九成半。

《刑法爭議問題研究》下卷（河南人民出版社，趙秉志主編）更指出，打從一九九二年起，在每年的中國全國人大代表大會上，提案組每年都會收到有關安樂死的提案。其實，早在一九八七年，王群等三十二名全國人大代表，便提出議案，建議制定《安樂死條例》。翌年的第七屆全國人大會議，王群等三十三名代表，亦繼續提出施行《安樂死並制定暫行辦法》的議案。

到了二〇一二年，全國人代顧晉曾向十一屆全國人大五次會議提交議案，建議制定行政法規或規章，在全社會推廣「尊嚴死」，讓「預先指示」（Advanced directives）具備法律效力。顧晉指出：「在國際上，上世紀七十年代，就有人提出應該安靜且有尊嚴的死去。我們的每一個健康人，在清醒的時候，就可以選擇將來在生命末期時，究竟去不去治療。」

翌年的全國兩會，全國政協委員、首都醫科大學宣武醫院神經外科主任凌鋒，也建議制定《自然死亡法案》。將「預先指示」納入醫療衛生體制改革議事日程，讓已經病至藥石罔效的瀕死病者，平靜自然、有尊嚴地走向生命終點。

凌鋒當時向傳媒表示，「尊嚴死」不同於「安樂死」，「預先指示」完全是在個人清醒健康情況下的一種選擇和權力；是在健康和清醒的情況下，自願選擇離世方式的途徑。讓人們自主選擇是通過呼吸機、心臟電擊、氣管切開等措施來延緩死亡，還是要平靜自然、有尊嚴地走向生命終點。

美國加州是世上首個立法推行「尊嚴死」的地方。在一九七六年，加州便通過了《自然死亡法》（*Natural Death Acts*），容許在「預先指示」指引下終止治療。台灣立法院在二〇一五年十二月十八日，三讀通過《病人自主權利法》，成為亞洲第一部維護病人自主權利的專法，把醫療決定與善終的權利還給病人。南韓國會亦於二〇一六年一月八日通過《關於對臨終關懷姑息治療及臨終階段患者的延命治療決定的法案》，尊重患者對其生命的自我決定權，停止延命治療。

　　相對於「安樂死」，「尊嚴死」是遵從自然規律、體現生命和諧。當治療無望時，是使用呼吸機等人工生命支援技術延緩死亡，還是選擇接近自然死亡的方式，追求更多的臨終尊嚴？這個終極權利或權力，可以完全依據個人意願「自主抉擇」。

　　雖然「尊嚴死」有其局限性，亦未能達到與「安樂死」相同的效果或理想，但與「安樂死」所引起的廣泛而複雜的爭議不同，人們對「尊嚴死」是普遍認同和接受的。然而，是「尊嚴死」也好，「安樂死」也罷，人們首先要打破貪生諱死的成見，更要認同「死亡」也是人們的根本權利，而決定如何死、何時死，更是根本的人權。因為，我的生死我作主！

　　正如瓊瑤在〈預約自己的美好告別〉中指出：「『活着』的起碼條件，是要有喜怒哀樂的情緒，會愛懂愛、會笑會哭、有思想有感情，能走能動……到了這些都失去的時候，人就只有軀殼！我最怕的不是死亡，而是失智和失能。萬一我失智失能了，幫我『尊嚴死』就是你們的責任！能夠送到瑞士去『安樂死』更好！」

二〇一七年三月三十一日

卷五：說不完的故事

　　……那個六月天的下午，偶然地走進廣東四大名園之一的順德清暉園，那寧靜、和諧、高雅、逸興的氣韻，真的教人忘歸。……眼下的清暉園，見證了氏族興衰，經歷過時代更替，默默守着一片土地，細訴着一個說不完的故事……。

——〈清暉園說不完的故事〉

清暉園守着一片土地，細訴着一個說不完的故事。

大澳龍舟遊涌

　　今年（二〇一一年）的詩人節，除了吃粽子，還在偶然之間欣賞到詩人節特備節目，是玉琴首先發現的。特輯由中央台攝製，雖然一眾演藝人員朗誦的都是名詩佳品，但演繹方式稍嫌造作，而且由於是以普通話朗誦，在下真的難有共鳴。雖然如此，但亦不得不敬佩中央台的一番心意。回心一想，也許只有中央台才可以亦願意製作這類節目，香港這個商業社會太功利了，壓根兒沒有空間容納這一點詩意。

　　來自內地的驚喜還不止此，在端午前夕，香港四項傳統慶典活動獲國家文化部列入第三批國家級非物質文化遺產，包括大澳龍舟遊涌。其他三項活動是長洲太平清醮、大坑舞火龍和香港潮人盂蘭勝會。但弔詭的是，不獨可以上演神功戲的地方愈來愈少，而且老倌和搭棚技師也已老化，如何推廣盂蘭勝會？

　　話說回來，端陽鼓響，龍舟競渡，絕對是中國的文化傳統，但大澳龍舟遊涌，則是香港獨有的文化承傳。而不論是賽龍船還是遊涌，大澳的龍舟都與別不同。龍頭插着樹葉，儼如龍角，龍口還啣着從寶珠潭山邊採集的青草，稱為「採青」。

　　大澳端午龍舟遊涌，包括「採青」、「接神」、「遊涌」和「送神」。「接神」是指合心堂、扒艇行和鮮魚行的三艘插着幡旗、鳴鑼打鼓的龍舟，划到楊侯廟、天后廟、關帝廟和洪聖廟接神，用「神艇」把小神像送到龍舟會的龍躉。

　　「遊涌」是指三艘龍舟分別拖着三艘「神艇」，艇內供奉着從這四間廟請出來的四位菩薩，巡遊大澳水道，故此，遊涌亦稱「遊

「神艇」沿途燃燒冥鏹、撒放溪錢、祭祀神靈，祈求平安。

神」。「神艇」沿途燃燒冥鏹、撒放溪錢、祭祀神靈，祈求平安，棚屋居民也會同時朝着巡遊的龍舟焚香拜祭。至於「送神」，也就是由神艇把小神像送返楊侯廟、天后廟、關帝廟和洪聖廟。

這年的端陽，我也和玉琴來到大澳湊熱鬧，雖然剛獲國家文化部列為國家非物質文化遺產，但遊人比想像中少。我們首先觀看了一會龍舟比賽，合指一算，也真的很久沒有在現場觀看龍舟比賽了，大澳的龍舟競賽規模雖然不算大，但亦相當精采。每當龍舟衝線之際，她便緊張得連照相機也不會按，全情投入觀賞比賽。而看着龍舟在比賽前拋冥錢，祈求平安，比賽順利，心裡頭升起難以言喻的感觸。傳統正是前人留給我們的最寶貴的遺產，而傳統亦已深

深的植入我們的基因之中。坐在鮮魚行龍舟最前方的，是名小孩，正好體現薪火相傳。

這天雖然天氣酷熱，但偶爾也會灑下一兩陣驟雨。而無論落下來的是陽光還是雨點，玉琴亦會撐開傘子，擋雨遮蔭。而在人生的路途中，誰為我們遮風擋雨？在徬徨無助的時候，也就會自然而然地寄望神靈庇佑，亦只有菩薩才會為人類一路護航。原始的宗教信仰源自祖先崇拜，中國向來重視孝道，所謂慎終追遠，幾乎所有節慶，亦與祖先崇拜不無關係，大澳龍舟遊涌亦然。

遊涌不是一場比賽，沒有比賽的緊湊，卻教人添上幾分敬畏。這項活動維繫着人心，維繫着社區，亦是貫通先祖後代的紐帶。然而，在這個現實的南陲小島，對於現實的島民來說，遺產都是用來變現的。不論是政府高官還是旅發局大員，對於國家級非物質文化遺產的稱號，反應只有一個，就是可以推廣旅遊，創造眼前財富。

不禁問，容不下詩意，亦容不下歷史，縱使今天獲列國遺，難道傳承給子孫後代的就是旅遊嗎？歷史的承傳，其實不需要政府的祝福，能夠無私奉獻，默默地護航，菩薩就在我們心中。這個端午可喜亦可悲，悲先祖留下的傳統和智慧被庸俗化了。喜的是身邊有一個為我遮風擋雨，一路護航的菩薩。

二〇一一年六月七日

坪洲半日閒

記得，中學時代，大都是因前往梅窩而途經坪洲，卻從來過門而不入，及後亦鮮有專程前往。坪洲，彷彿是個一直被遺忘或被忽略了的小島。這個秋日的中午，在南記吃過魚蛋粉，逕往中環六號碼頭走去，正好趕上一時正開出的渡輪。船程約半小時多一點。坪洲，原來並非印象中那般遙遠。

我和玉琴在碼頭稍稍「打量」一下坪洲的地圖，然後便朝天后宮方向走去。天后宮離碼頭不遠，就在舉目可及之處，不用找。也許仍是農曆七月的關係，天后宮門前仍貼上一副用紅紙寫上的對聯，上聯為「……中元會設盂蘭超渡幽魂登樂國」。想盂蘭勝會必熱鬧非常。

離開天后宮，竟忘了旁邊的金花廟，逕入永安街。這一條老街，本身就是一本歷史書，徜徉其中，有如時光倒流。我倆忙於瀏覽街道兩旁商店貨品之際，排闥而來的一件東西，教我突然眼前一亮——涼帽。

涼帽，是客家婦女下田幹活的必需品，用以遮蔭蔽陽，又名蘇公笠。傳說當年蘇東坡被貶惠州，常與妾王朝雲在花園栽花，為免愛妾風吹日曬，特製中開一孔的竹笠給她用。清人胡曦在《興寧竹枝雜詠》中說：「在惠陽，見婦女多戴涼帽。劈竹絲，織圓帽，四垂葛布為檐，則謂坡老始造，曰蘇公笠云。」

我亦客家人，母親當年在鄉間也是務農的，涼帽是必備之物，此刻在街上偶遇，不知何故，竟聯想起當年母親之辛勞，五內突感

戚然。匆匆一瞥，佇立一刻，看過標價，拍了照片，然後繼續往前走，而母親的影子則如在左右。

在永安街盡頭，丟空的坪洲戲院依然被丟空。我們沿路牌指示往山上走，直奔手指山。穿過蜿蜒山徑，走過陡長石階，終於到了山頂，那裡亦是坪洲的最高點。可惜的是，周遭被樹叢遮蔽，未能如想像般得以登高臨遠。然而，在涼亭稍事歇息，習習和風，亦一樂也。

我們循來路下山，沿途遊人不絕，畢竟秋日宜遠足。坪洲，亦非原先所想的冷清。回到永安街，慕名進入祺森冰室，裡頭座無虛席，我倆需要和另外兩位少女同坐四人卡位。既來到祺森，當然要品嚐其遠近聞名的「蝦多士」。說實在的，這個「蝦多士」亦是此行的目的之一。小時候，母親是不會讓我吃這類油炸食品的，因為

涼帽是客家婦女下田幹活的必需品，又名蘇公笠。

不健康，而且我經常鬧肚子。可現在她管不了了，管不了，但卻揮不去她堅決說不的模樣。

吃過下午茶，我們朝東灣走去。在東灣，首先進入眼簾的，是面海的龍母廟，龍母廟是坪洲島上規模最大的廟，多少有點震撼的感覺，教人肅然起敬。廟門外有一楹聯，上書「龍恩浩蕩千秋耀，母德巍峨萬載昭。」廟內供奉龍母神像。

中國不少地方都有龍母廟，而坪洲的龍母廟，亦稱「悅龍聖苑」。據說上世紀四十年代，一位名為鍾七姑的婦人，於一九四一年往廣東悅城龍母廟賀誕，當晚受到龍母的感召，便在廟內「請」走了一張龍母相片、一本籤簿、一對筊杯、一支令旗和一支筆回港供奉。龍母在香港經歷了四次遷移，最後根據龍母的「指示」，於一九七一年遷至坪洲東灣，成為現在的龍母廟。

至於龍母的來歷，則有不同的傳說。龍母，即龍之母。中國人自稱「龍的傳人」，龍母的地位可想而知。龍母的傳說，在廣東、廣西以至越南北部一帶都有流傳。傳說龍母父親是廣西藤縣人氏，名叫溫天瑞；母親是廣東德慶縣悅城人氏，姓梁。她一生下來，頭髮便有尺把長，體格奇偉，一臉慈祥。她長大後立誓要利澤天下，為老百姓做好事。

溫女成為龍母則緣於拾卵豢龍這一傳說。話說某天溫氏到江邊洗衣服，突然發現水中沉着一顆像「斗」那麼大的巨蛋，閃閃生光，於是把它抱回家珍藏起來。後來巨蛋裂開，竄出五條蜥蜴，溫氏便視之為自己的孩子般飼養。小蜥蜴長大後變成五條龍。五龍感於溫女的養育之恩，常銜魚孝敬溫女，還不斷幫助溫女對抗各類天然災害，造福百姓。這便是「龍母」的來歷。

德慶縣悅城龍母廟的《孝通祖廟舊志》有這樣的記載：「敕封護國通天惠濟顯德龍母娘娘，溫氏，晉康郡程溪人也。其先廣西藤

縣人，父天瑞，宦游南海，娶悅城程溪梁氏，遂家焉。生三女，龍母，其仲也，生於楚懷王辛未之五月初八。」因此，每年農曆五月初八為龍母誕。

廣西梧州的地方志《藤縣志‧卷六》亦有「按龍母贏秦祖龍（即秦始皇）時之神也。溫姓或曰蒲姓……父天瑞娶悅城梁氏，生三女，龍母其仲也……隨其母至悅城，心喜其地，欲以為安厝所。因熟記之，及歸於溪也，得石卵，剖之出五物，如守宮狀，喜水，母豢漸長，放之江遂去，越數年，鱗甲輝煌，復來見母，母知龍子之遠迎也。別其父母曰：兒當乘龍至悅城，遂跨龍，薄暮抵江口……。」可見在珠江流域的西江上下游千百年來，民間始於秦朝有關龍母的傳說是有史可據的。

文化是社會面貌的精神，是民俗特質的凝結，通過文獻、藝術、傳說、建築、禮儀、習俗等跨越年代而流傳於世。龍母傳說和崇拜的背後，實有更深層次的人文精神。一方面澤被萬物、利及天下，另一方面凸出母愛之偉大，子女之孝義，與中國傳統孝文化相呼應。正如原廣東省政協副主席楊應彬的詩所指那樣：「龍母出龍國，江聲載譽聲。原無迷信意，本為濟蒼生。」完全道出了龍母崇拜和龍母文化原非迷信，而是博愛的表現。

坪洲東灣是個美麗的沙灘，寧靜舒暢，與世無爭。也許正因為這種祥和恬靜的氛圍，龍母才選擇落戶這裡。

離開東灣，沿家樂徑往北灣方向走，再南下回到碼頭，已是日暮時分，日色漸褪，而沿途光景卻深深的印在腦海。這個愜意的周末，龍母的慈相與母親的影像，縈迴五內，久久未能消退。

刊於二〇一二年十月七日香港《大公報》文學版

雲泉賞荷花不遇

　　剛登上了專線小巴，大雨便傾盆而下。心想，這下子當真糟糕，記得那一年專程到三水賞荷，卻遇上了橫風暴雨，難道這次又要雨中觀花？到得雲泉仙館，雨勢雖然稍緩，但仍下個不休。我們打了傘，逕自向荷花池走去，可惜的是，眼前偌大的荷塘，只有蓮葉，哪有芙蓉的蹤影？

　　我和玉琴在觀魚亭一邊避雨，一邊盤算着如何是好。亭內早有數名攝影發燒友，各守陣地，其中一名識途老馬侃侃而談，與同伴分享拍攝荷花蓮葉的經驗。該名識途老馬說現在為時尚早，待至七月，荷花便要盛放。當下雨勢漸小，舉目四顧，心念一轉，蓮葉亦自有其獨特的美態，便索性全心賞雨觀葉。際此「荷葉似雲香不斷」，亦別有一番韻致。

　　《爾雅‧釋草》篇云：「荷，芙蕖。其葉蕸。」荷葉多折成半圓形或扇形，展開後呈類圓形，全緣或稍波狀。向天的表面色深綠或黃綠，質粗如絨；向水的那一面淡灰棕色，較光滑。葉有粗脈約廿條，由中心向四周呈輻射狀分布，中心有突起的葉柄殘基。賞葉當以葉大、整潔、色綠者為佳。

　　眼前的荷塘滿布朵朵蓮葉，大大小小，不一而足，有些貼在水面如浮萍，有些撐起荷梗如傘子。一些欲張未張，一些已然全開，更有一些已凋萎枯黃。這個時候，尚未見花苞，為何葉卻先萎？原來是因為那些葉張得太早，長不到足夠的高度，故而被後來但長得更高的葉遮蔽起來，爭取不到陽光，因而枯萎。正是鋒芒早洩之故，一想到此，不禁泛起傷仲永之嘆。忽然感悟到人生中，亦不乏

這種差別。炫耀得太早或過於急功近利，雖然可能較早招引艷羨的目光，帶來一種自我的陶醉，但沒有堅實根柢的陶醉，恐怕也只是短暫的幻相，不得長久。

雨點雖然不住地打在荷葉之上，葉面卻又不沾一丁點兒水氣，毫不受潮。每當水點落在葉面，便立刻變成水銀瀉地一般，往復滾動，絕不沾潤荷葉，亦不會攤平在葉片上，而是形成晶瑩剔透的水珠。每當雨水凝聚至一定份量，又或荷葉隨風擺動而傾側，水珠便隨之化作一線白水，注入池中，加上雨點掉落荷塘，泛起圈圈漣漪，真是「一點露珠凝冷，波影，滿池塘。」（唐代溫庭筠〈荷葉杯‧一點露珠凝冷〉）至於落在那些貼於水面的蓮葉上的水珠，更有如寶石般晶瑩剔透，煞是好看。

原來荷葉的表面附有微米級的蠟質乳突結構，這些微米級乳突的表面，又附着許多與其結構相似的納米級顆粒，正是這些微米和納米的雙重結構，令到水珠只在葉面上滾動，且能帶走灰塵，而水珠則不會留在荷葉表面。這便是出淤泥而不染的秘密。據聞這種納米結構所造成的蓮花效應，已被開發並商品化，成為環保或一般防水塗料。

我們都是為了賞荷花而來的，當然亦帶備了攝影器材，遠攝鏡頭自然少不了。趁雨勢稍停，我們便「亮劍」，跟池中的荷葉廝殺。畢竟是霪雨霏霏，陽光不足，我們一直處於下風，但照相機都數碼化了，早已沒有彈盡之憂，故而亦不理暗晦與否，盡情的「卡嚓」。

除了大而綠的蓮葉，我亦特別留意那些蒼黃的殘蘂。究其實，枯葉實有其獨特的美態和存在意義，實在別有一番意境，亦彷彿在訴說着什麼似的。一如老子所說，「天下皆知美之為美，斯惡矣；皆知善之為善，斯不善矣。故有無相生，難易相成，長短相形，高下相傾，音聲相和，前後相隨。」

因為有所謂的美，於是便有了令人嫌惡的醜。人人都說什麼是善，與之相違的便說成惡。其實，得失有無相互凸顯，難易長短相互促成，高下相依而存，音聲相互陪襯。故而聖人從事於無所成名的事務，施行毋須仗名立言的勸教，坦然迎向萬物與流變而不畏避，不矜居功名，所以亦不會消逝。在枯葉與綠葉之間，你又會否瞧見那個憔悴枯槁的黃葉？

不知不覺間，雨停了。遊人亦漸漸多起來，我們繞着荷塘走到對面的正心亭，再隨意游走，還近距離聽見鷓鴣在歌唱。我們不經意地走到正殿純陽殿，看過殿前兩旁豎的華表，正殿供奉呂祖為主神，前方建有靈官殿，地下有太歲殿，兩邊有鐘樓和鼓樓。當下惬意非常，可惜的是未有享用雲泉仙館的素菜，但此刻想念的卻是一客清香樸鼻的荷葉飯。

二〇一三年六月二十四日

春日禮賓府

香港禮賓府是世上鮮有仍在運作，而又會開放給公眾參觀的行政首長官邸。那個春意暖人的周日下午，走進人潮末端向禮賓府東翼大門進發的當兒，曾經想過放棄，但只一瞬間，已挾在人群中央而無退路，終於被後來者推至禮賓府的閘前。當下感覺有點複雜，雖是初次見面，卻又是多麼的熟悉。從前工作的地方與禮賓府只一街之遙，卻從未走近，現在實實在在的踏足府內，心裡頭難掩興奮，慶幸之前的堅持。

禮賓府前身是香港總督府，又稱港督府或督憲府，經歷過整個殖民時代、二次大戰和日佔時期，迎送歷代港督，包括末代港督彭定康，亦親歷香港回歸，不僅見證香港百年滄桑，本身也成為了歷史不可磨滅的一部分。

一八四一年英國佔領香港島後，將花園道、上亞厘畢道至己連拿利的山坡劃為政府山，建立殖民地的行政中心。港督府的選址也有一番戰略考量，主要在於地理位置優越，前方遠眺維多利亞港，俯瞰中區。下達政府總署，旁為域多利軍營，後有動植物公園，即當時的兵頭花園。整體布局反映英國人的管治與生活模式。

總督府由第二任測量總署署長卡拉弗利設計，一八五一年十月動工，一八五五年竣工，耗資約一萬五千英鎊。第四任港督寶靈成為首位主人，當時總督府主樓是一座兩層高的建築物。自此，歷任港督均入住總督府，並用作辦公室和接待貴賓與政要。初期接待的都是英國皇室或外籍重要人士，至第七任港督堅尼地上任後，才開始容許華商參與總督府的活動。

最早的開放日可以追溯至一九六八年，而打從九十年代開始，總督府便定期舉行開放日，最初每年一次，回歸後一度增至每年六次，現在是每年兩次，其中一次通常在三、四月間，府內杜鵑盛放之時。今年（二〇一四年）更引入不同花卉品種，包括貌似青葡萄的魔術鈴，以及首次引入，有別於姹紫嫣紅的黃杜鵑「輝煌」，令園內的杜鵑花品種增至逾三十種，而且近半是新品種，令華麗的花海倍添嫵媚。

除了杜鵑，還有多種花樹，包括美女櫻、跳舞蘭、玫瑰海棠、迷你蝴蝶等超過四十種植物，在青蔥的簇擁下，或在路旁，或在盆中，為主人，也為遊人帶來繽紛春色，教起伏不定的思緒得以暫時風靜波平。在大閘迎面相擁的是鮮豔的鬱金香，而沿路恭迎客人的有數不盡的花卉，如袋鼠蕨、孔雀竹芋、觀葉秋海棠、花葉山柰、一葉蘭等，還有那株荔枝樹，令人不期然地垂涎起來。

沿徑漫步，賞樹觀花之際，突然教人眼前一亮的，是那株已被收錄於《古樹名木冊》上的繡球樹。這棵源自南美的繡球樹，是稀有品種，樹高七米，樹冠寬九米。繡球樹昂然而立，遙遙的向遊人揮手。

禮賓府的建築外型典雅，既富新古典建築風格的華麗，又略帶熱帶風情。米白色的外觀，保留了昔日的英國傳統。從主樓北側拾級而上，階梯兩旁和中央繁花競豔。當天還有學生樂團在花園演唱。門口是四頭神態異趣的小石獅，頗具中華氣息。樓內的西洋宴會廳和飯廳氣派雍容典雅，不知款待過多少名人政客。宴會廳面積三百平方米，可以舉行一百五十人的宴會或三百人的酒會。室內裝飾布置古雅大方，沒有奢華的感覺，側室有一幅「莊子逍遙遊」的字畫，不禁教人駐足凝思，不知府第的歷代主人，又能領悟多少莊子的智慧？

香港日佔時期，總督磯谷廉介沒有入住總督府，但仍以此作為督憲府，並且大規模改建，主要加建了中央日式塔樓，加建於原有兩座建築之間，把兩座建築物連接起來。屋頂改為日式瓦頂及修改石柱牆飾，淡化建築物的歐陸風味。日式塔樓及日式瓦頂在戰後一直保留至今，成為禮賓府東西融和的建築特色之一。前港督葛量洪在主樓門廊入口添置的一對石獅子，如今依然默默守護着大屋的主人。

時代在變，潮起潮落，到底誰是這屋的主人？是港督、是特首、是香港，還是園內的杜鵑？也許就是禮賓府本身，其他的都是過客。春花明年會再次吐豔，主樓矗立依然，而主樓外的那株高聳挺拔的異葉南洋杉，同樣經歷過時代的洪流，歷史的磨洗，彷彿在訴說着什麼。在流水般的歲月中，禮賓府伴隨着香港，一直堅持着信念，從未後退；一直保持着迷人的丰采，昂首向前。而禮賓府的歷史任務亦將延續下去，繼續見證香港的變遷，就如春日的繁花。步出大門，禁不住回頭，再一次凝望歷史。

刊於二〇一四年三月二十三日香港《大公報》文學版

西區的味道

那個星期日下午，我們從中山紀念公園起步，踏上東邊街，步過第一街、第二街。走進第二街，已是下午茶時間。我們沒有刻意找尋「名店」，卻被第一時間映入眼簾，寫上「第一」二字的招牌吸引着。心想這家名叫「第一」的茶餐廳，為何不在第一街。

看店內的架勢，無疑是街坊小店，但不似老店。小店面積真的很小，只有兩名店員打理，數名食客各據一方。當我們坐下來，正想翻開餐單之際，那名上了年紀的男店員，好像看穿了我們的心意一般，搶先告知沒有西多士。我倆雖有點失望，但亦無奈接受這個事實。

我們把餐單仔細看了一回，看到他們的粉麵欄目中，有「鱲魚蛋」一項，我便問店員什麼是「鱲魚蛋」。店員客套而有禮地回說那是指「靚魚蛋」。我心裡「啊」了一聲，原來如此！雖然有股衝動想試一下這個「鱲魚蛋」，但最終還是點了一客雞蛋三文治，兩人一起吃。我還慣性點了熱奶茶，而玉琴則點了紅豆冰。

不過，不一會店員回說沒有紅豆冰，玉琴無奈地改為菠蘿冰，但店員轉過頭來，又一次回說菠蘿冰也沒有。他態度誠懇，說話溫文，語帶歉意，連聲「不好意思」，本來有點惱的我，也不好發作，只跟妻說「不喝也罷！」就在此時，鄰座一雙相信是夫婦的中年人，也因點了的東西久久未端上來而離坐而去。另有一位剛進來的少女，因為想點的東西售罄而需改吃其他麵餐。我和玉琴面面相覷。

誰知，另一名較年輕的男店員，從店門前的水吧，穿過餐桌，跑到店的另一端，從冰廂或儲物櫃什麼的弄了一罐菠蘿來，然後再

一次穿過餐桌走回水吧。我和妻心裡頭升起同一個念頭。果不然，那名老店員不久便端來一杯菠蘿冰，說：「不好意思，現在又有了！」這杯菠蘿冰的味道，也真的與別不同，因為它滲溢出西環的味道。

西環又稱西區，是指香港島西部，即中西區西部上環以西的地區，包括西營盤、石塘咀和堅尼地城，但不包括摩星嶺。西環的名稱源自十九世紀香港行政區劃分的「四環九約」，第一環便是西環。九約中第一、二和三約分別是堅尼地城、石塘咀和西營盤。

狹義上的西環則指堅尼地城。從前中華巴士的巴士路線，位於堅尼地城的巴士總站多稱為「西環（West Point）」。現在的公共小巴，則以「西環（Kennedy Town）」稱呼其位於堅尼地城的小巴總站。堅尼地城最初寫作堅彌地城，現在的路牌仍然保留着「堅彌地城」這名字。由於位於香港島北岸居住區的最西端，故俗稱「西環尾」，與大小青洲隔海相望。

離開了「第一」，沿街西行，再向北轉入皇后大道西，繼續往堅尼地城方向走，不久便到了屈地街。年輕時因工作關係，有一段時間經常到屈地街卸貨區，也就是西區公眾貨物裝卸區。雖是苦力工作的地方，但那裡卻是觀賞日落的好去處。由於要配合港鐵西港島線工程，卸貨區二〇一〇年十一月起縮減範圍，面積減至約三點二公頃。

西區本來是人口不多，寧靜而自成一角的傳統社區，充滿老香港情懷，小店老店林立，街坊鄰里前者呼後者應。然而，自從政府宣布港鐵西港島線工程，便隨即帶來了翻天覆地的改變。西環不少街坊小店老店，已成為路軌下的犧牲品，不敵貴租而被逼結業。甚至有老店慨嘆捱得過「沙士」，敵不過地鐵。只有少數地舖因為是

自置物業，仍能堅持下去。不過，地舖市值在短短五年內狂飆十倍，這份堅持能維持多久，卻不無疑問。

今天的西營盤與堅尼地城，仍有不少矮小的住宅和唐樓，但卻樹立起更多的新建高廈，半掩太平山的面貌。也許是數碼港的關係，近年亦有不少西式食肆與酒吧進駐，加上酒店如雨後春筍，儼如新的蘇豪區。在卑路乍灣填海後，堅尼地城新海傍亦已取代吉席街，成為維多利亞港西的新海傍。堅尼地城新海傍和城西道巴士總站旁的行人路，也是觀看海景的好地方，可以遠眺大小青洲、昂船洲大橋、青衣島和西九龍。在颱風襲港期間，還有市民在該處體驗颱風威力和觀浪。

鐵路帶來便利快捷的交通，卻摧毀了一個傳統社區，抹去歷史的印記。雖然時代的步伐不住向前，但忘掉了歷史，時代的巨輪又能奔向何方？當我們離開堅尼地城新海傍，向東返回上環之際，經過祥香茶餐廳，看着它那張滄桑的臉孔，心裡頭不期然升起一襲無奈的悲涼，亦盼望着改天再來品嚐它獨有的味道。

二〇一四年十二月二十八日

日落嘉頓山

雖然不是深水埗人，但卻與深水埗有一段緣。當年曾在深水埗上夜校，而夜校，就在嘉頓中心對面。之後又在城市理工（當時尚未正名大學）修讀兼讀課程。那時候，傍晚時分，也常常經嘉頓、上石硤尾、穿南山邨，回城市上課。回想起來，也真的很「奢侈」。也許，正因為這樣虛耗時間，所以成績……。

那時候，美荷樓尚未活化，石硤尾仍未重建。而石硤尾公屋的那些紅磚牆籬笆，至今仍然歷歷在目。雖然常常經過，但當時卻不知道嘉頓山的存在。說實在的，由於傳出嘉頓中心重建的消息，才勾起那段回憶。

嘉頓中心堪稱深水埗，以至香港的地標，屹立深水埗青山道現址超過八十年。現時於上世紀五十年代擴建的七層高建築物，是戰後建築的代表作，由著名建築師朱彬設計。屬現代主義，樓頂紅色商標，按不同座向設計的遮陽板及便民的鐘樓，簡潔實用，展現戰後社會着重效率與功能的烏托邦理念。同期類近風格的建築，包括中環政府山建築群和中環大會堂。

嘉頓的麵包生意起源於一九二六年，並於一九三二年遷至現址。嘉頓中心亦見證了香港的重要歷史事件，包括二戰和雙十暴動，是本地歷史的活化石。而「生命麵包」，也絕對是香港人的集體回憶。無怪乎重建的建議，遇到九成反對意見。說實在的，真的不能想像一個沒有了嘉頓中心，沒有了嘉頓鐘樓的深水埗！

那個周末，在南昌公園享用過一頓豐盛的陽光饗宴之後，便往欽州街、青山道方向走，目的地就是嘉頓山。而目標，就是嘉頓山

「嘉頓樹」伸開兩臂，一手抓深水埗石硤尾，一手抓長沙灣和白田。

的日落。我和玉琴在日落前約半小時到達「嘉頓樹」身處的小平台，當時已聚集了不少人，還有些已安放好三腳架，準備捕捉那神奇一刻，和深水埗的璀璨夜色。

等待，是最磨人的。就在太陽依然刺眼的這個時候，身邊的玉琴說，這個景觀，比想像中差多了，遠處滿布「天秤」，不見無敵海景，沒有百變雲彩，眼前樓宇不高，嘉頓亦不明顯……。雖然，她說的都是事實，但此時此刻，欣賞的，又豈是不存在的水天一色、落霞孤鶩、華堂大廈，甚或鱗鱗夕雲？

其實，嘉頓山只是個小山丘，官方地圖也沒有標示名字。正確名稱是喃嘸山，但出處已無從稽考。由於鄰近深水埗地標嘉頓中心，因而俗稱嘉頓山。而因為山上有一小門可進入石硤尾三號配水庫，因此又名水庫山。山上昔日還有一座小小的飛機訊號燈塔，所以又稱燈塔山。後來啟德機場搬遷後，訊號燈塔也隨之拆掉。今天，

嘉頓山除了是街坊晨運早操的好地方，也已成為觀賞和拍攝深水埗日與夜、黃昏與夜景的熱點。

嘉頓山雖然不足一百米高，但視野開揚，可俯瞰深水埗和石硤尾的公屋、附近的豪宅和舊式唐樓，還可遠眺昂船洲大橋，而西九龍、中九龍、青衣島、香港島更盡收眼底。雖然海岸線已被一幅幅儼如「大屏風」的華廈所遮擋，但立於山頭，卻有一種寧靜舒泰的感受。在此送別夕陽，足以滌蕩煩憂。

際此「天長落日遠，水淨寒波流。」雖非「崢嶸赤雲西」，但卻「日腳下平地。」眼前排闥萬里，時空彷彿駐留。不禁問，「落日熔金，暮雲合璧，人在何處？」相傳朱自清很欣賞近代詩人吳兆江那兩句詩：「但得夕陽無限好，何須惆悵近黃昏。」此刻細味，亦深有同感。

當夕陽回歸地平線，天際的光與色亦倏然幻變。有人開始下山，亦有人不停「卡嚓」。而我們則「謹守崗位」，等待華燈初上的那一刹。終於，剛才車水馬龍的欽州街，已在不知不覺間，變得燈火通明，恍如奔流不息，推動深水埗無盡活力的大動脈。

這時，「嘉頓樹」的樹冠，儼如天秤般伸開兩臂，一手抓深水埗石硤尾，一手抓長沙灣和白田。眼下已然萬家燈火，反而凸出了嘉頓中心的白底紅色名稱和商標。雖然稱不上完美的日落，但卻絕對是一個極其愜意的黃昏。

天空中，一直有數架無人機在盤旋，真的很想，很想看一看，從那個高度、那個視角拍攝的，此刻、此在的深水埗夜色。

刊於二〇一八年二月二十五日香港《大公報》文學版

大澳遊涌

這個端陽，端的陽光普照。在陰霾霪雨之後，再度展現燦爛的笑容。這一天，大澳四處插滿彩旗，在陽光中，藍天下，隨風飄揚，格外神氣，煞是好看。

來到大澳，人潮較預期中少。下了車，便向鑼鼓聲的方向走去。在海傍觀看了一會龍舟競渡。雖然是初賽，但也異常刺激。不過，這天大澳的主角，卻不是這個。

暫且放下上下求索的那個詩人。這天，兩口子懷着恭敬、謙卑的心情，追尋「神龍」的足跡。

當我們跟着遊涌的龍舟向大涌橋走去的時候，已經晚了。龍舟與神艇已經穿過大橋而去，升起了的吊橋，亦已開始重新放下。不過，這並不表示遊涌已經完結，相反，這才是開始。

按照遊涌的安排，農曆五月初五這天，上午十時三十分至十一時三十分舉行龍舟遊涌。我們離開大涌橋，逕自前往新基橋等候。說巧不巧，又或是時間剛好。我們來到新基橋，被漫天彩旗吸住了眼球之際，吊橋被升了起來。兩口子差點被「分隔」於兩面。

升起了橋，也就意味着龍舟和神艇快要穿過這裡。這時橋上的遊人也各自佔據有利位置，等候遊涌的龍舟。

大澳端午節龍舟遊涌，當地人又稱為「遊神」。傳統上由大澳漁民組成的傳統漁業行會，每年端午節舉行的活動，至今已有逾百年歷史。即使在日治時期，龍舟遊涌也沒有停頓下來。因為，龍舟遊涌，除了在儀式上潔淨地區，消災祈福，更重要的是凝聚社區。

整個遊涌，由農曆五月初四開始。五月初四早上舉行接神儀式，由數十位健兒組成的龍舟隊，先後到寶珠潭楊侯廟、新村天后廟、吉慶後街關帝廟、石仔埗洪聖廟「接神」，請出代表楊公侯王、天后娘娘、關帝及洪聖爺四位神祇的行身（神像），接到被稱為「龍躉」的行會基地供奉。

　　五月初五早上，行會成員把神明行身從龍躉接回神艇安坐，便正式開始遊涌。所謂神艇，也就是載有神像的小艇。龍舟拖着神艇，在棚屋之間的水道巡遊，行會成員在神艇尾部化衣，即焚燒金銀衣紙，以超渡水中遊魂，保佑水陸居民平安。

　　不過，龍舟和神艇不可以碰觸棚屋，否則會影響居民的運氣。而遊涌期間，水道兩旁的棚屋漁民，則會誠心向遊經的神艇焚香拜祭，祈求風調雨順，闔家平安。最後，行會成員將神明行身送返廟宇，遊涌活動才正式結束。

　　我們下午再一次回到新基橋，就是為了等候送神儀式。不知是太陽實在太猛，還是什麼，這個時候，橋上人群比早上還少。這卻平白便宜了我和玉琴。玉琴看得投入，再一次綻開燦爛而興奮的笑容。

　　遊涌的龍舟，也確實與別不同。這些龍舟都經過開光儀式，龍頭掛紅，口啣青草，撐起頭牌及羅傘。大鼓置於龍舟的中央，由兩名大漢負責打鼓。其中合心堂的龍，頭上還插上雉尾，相當威武。那些青草，也是非一般的草，而是楊侯廟附近山邊採下的青草，放進龍口，寓意賦予生氣。

　　由於大澳人口自上世紀九十年代起銳減，加上漁業式微，遊涌活動出現青黃不接。至二〇一一年，大澳龍舟遊涌獲列入國家級非物質文化遺產項目，為其傳承及推廣帶來了新的契機。

遊涌期間，棚屋漁民會向遊經的神艇焚香拜祭。

除了引起外界關注，更重要的是喚起大澳社區對遊涌活動的關懷，在重新認識遊涌的歷史和意義之後，區內不少年輕人都願意投入時間，參與活動。端午節當天，看到不少原居民扶老攜幼回到大澳，參加的參加，觀賞的觀賞，便可見一斑。

沒有歷史，便沒有將來。歷史不是一堆文字紀錄那麼簡單，而是人們群體活動的傳承。龍舟遊涌並不是純粹的「迷信」，而是維繫社會，凝聚認同的重要活動。因為，忘記，甚至丟棄自身歷史的，也必將被歷史遺忘。

而對於這一個閒人，這個大澳的端陽，除了感受了龍舟遊涌帶來的神聖氛圍，和棚屋居民喜悅的匯聚，更重要的，是領受了身邊真摯而爛漫的笑容，令這個閒人，打從心底溫熱起來。

刊於二〇一九年六月三十日香港《大公報》文學版

葡韻殘荷

　　吳冠中於逝世前一年寫的黑白水墨畫《拋了年華》，展現出花時已過，荷花凋萎、蓮蓬低垂、荷葉枯稀的敗落之姿。觀畫之時還以為是畫家想像力豐富，筆力萬鈞，畫功精奇，畫出一幅如此震撼之佳作。但那一天在澳門龍環葡韻乍見殘荷滿池，才明白那原非想像，而是毫微不漏的細緻觀察。

　　位於氹仔的龍環葡韻，是澳門八景之一。「龍環」是氹仔的舊稱，而「葡韻」則指這裡的葡萄牙建築風韻，兼指海邊一帶的景致。整個景區包括海邊馬路的五幢葡式住宅、嘉模聖母堂、前嘉模圖書館和兩個小公園。海邊馬路那五幢翠綠的別墅式小屋，更是氹仔重要的文物建築與文化遺產，也是澳門極富代表性的景點之一。

　　據說這五幢建築於一九二一年落成，曾是高級官員的官邸，亦是一些土生葡人的家宅。一九九二年，該五幢建築獲評為具有建築價值的建築群。澳門政府將之徹底修復，其中三幢改建為博物館，由西至東建成「土生葡人之家」、「海島之家」和「葡萄牙地區之家」，另外兩幢則列作「展覽館」和「迎賓館」。

　　我和玉琴游走葡韻當天，「迎賓館」正舉行「街道情懷攝影比賽」得獎作品展覽。四個展區展示公開組和校園組冠、亞、季軍及優異獎得獎作品。參賽作品指定為拍攝大堂區或風順堂區內的十二條街道。事實是，澳門的街道，見證了中葡文化交流的歷史，融和的印記，亦記載了澳門從鄉村發展至城市的進程。而澳門吸引人之處，亦在於其完整的保留了葡國風情，中西完美的結合，和豐富的歷史文化內涵。

我們再一次踏進「土生葡人之家」，依然興致盎然。說是「再踏進」，是因為之前已來過一次，這次是第二次。記得上一次從澳門乘巴士往氹仔，由於早了下車，在氹仔的馬路繞了個大圈才到達龍環葡韻，感覺和印象當然特別深刻。

這次入住氹仔的酒店，用過早餐便退房，從蓮花海濱大馬路出發，逕往官也街走去，由於中途不確定方向，還向一名途人問路，卻說巧不巧，被問路的並非澳門人，而是說得一口道地普通話的內地人。他說聽不懂廣東話，但在澳門居住。他向我們指示了方向，便駕駛掛上粵澳兩地車牌的房車離開。當時我們猜想，他會不會是內地機構駐澳的高層哩！我們按他所指的方向，不一會便到達了官也街。事實是，我們入住的酒店離官也街其實很近。到了官也街，也就等於到了龍環葡韻。

「土生葡人之家」重現了土生葡人的典型居庭，格調清雅，一點也不豪華，亦真的很有家的感覺。一樓是起居室、飯廳和廚房；二樓是臥室和浴室。臥室內還有用作禱告的經壇。一屋的木地板很有味道。大部分展品均是來自葡人家庭，室內的家具布置以至裝飾物，均別具風格。雖稱葡式，但亦有中西混合的擺設，還有老照片，在在見證了土生葡人在澳門居住的狀況，反映了中葡文化的融合。

步出「土生葡人之家」，我們便被眼前的荷塘深深的吸引着。不是因為那裡有盛放的荷花，相反，這刻的荷塘一片蒼然，滿目瘡痍。在熙天曜日下，卻散發出陣陣淒涼。雖說淒涼，卻又是那麼惹人憐愛，教人無限遐想，令人陶醉。

相傳荷花是王母娘娘身邊侍女玉姬仙子的化身。話說玉姬看見人間雙雙對對，男耕女織，十分羨慕，因而動了凡心，私離天宮，下凡到了杭州的西子湖畔。誰知西湖秀麗的美景令玉姬流連忘返。

王母娘娘知道後，將玉姬「打入淤泥，永世不得再登南天。」從此，天宮少了一位美麗的仙女，而人間則多了一朵水靈的鮮花。

荷花不僅是澳門的市花，自上世紀八十年代以來，內地多個城市均相繼選出荷花為市花，包括山東濟南市、湖北洪湖市、廣東肇慶市、江西九江市等。荷花也是中國的傳統名花，帶有吉祥豐盛的意思，是佛教的聖物，也是友誼的種子。

畢竟是深秋，花時早已過了，這刻的荷塘，沒有荷花的幽香，沒有粉白的豔色，也沒有翠綠的笑靨。密密麻麻的荷葉再也無力承起珠露，枯槁的荷花用自身的重量向水面靠攏。然而，葉柄依然挺立，支撐着搖搖欲墜的蓮蓬，也彷彿在勉力拉回將墮未墮的殘荷。

荷花原產中國，聖潔高雅，在前人的詩詞歌賦中，經常有詠頌荷花的篇章，如三國曹植的「覽百卉之英茂，無斯華之獨靈。」北宋周敦頤的〈愛蓮說〉更是其中的代表作，其中「出淤泥而不染，濯清漣而不妖，中通外直，不蔓不枝；香遠益清，亭亭淨植；可遠觀而不可褻玩焉。」更是流傳千古的讚譽。然而，對於綻放之後，年華已過的蓮荷，卻絕少有人提及。

吳冠中以蓮花喻年華，年華不再，雖傲枝垂暮，但風骨猶存；既有不阿的人格立於天地，那又何懼歲月惱人，世道唯艱？吳冠中「寧折毋屈，不惜年華」的自況之情，在《拋了年華》中表露無遺。

這回再訪龍環葡韻，和上一次同樣不合時節，看不到盛放的芙蓉，而眼前的荷塘，雖被遠處的娛樂場所包圍，卻不落流俗。雖然排闥是殘枝敗像，但仍不失君子的傲氣。當日陽光杲杲，水波反照日影，與黃花的倒影雙雙映入眼簾，偶爾泛起圈圈漣漪。花謝了，花仍在，日當空，日西下。偌大的一片荷塘，布滿垂蓮，卻依樣壯麗。

二〇一二年十月十九日

走在瘋堂斜巷上

夫妻樹的祝福、檀香山的咖啡、大三巴的日落、安德魯的蛋撻、黑沙灘的浪聲⋯⋯，加上很南歐的地磚，那兩天，直如置身歐陸。澳門，無疑是香港人不用坐飛機也可以去到的歐洲。

踏着深秋的步伐徜徉濠江，雖然始終揮不去若絮徊徨，但悠然閒適的氛圍，亦足以教人暫且忘憂。這個季節，告別了夏日炎陽，卻尚未迎來冬日寒風，周遭遍充浪漫空氣，兩人漫步其中，自然而然地譜出醉人的心曲。

那個周末的下午，從媽閣廟乘七路巴士到瘋堂斜巷，下車處便是聖味基墳場（São Miguel Arcanjo），二話不說便往內闖。內裡一片肅然，但沒有陰森森的感覺，部分墓前還供奉着鮮花。墓碑雕像如天使、先人的雕塑、祈禱的人、耶穌像和一些不知名的人物，令這裡活像室外的藝術館。雕像發人深思，到底生命的歸宿在哪，真的是墳場嗎？

墳場煥發着寧謐的祥和，內裡莊嚴，提起照相機，放輕腳步，感受着白日的和煦，神聖的氣息。雖說是西洋墳場，但聖味基墳場也有中式的一面，個別冢墓還嵌上先人的瓷相。事實是，不少華人也安葬於此。

聖味基墳場又稱舊西洋墳場，這是相對於庇信街的望廈墳場（新西洋墳場）而言。墳場位於西墳馬路，建於一八五四年，當時算是城外。墳場的名字來自葡萄牙語天使長（Arcanjo）米迦勒（São Miguel），英語為 St. Michael, the Archangel。鄰近的聖美基街（Rua de S. Miguel）亦以墳場命名。

步出墳場，便可轉入瘋堂斜巷。走在這條巷弄上，完全看不出亞洲首富的奢華，只有樸素的臉容。斜巷和墳場都是望德堂坊的組成部分。望德堂坊俗稱瘋堂區，過去亦稱進教圍，由大炮台山鏡湖馬路、水坑尾、荷蘭園大馬路與西墳馬路圍繞而成。這裡曾是華人天主教徒聚居地，也曾是中國教徒躲避滿清政府追捕的避難所之一。

坊內曾經有間痲瘋病院，故稱瘋堂區，後來漸多華人加入教會，故又有進教圍之稱。話說澳門曾經有不少痲瘋病人，首任天主教澳門教區主教賈耐勞，在一五六八年來澳後，在這裡建立辣撒祿痲瘋病院，並附設小教堂，名為聖辣撒祿堂，供奉聖母望德，即是望德聖母堂的前身。一五七六年羅馬教廷宣布在澳門設教區後，聖辣撒祿堂成為了當時澳門的主教座堂，至一八八六年重建成望德聖母堂。

瘋堂斜巷的名稱便來自望德聖母堂，由於聖母堂所在的位置剛好是傾斜的街道，瘋堂斜巷之名由此留傳下來。一九八四年，澳門政府把整個坊區列作重點保護文化財產，坊內先後在一九八七年和二〇〇二年翻修兩次。九〇年代末至廿一世紀初，坊內開始興起藝術文化事業，澳門政府也有意把堂區改建為創意產業區，反映澳門本土藝術的特色，從而活化區內和周邊的藝文氣息，推動創意產業發展。在這裡，可以找到多家當地文化藝術團體，像瘋堂十號、仁慈堂婆仔屋、大瘋堂藝舍、澳門演藝學院音樂學校等。

斜巷與聖味基墳場相隔一條西墳馬路。離開墳場，踏進斜巷，首先遇到的是仁慈堂婆仔屋。仁慈堂婆仔屋前稱婆仔屋，是坊內創意產業的重要基地。婆仔屋逾百年的黃色葡式建築極具特色，內裡的小庭院植有兩株百年老樟樹，環境清幽典雅，而閘門前的一株大樹，甚有把關大王的架勢。

澳門仁慈堂婆仔屋文化及創意產業空間於二〇〇九年一月正式成立，成為文化創意空間，是藝術表演、展覽的場地，也是培訓當地創意人才、展銷本土創意產品的基地，為這個歷史悠久的建築注入了新的生機和活力。也許是萬聖節臨近，到訪當天看見屋內滿是打扮成西洋鬼物的年輕人，相信是在舉行派對或是什麼活動，因此沒有進內參觀。但即便是在門前瀏覽，也已感受到那份古樸與現代交融，傳統與創新結合的獨特風味。

　　走在瘋堂斜巷上，不要只顧周遭黃紅相間的優美洋房，也要仔細留意地面的石頭小路，以及彎曲弧度優美的歐式街燈。一條短短的斜巷，大約十分鐘便能走畢，但它獨特的風情，卻讓人回味無窮。

步出檀香山，剛好趕及
觀賞大三巴的日落。

巷內的洋房，源自十九世紀末坊區重建至一九三〇年期間，當時坊內建有多棟兩層高平房，形成端正的長方形街道區，部分在七〇年代後拆建，至今仍留存下來的主要集中在斜巷以北。經歷兩次翻修後，這些舊平房的外牆都髹成紅色與黃色，保留着一九二〇年代的特色，銳意發展成特色旅遊景點。

我和玉琴都很喜歡這條小巷，這次也是特意前來參觀的，結果沒有教人失望。同時也感受到澳門政府真心誠意地保育和維護自身的歷史。保育活化，必須正視歷史，尊重歷史，並非簡單的商品化。澳門政府明文禁止居民拆毀坊內僅餘的古建築，讓歷史永續留傳，讓記憶永誌不忘。這地方也曾是愛情電影《游龍戲鳳》的取景場地，也許導演正正是看中這裡濃郁的浪漫氣氛和深厚的歷史情懷。

離開斜巷，沿路標往大三巴方向走，途經檀香山咖啡，剛好是下午茶時候，便進內找了張桌子坐下。玉琴點了菊花蜜，並為我點了特大摩卡咖啡，我們還點了一份吞拿魚三文治一起吃。那杯特大的摩卡咖啡超乎預期般美味。步出檀香山時，日已斜暉，我們繼續前行，不一會便到達大三巴，剛好趕及觀賞日落，這當然不是首次來到大三巴，但卻是首次觀賞大三巴的夕照。那個日落，不經意地觸動了甚麼似的，卻又說不出所以然來。

二〇一三年十月三十一日

森羅萬象酆都行

　　既是鬼城，又是名山；明明是供奉閻王的廟宇，卻稱為天子殿。數千年來，中國傳統對死亡和死後世界諸多忌諱，但對酆都鬼城，卻又是追思無極、無限神往。

　　說起來，到底是「豐都」還是「酆都」？其實，鬼城一直是「酆都」，史載最早於東漢和帝永元二年置縣，後改為酆都。但吊詭的是，這鬼城並非真如鬼域，反而為人民帶來豐足。一九五八年二月，前總理周恩來頂風雪、履長江，考察三峽後，便取其豐衣足食之意，遂改「酆都」為「豐都」。

　　酆都原縣城名山鎮，位於縣境中部、長江北岸，海拔一百六十米。故此，部分老縣城已被淹沒。二〇〇九年三峽工程二期完全蓄水後，再淹掉名山五分之一地方，幸而沒有淹至山上的奈何橋、羅漢堂、望鄉臺、天子殿等古蹟，而名山亦成為了一個三面環水的半島。

　　話說這片土地，古為「巴子別都」，因蘇東坡題詩「平都天下古名山」而得「名山」之名。酆都名山是道家七十二洞天福地之一，名山古剎多達廿七座，素以「鬼國京都」、「陰曹地府」聞名於世，是中國傳說中，人死後前往的地方，集儒釋道傳統文化於一身，被譽為「中國神曲之鄉」。

　　天子殿原名閻君殿，位於名山之巔，坐西向東。始建於西晉，稱乾竺殿，已有一千六百多年歷史。明代改名閻王殿，後為祝融所毀，現在的天子殿，是清康熙三年重修的，是鬼城的核心建築，也是名山上建築年代最久，面積、規模最大，保存最完整的廟宇。

但為何稱為天子殿？《佛說十八泥犁經》卷一云：「人生見日少，不見日多，善惡之變，不相類，侮父母，犯天子，死入泥犁。」原來此天子非彼天子，天子殿中供奉的是「閻羅天子」，司掌大地獄，也就是中國人所說的閻羅王。泥犁（Niraya）是梵語，即地獄，其義為無有，謂喜樂之類一切皆無。不樂即是地獄，蘊含深邃哲思，亦是古往今來人性的悲哀，可謂語重心長，值得深思。

《法苑珠林》曰：「閻羅王者，昔為沙毘國王。常與維陀如生王戰，兵力不敵。因立誓願為地獄主，臣佐十八人，此十八人即主領十八地獄。」究其實，這閻羅王並非原生中國，而是舶來品，是來自印度的琰魔（Yama）。因兄妹二人並王，兄治男事，妹理女事，故又名雙王，亦稱平等王，取平等治罪之義。

傳說前來天子殿報到的亡靈，須通過門前的考罪石，也就是要單腳站在石上，男左女右，抬頭挺胸，目視前方「神目如電」匾，站上三秒，才算通過。否則，就會被小鬼押往十八層地獄。傳說歸於傳說，這考罪石，今天卻成為了耍弄八方遊客的玩意兒。

目下的天子殿，由牌坊、山門、殿堂三部分組成，坐落同一中軸線上。牌坊正面橫書「天子殿」，背面書「幽都」，是木石結構的三重檐坊，山門是重檐歇山式屋頂，充分顯示出建築物的重要性；兩邊的鐘鼓樓是四角攢尖頂，殿堂為磚木結構，硬山式屋頂，穿斗式梁架。天子殿採用傳統的飛簷斗拱，鏤空雕花，圓木承重，兩大橡加脊斗合而成。屋頂四傾斜面，形如廣傘。

過了考罪石，跨過特別高的門檻，迎面的便是黑白無常、鷹蛇二將。步進曜靈殿，抬頭是明末高僧硝山和尚的楹聯：「不涉階級須從這裡過行一步是一步，無分貴賤都向個中求悟此生非此生。」神目如電匾下還有一副楹聯：「任爾蓋世奸雄到此就應喪膽，憑他

騙天手段入門再難欺心。」說的一點不差，人世間最平等的東西，莫過於死亡，亦只有面對死亡，任爾機關算盡，亦再難欺心。

大殿兩旁是四大判官，即賞善司、罰惡司、查察司、崔判官。還有十大陰帥，即日遊、夜遊、黃蜂、豹尾、鳥嘴、魚鰓、無常、牛頭、馬面和鬼王。殿堂正中，便是閻羅天子坐像。天子頭戴金冠、秉笏披袍、鳳目圓睜、威武莊嚴。看他造型飽滿，感覺很中國，一點也不像印度的舶來品。但身為閻王，又為何秉笏？究其實，其造型和這笏，與中國民間傳說不無關係。

閻羅王在中國民間很具威信，地位等同人王。在普羅百姓的心目中，閻羅王具有正直剛毅、鐵面無私的形象，擁有一顆公正之心。俗諺有云：「閻王判你三更死，絕不留人過五更。」然而，中國士人相信，閻羅王不是如玉皇大帝般恆居其位，而是如地上的天子般，新舊交替。清初小說家錢彩著的《說岳全傳》第七十三回，便有「新者既臨，舊者必生人世，去做王公大人矣」之句；亦有「愚生若得閻羅做，定剝奸臣萬劫皮」之語。然而，不無感慨的是，寄望陰間的閻王主持正義，賞善懲惡，在在反映出中國古代民間遍地不公，黎民有冤無路訴的現實淒涼。有識之士才有「愚生若得閻羅做」之嘆！

故此，中國民間流傳着的閻羅王也不只一人，計有隋朝大將韓擒虎，宋代名臣包拯、范仲淹和寇準。觀乎四人在生之時，均位列將相，備受崇敬，深得民心，而且其形象亦與百姓心目中的閻王相若。無怪乎名山上的閻王像雙手秉笏。但嚴格說來，他們是閻羅王在人世間的轉生，死後又回到陰間「復位」而已。這點似乎是承傳了印度諸神的特質，例如印度教主神之一的毗濕奴（Vishnu）便有無數個化身，其中最為重要的一個化身便是黑天（Krishna）。

有關四人的傳說，以韓擒虎和包拯最引人入勝。《隋書・列傳十七・韓擒虎傳》便有這段記述：「其鄰母見擒門下儀衛甚盛，有同王者，母異而問之。其中人曰：『我來迎王。』忽然不見。又有人疾篤，忽驚走至擒家曰：『我欲謁王。』左右問曰：『何王也？』答曰：『閻羅王。』擒子弟欲撻之，擒止之曰：『生為上柱國，死作閻羅王，斯亦足矣。』因寢疾，數日竟卒，時年五十五。」這應是中國史書記載最早在人間出現的「閻羅王」。

　　北宋龍圖閣大學士包拯的故事更是家喻戶曉。民間傳說包拯日為開封府尹，夜為陰司閻羅王。清咸豐年間評書藝人石玉昆口頭創作的評書《三俠五義》中，便有包拯扮閻羅王夜審郭槐的「狸貓換太子」的故事。《宋史・卷三一六・列傳第七十五・包拯傳》則有這段記載：「人以包拯笑比黃河清，童稚婦女，亦知其名，呼曰『包待制』。京師為之語曰：『關節不到，有閻羅包老』。」由此觀之，包拯為閻王，虛構成分頗重，而所謂「閻羅包老」，則屬稱頌之謂也。

　　至於寇準和范仲淹為閻王之說，《說岳全傳》亦有提及，但相信是民間穿鑿附會居多。不過，百姓為兩人設廟置祠則有史為據。《宋史・卷二八一・列傳第四十・寇準傳》云：「（寇準）既卒，衡州之命乃至，遂歸葬西京。道出荊南公安，縣人皆設祭哭於路，折竹植地，掛紙錢，逾月視之，枯竹盡生筍。眾因為立廟，歲時享之。」而《宋史・卷三一四・列傳第七十三・范仲淹傳》則云：「（范仲淹）死之日，四方聞者，皆為歎息。為政尚忠厚，所至有恩，邠、慶二州之民與屬羌，皆畫像立生祠事之。及其卒也，羌酋數百人，哭之如父，齋三日而去。」可見范仲淹德澤萬民、恩潤四方。

　　酆都號稱陰曹地府，李白〈訪道安陵遇蓋還為余真籙，臨別留贈〉詩云：「下笑世上士，沉魂北酆都。」大意是笑眾生一生爭名奪利，死後一律沉淪鬼城酆都受審量刑。天子殿左右廊房設「東西

出了鬼門關，便要返回陽間。

地獄」，也就是民間傳說的十八層地獄，分別由典故和刑罰組成。正是「望鄉臺奈河橋善良積福容易過，尖刀山磨子推貪心造孽報怨誰」。所謂「生前作下千般孽，死後通來受罪名。」人死後都要往陰曹地府的原因，就是了結因果，審判一生善惡，酌量受刑，打落地獄，一切因果，報應不爽。如俗諺所言：「善有善報，惡有惡報，若然不報，時辰未到。」

　　隔窗匆匆瞥過東西地獄，令人不寒而慄，慘不忍睹。兩地獄塑諸般酷刑，如磨推、挖心、火烙、刀山、車裂、碓舂、鋸解、油鍋、拔舌、轉輪等，還有些典故組像，如「活捉秦檜」、「目連救母」等，也許是希望人們透過這些故事，加以反省，慎言矩行。奇怪的是，這些教人見之嘔心、念之心寒的獄刑，雖令人愈看愈怕，卻又教人愈怕愈看！也許人真的是「不見棺材不掉眼淚」，縱使死亡是

每天發生的尋常事，但總是別人的死亡。當人一天仍存在着，便不會真的念及死後如何！

不過，中國傳統是沒有所謂天堂地獄的。「地獄」一詞源自梵文，是從古印度婆羅門教吸收過來的。《觀佛三昧海經》論述了十八種小地獄，而《十八泥犁經》則載有十八層地獄詳細的描述。在佛教傳入中國後，道教亦沿用「地獄」這概念和意義。至於所謂的「層」數，原不是指高低層位，而是指受刑時限和刑法的不同。

根據《十八泥犁經》，每一地獄比前一地獄增苦二十倍，增壽一倍。其第一獄名為「光就居」，以人間三千七百五十年為一日，三十日為一月，十二月為一年，罪鬼須在此服刑一萬年，即人間一百三十五億年。第二獄「居虛倅略」刑期兩萬年，其後各獄之刑期，均以前一獄之刑期為基數遞增兩番，如此類推，直至十八層地獄「陳莫」。無怪乎民間俗語有「打落十八層地獄，永不超生」之說。

正是「離魂三日抵酆都，踏過黃泉不歸路；考罪石前猶望鄉，青煙無望越歸途。」天子殿外的望鄉臺，傳說是人死後最後遙望家鄉的地方，讓亡靈痛哭一場，才進入曜靈殿受審。明代羅懋登在《三寶太監西洋記》中提到：「凡人死……第三日，才到酆都鬼國。到了這裡之時，他心還不死。閻君原有個號令，都許他上到這個臺上，遙望家鄉。各人大哭一場，卻才死心塌地。這個臺叫做望鄉臺。」正是哀莫大於「心不死」！若人死真如燈滅，只餘青煙一縷，還談什麼死心不死心？也許都如佛家所言，一切唯心造。而這個心，原是森羅萬象的根源。

出了鬼門關，便要返回陽間。現在關前由新刻的十六大鬼把守。這十六大鬼與其說是鬼，不如說是人的十六大劣根惡習更貼切。計有羅剎鬼、夜叉鬼、倀鬼、欲色鬼、劈山鬼、駐海鬼、疾行

鬼、食氣鬼、食肉鬼、倒懸鬼、淘氣鬼、酒鬼、餓死鬼、食蔓鬼、財鬼和閻羅執杖鬼。這組石刻形象鮮明、神態生動，充分體現懲惡揚善和報應不爽的因果，揉合了中西藝術文化。其中食蔓鬼和羅剎鬼的造型便極富西方色彩，宛如維納斯東來。

羅剎鬼據說是地獄第一惡鬼，古印度語為「羅剎婆」，意即「暴惡」、「可畏」，佛經典籍多有記載，專門迷惑善男信女陷入血流遍地、身首異處的災難深淵。這尊石像半身裸露、美豔妖嬈，透出一股誘人的妖氣，滲出兇殘的本質。記得《水滸傳》中有母夜叉孫二娘一角，原來夜叉真的那麼猙獰可怖。鬼門關前的這尊夜叉鬼造像，身材高大，手持鈦叉，頭懸火焰，食人肉，喝人血，充分展示其囂張氣焰，十分恐怖。

可能食蔓鬼是眾鬼之中唯一吃素的鬼，她造型素雅，髮長及腰，正在為一頭小鹿哺乳，非但不猙獰，而且一臉含羞。導遊跟我們說，那食蔓鬼因生前太愛美，曾盜用裝飾佛像的「華蔓」來為自己打扮，故死後被罰只能吃墳前的蔓草鮮花。「華蔓」是指用鮮花編織成串的裝飾物。

《萬空歌》云：「金也空，銀也空，死後何曾在手中。妻也空，子也空，黃泉路上不相逢。」但如今，這條黃泉路卻是摩肩接踵，遊人如鯽。黃泉原指地下的泉水，後被引用為陰曹地府的別名，而黃泉路也就成為了通往陰曹地府的必經之路。弔詭的是，從陰間返回陽間，同樣必須走完這條黃泉路。黃泉路旁原有十三道古碑，由於經年的風霜雨侵，字跡不清，現多為補刻。沿路不僅風景秀朗，若時間充裕，也可飽覽這十三道古碑，緬懷昔日丰采，細味歷代文藝神韻。

走完黃泉路，再過奈何橋，便算是真正返回陽間。奈何橋位於名山山腰，始建於明朝永樂年間。短短的奈何橋，與其說是貫通陰

陽兩界，不如說是一座溝通歷史與現實、宣示生存與死亡的橋梁。「奈何」一詞同樣源自梵文，意即「地獄」。傳說亡靈進入鬼城時，必須從中間的奈何橋過去，但還陽之時，則必須走兩旁的金橋或銀橋。左邊為金橋，右邊為銀橋，走金橋的人可以升官發財，而過銀橋的人可得健康平安。我和玉琴選了銀橋走，畢竟只有健康才是真正屬己的財富，平安才是真正的幸福。

二〇一〇年六月

飛越嘉陵江之夜

　　蜀魂千年尚怨誰？巴蜀早已成為歷史，但蜀山的神話美談、劍仙傳說，卻又是教人無限神往。每逢亂世，蜀地更是避世離亂的桃源。《蜀山劍俠傳》便是這樣介紹主角李英瓊出場的：「記得在康熙即位的第二年，從巫峽溯江而上的有一隻小舟……那老頭子年才半百……一望而知是一個飽經憂患的老人。那女子年才十二三歲……一片天真與孺慕。……那老頭兒忽然高聲說道：『那堪故國回首月明中！如此江山，何時才能返吾家故物啊！』言下淒然，老淚盈頰。那女子說道：『爹爹又傷感了，天下事各有前定，徒自悲傷也是無益，還請爹爹保重身體要緊。』……」還珠樓主在重慶完成這部曠世奇書，吐出了那份憂懷天下、故國月明的深情，和那股煉就寶劍、盡掃魔邪的氣魄，直是中華兒女、志士仁人數千年來的投射。書中不少地方亦真有其地，如慈雲寺、朝天門碼頭便是。

　　今年（二〇一〇年）六月五日，玉琴和我早上在重慶朝天門碼頭下地離船，結束五天的三峽上水之旅。這次遊的是新三峽，江平峽闊，傳說中的險和激，已不復存在。如今三峽水位升上一百七十五米，遊客多了，旅遊相關收入亦水漲船高。聞說內地有關當局還不滿意，計劃推出夜遊長江等新玩意，亦籌備興建吊車，從江邊直攀上神女峰！也許「遊資」的魔力真的可以令人瘋狂！

　　從朝天門碼頭下地以後，便隨即展開重慶的觀光行程。當晚則在重慶宿一宵，翌日始離境。雖然行色匆匆，未能真正細味山城的風情，但仍可感受一下這戰時陪都的氣度。上午約十時三十分，我們在鵝嶺公園準備進入飛閣參觀之際，突然響起了防空警報，過客們面面相覷，當地導遊則神情肅然。他說，不僅是今年，而是每年

的六月五日，重慶市全市都會響起警報，悼念「六‧五大隧道慘案」的死難者。「這（六月五日）是重慶人的災難日，不能忘。」翌日的《重慶晨報》如是說。但究其實，那絕不僅僅是重慶人的災難日，也是中華人的災難日，永不能忘。

一九三八至一九四四年間，侵華日軍對重慶展開連綿無間的空襲，造成空前破壞。市區幾乎被夷為平地，數年間犧牲了五萬多條性命。就在一九四一年六月五日的晚上，在日機持續超過五小時的大規模轟炸中，十八梯、演武廳和石灰市防空隧道，發生了避難者窒息踐踏傷亡慘案，遇難人數約二千五百人，這便是震驚中外的「六‧五大隧道慘案」。

在日機轟炸的數年間，「跑警報」、「躲轟炸」成為所有重慶市民日常生活的部分。當年的「跑警報」、「躲轟炸」大致可分為兩類，一是「鄉下派」，即每當霧季一過，便帶上貴重家當，前往附近的鄉間暫避。另一種是「岩洞派」，也就是跑防空洞，所以重慶防空洞的數量特別多，實在可以嘆為觀止來形容。

今天，這些歷史遺留下來的防空洞，雖已不再用作「躲轟炸」，但沒有被荒廢，而且披上新的戰袍，扮演新的角色。由於這些防空洞空間寬敞，而且冬暖夏涼，故此，不少被改作火焗店，還毋須空調。我們乘旅遊巴士穿梭重慶街道時，也看到不少由防空洞改成的火焗店。除了火焗店，這些防空洞的另一大用途，則是變身停車場或洗手間。

導遊是當地人，當我問他為什麼長江的水在重慶段竟是混濁如泥時，他直言那是因為建了三峽大壩的緣故。大壩令長江上游的沙泥和重慶重工業排出的污水，均被困着，無法流走，造成重慶段長江水特別混濁，恍若黃河。無怪乎郵輪甫進重慶境界，涪陵長壽沿途所見，江水一片泥黃，還夾雜大大小小的垃圾，令人不忍卒睹。說起長壽縣，又是一番感慨。長壽縣之得名，皆因當地人俱得高壽，

但聞說當地政府批准興建煉油設施，大力發展石化工業。可能不久將來，長壽縣要易名了！

除了蓄水，通航也是興建三峽大壩的主要目的。然而，當年高調提出，讓萬噸級船隻直達重慶的口號，不僅成為明日黃花，而且所謂萬噸級船隻，更變成了萬噸級的船隊。因為當初沒有考慮到長江重慶段的水深，壓根兒無法讓萬噸級的船隻行走，如今只可讓四、五艘約二千噸的船隻，組成萬噸級的船隊運作。

弔詭的是，重慶段的嘉陵江江水卻依然翠滴可人，與這裡的長江水判若雲泥。晚上的嘉陵江更是七彩繽紛，雖不及上海外灘般熱鬧，亦不及香港維多利亞港繁華，但卻明豔照人，別有一番韻味。江中的觀光船五色絢爛，夾岸華燈璀璨，卻又不會與星月爭鋒比高。嘉陵江北岸新建成的重慶大劇院，酷似一艘熒光閃爍的畫舫，彷彿在展示山城獨特的碼頭文化，加上它外牆的巨型屏幕，不僅是嘉陵江的地標，也成為了重慶的新地標。

重慶是世界上少數把索道作為公共運輸工具的城市，目前有兩條過江索道，分別貫通長江和嘉陵江兩岸，稱之為長江索道和嘉陵江索道。當地導遊白天提及，嘉陵江索道年底便要清拆或搬遷，而作為重慶的集體記憶，拆除索道一事已在重慶市民中引起廣泛討論。回想起香港的天星碼頭和皇后碼頭的拆遷而引發的抗爭，嘉陵江索道的拆遷，實在教在下感同身受。所以晚飯後，我和玉琴與同行的洪教授夫婦，便乘嘉陵江索道南北走一回。

嘉陵江索道自渝中區滄白路站，橫跨嘉陵江上空，與江北區金沙街站相連。索道已有多年歷史，其建築結構、設施管理，均已不能迎合現在的需求和要求。特別是其管理，猶如當年的「大鑊飯」時代。然而，嘉陵江索道建成的時間，卻是在改革開放以後的一九八三年。

我們好不容易找到了滄白路站，原先打算購買來回票，省卻從北岸周張回到這邊的交通，但票務員說只售單程票，因為他們沒有售賣雙程票的制度。故此，只好買單程票，回來再作計較。我們拿了車票，跑了四層樓梯，登上月台，進了車廂，在裡頭近乎靜止的空間再等了約十分鐘，纜車才開動，而車程只不過大約兩分鐘。幸好我們是最早進入車廂的乘客，而且一心抱着觀光的心情，所以搶佔了車廂前方的位置，那裡的窗正好打開，當纜車開動，習習涼風迎面送來，加上在這個高度，令這一個夜頓時變得清爽。但畢竟只是兩分鐘，江上的清風抹不去我們身上的汗水。

　　從車廂外望，江面波平如鏡，彩燈光影如畫，從南岸的洪崖洞出發，朝北岸的重慶大劇院滑下，感覺非常愜意。迎面反方向前行的車廂，裝置了耀目燈飾，恍如流火劃破長空，煞是好看。回心一想，我們不也正身處一團流火之中麼？真是變身長虹、劃破夜空，猶如劍仙騰雲、飛渡嘉陵。

　　纜車降落北岸，我們離開車廂，又是跑四層樓梯到達地面，馬路的對面便是大劇院。這時大劇院周遭的大草坪，聚滿了消閒納涼的市民，為這著名的重慶夜景添上熱鬧的氛圍。可惜的是，陳舊落後的設施、令人咋舌的衛生環境、教人側目的服務態度，不僅令這獨具特色而有實質存在價值的交通工具漸次失色，而且快要將它送進歷史書。

　　說到跑樓梯，對於重慶人來說，可謂家常事。原來重慶雖也建有廿多卅層高的公寓式大廈，但傳統上均是沒有升降機的。我們的導遊家住廿五樓，但大廈亦沒有升降機。他打趣說，看他的身型便知道，怎會是每天跑廿五層樓呢？原來重慶的大廈都是依山而建，順應地形，從山邊建有飛橋直通大廈，所以不管住在哪一層，都只不過需要跑數層樓梯而已。這不僅展現出優越之傳統智慧，也充分體現了人與自然相依融合的關係。

重慶傳統建築的另一特色，要算吊腳樓了。吊腳樓是橋都的傳統民居，最早可追溯至東漢時期，這種建築模式，體現了天人合一的哲思，展示出順天應時的生存智慧。重慶有山城之稱，依山而建、兩江環抱、缺少平地，故此，絕大多數建築都是沿山坡依次建造的，樓的一邊廂房與建在實地的正房相連，餘下三邊懸空，靠木柱支撐，通常還有繞樓的曲廊，稱為吊腳樓。吊腳樓上層高懸地面，通風乾爽，用作居室；下層則可儲存雜物，或用作豬牛欄圈。這種結構使建築物佔地少而實用面積得以擴大。

然而，近年來由於經濟高速發展，重慶和其他中國的大城市一樣，變成一個大地盤，舊建築和舊區被一一清拆，代之而起的是毫無個性的密封式摩天大樓。重慶這個著名的火爐，日後加上無數空調排出的熱氣，後果實在不堪設想。而現代化高速高效的建設，已令到重慶獨有的吊腳樓幾近絕跡。諷刺的是，新修建的洪崖洞風景區，卻刻意營造了吊腳樓民俗建築群，作為主要景點之一。

「嘉陵江上灘連灘，灘灘都是鬼門關。半年走一轉，十船九打爛。」這首歌謠道盡了嘉陵江的灘多水險。然而，眼前的嘉陵江，卻是波平水靜、燈影紛陳，這也許是因為在重慶境內的緣故，但更主要的原因，恐怕是所謂「渠化」的結果罷！所謂「渠化」，是指上世紀九十年代中期，四川省開始在嘉陵江建設十五個相互銜接的梯級航電樞紐工程，將原始水道變成連環相扣的靜止水庫。可是，整治渠化以後，還是原來滔滔不絕、浩浩蕩蕩的嘉陵江嗎？

巴蜀有一段浪漫感人，與治水有關的傳說。上古時候，岷江的老龍王有一子一女，長子是條惡龍，興風作浪造成翻天潦災。善良的妹妹心中不忍，便開了缺口泄洪，因而觸怒了惡龍，被關進山洞，由猛虎看守。這時有個名叫杜宇的青年，得了神仙賜予的龍頭拐杖，打敗了惡龍、收服了猛虎，還救出龍女，結為夫婦。兩人一起疏浚引導，消除水患，人民便推舉杜宇為巴蜀國王，號望帝。但

宰相鱉靈設計殺害杜宇，奪了王位。杜宇擔心龍女，化成杜鵑，飛到龍女的窗臺上叫：「歸信陽，歸信陽，鱉靈真是黑心腸。」龍女知道杜宇已經遇害，悲痛欲絕，不久也死去，並且化成杜鵑。夫妻每天合唱：「春日忙，春日忙，快快播種好收糧。」這便是李商隱詩中所說的「望帝春心托杜鵑」的故事。

打從帝堯時代鯀禹治水以還，中華人便一直與江河纏鬥不清。直至近世紀，一個接一個的大型水利工程爭相動土，並聲稱可以抵禦數十年以至百年一遇的澇災。但現實的諷刺是，近年幾乎每年都要遇上數十年一遇的水患旱情，以至塵暴雪災。假如人類真的以為可以掌控大自然，甚至改變自然的規律，那實在是愚不可及。畢竟，馴化了的野獸，仍是馴獸師身邊的炸彈。鯀的失敗，在於圍堵江河，而禹和杜宇的成功，則在於有效疏浚，使水流通暢。可惜亦可嘆的是，江河水道宜導不宜堵，這個流傳了數千年的道理，今天似乎被遺忘得一乾二淨。

「渠化」嘉陵江，北起四川廣元、南下南充到重慶，稱之為「水上高速公路」，其中南充境內便有九個水庫。根據既定規劃，到二○一一年五月，南充境內餘下的卅四公里嘉陵江將完全「渠化」，屆時嘉陵江南充段在中斷了廿四年後，可望全面通航。船隊從南充逆流而上，直指閬中古城，嘉陵江可望成為名副其實的黃金水道。然而，正如《詩經‧召南‧江有汜》云：「江有汜、之子歸、不我以。不我以、其後也悔。」那美好的憧憬，又會否如萬噸級輪船直達重慶般，最終落了個空，成為泡影？

記得二○○六年仲夏，藉出席第七屆詩經國際學術研討會之機，有緣信步南充的嘉陵江濱，白塔眺嘉陵的氣派，水上人家的安逸，仍然歷歷在目。江濱已是當地居民生活的部分，是白天消閒，晚間休憩的好地方。那個晚上，不知為啥，還有煙火表演，而那個

煙火璀璨的夜晚，充分呈現嘉陵江的溫柔，以及江與人相依相存的密切關係。

古語云，大旱之後必大汛。不管多少次改朝換代，風調雨順、江河安瀾，對於以農立國的中華大地而言，都是人民的基本渴望。近年氣候變化異常，不正常天氣似乎正在恆常化，但說到底，寒來暑往總是井然有序，只是人類的生活模態愈來愈遠離自然的軌道而已。

中國的大雨大汛通常發生在「七上八下」之時，也就是七月上旬至八月下旬期間，今年則出現「早汛」現象，三月西南大旱以後，四月南方便入汛，五月江南亦出現汛情，是二千年以來汛情最早的一年。這是否大自然向人類發出的又一強烈警號？人類意志強加於大自然的結果，只有破壞，再破壞，直至摧毀一切。

二〇一〇年七月

昌江之夜

那一個夜，用過晚飯而時候尚早，在酒店稍事休息後，便與玉琴往外走。但這次並不是漫無目的地閒逛，而是往江濱方向走去。由於來時已注意到酒店就在昌江旁邊，所以既不怕晚，亦不管疲累，信步昌江，欣賞這個夜的溫柔。

景德鎮不愧是瓷器之都，甫踏進地界，瓷便排闥而來。這裡的街燈燈柱全是被燒上各式畫圖的瓷所包裹着的，極有特色，亦為這個地方添上獨有的人文精神。景德鎮產瓷名聞中外，歷史久遠，但始自何時則眾說紛紜。一般認為景德鎮的陶瓷業始於東漢時期，而根據《江西通志》，景德鎮的陶瓷業，是從南北朝的陳朝開始聞名天下的。

導遊跟我們說，景德鎮是第一個以皇帝年號命名的地方。「景德」是宋真宗的年號，名字也是宋真宗御賜的。宋代是景德鎮制瓷的黃金時期，而這個時期的亮點是影青瓷。影青瓷又名青白瓷，其釉色青白，釉面明淨，胎質白皙，溫潤如玉，所以有「假玉器」之稱。二〇〇七年廣東海域打撈出水的宋代沉船「南海一號」，便載有景德鎮的青白瓷器，說明在宋代的時候，景德鎮的瓷器已經行銷海外。

景德鎮處於江西省鄱陽湖流域，昌江是景德的重要河流，把鎮劃分為東西兩區，也是古代景德鎮物流運輸的重要渠道。昌江發源於安徽南部山區，大致呈東北往西南的走向穿過景德鎮城區，全長約二百二十公里，在鄱陽縣注入鄱陽湖。在一九五九年昌江大橋建成以前，鎮上只有浮橋連貫兩岸。一旦昌江洪水氾濫，浮橋不能通行，昌江東西兩岸交通便要中斷。

說到洪水，去年（二〇一〇年）的特大澇災記憶猶新。當時昌江鄱陽縣境內，全線超越警戒線兩米以上。整個江西省共有三十三個縣市一百二十多萬人受災，數以萬計的人民被迫緊急轉移。而受到長江上游洪汛和鄱陽湖水位上升雙重影響，鄱陽湖水位全線超越警戒線，昌江亦未能倖免。

然而，眼下的江面卻溫順得可以。大自然真是千變萬化，無法觸摸。人類自詡萬物之靈，其實亦不過是自欺而欺不了人的謊言而已。畢竟剛剛立夏，天氣仍不致太熱，加上江上習習涼風，不少人在兩岸乘涼休憩，加多兩個閒人當然不會嫌多，不過為江濱留下兩雙外來的足印而已，也令這個晚上平添趣味。

我們入住的酒店，座落於景德鎮繁華的商業街珠山中路，毗鄰珠山大橋。橋的此岸是沿江東路，對岸則是沿江西路。珠山大橋與昌江大橋和江南名閣龍珠閣遙相呼應。說起龍珠閣，又是一段辛酸。

龍珠閣位於景德鎮珠山舊址。唐時稱聚珠亭，宋朝改作中立亭，明代易名朝天閣，到了清代再改為文昌閣。明清兩朝均在此設立御窯，專造皇宮用瓷。故此，這裡留下了明清兩代大量珍貴文物，龍珠閣也因而成為了景德鎮瓷器的象徵。然而，這裡燒的瓷並非必定可以進宮，仍得經過篩選，若一旦落選，亦不得流傳民間，必須擊毀，埋於地下。現在龍珠閣展出的珍品，便全是出土的落選作品的殘件。所謂皇家御用，其命運亦可以很淒涼。這不禁令人想起從前的宮女妃嬪，其最終命運大都離不了入土一途。

樂趣不一定需要到處搜尋，更不一定需要購買。這裡的人都顯得那麼安然閒適，不論男女老少，情侶家小，還是做運動的市民，都各行其是地享受着昌江的夜。也許時候尚早，行人不算太多，但前者呼後者應，熱鬧而不致喧囂，語浪亦不覺吵耳。不少三三兩兩

坐在岸邊納涼的，可能在傾談心事，也有帶着孩子的，邊走邊唱着兒歌。其中不少明顯是附近的居民，因為他們身穿睡衣。這亦是中國大陸的一大特色，也只有今天的大陸，居民才會穿着睡衣往街上走。

珠山大橋的橋頭還有人賣唱，引來不少途人圍觀欣賞。表演者的歌藝亦有一定水平，起初我們還以為有人在播光碟。馬路旁邊被燈泡照得五光十色的涼亭，也有人在即興演奏，縱使與橋頭的歌聲互不相干，卻又相互呼應，和諧悅耳。音樂的符號在江上來回飄揚。

我們步出酒店的時候，天色已全黑，但此時對岸的燈影倒掛在江上，閃亮的珠山大橋與耀目的昌江大橋盡收眼底，江上還在發放煙火，七彩的畫圖實在美妙。這時亦忍不住要啟動照相機，雖然沒有三腳架，但在橋頭找到了一處可以安放照相機的位置，運用自拍功能，仍拍下了數幀如油畫般豔麗的相片。玉琴和我均喜出望外，這個可以算是意外的收穫罷！

拍完照片，便朝昌江大橋的方向走，由於距離太遠，我們是不能走過去的，只能從遙遠的這方眺望一下而已。漫步江濱，可以選擇在沿江東路上走，但我們選擇了下面的步道。步道亦分兩級，加上沿江東路，也就是共有三級。馬路旁當然是最多行人，也有較多的照明，而中間那一級行人較少，也許是因為照明不足罷！最低的一級也是最接近昌江的一級，行人亦較中間那級多。

在珠江大橋和昌江大橋中間，有一條浮橋貫通兩岸，我們從珠山大橋望過去的時候，還不肯定那燈火通明橫貫江心的地方是什麼東西，當我們愈走愈近，便察覺到它原來是一條浮橋，直至走到浮橋的面前，才發覺橋上比江濱更熱鬧，行人熙來攘往，亦有不少人在垂釣。

我們在浮橋前駐足良久，亦同樣運用自拍功能，拍了數幀照片，然後便原路返回。此刻伴着我們散步的，除了行人和燈影，還有晝伏夜出的蝙蝠、草叢的蟲鳴和天上的彎月，以及久違了的群星。我仰天定睛看了一會，找到了北斗七星的位置，心中突然湧起一股莫名的親切和說不出的喜悅。旅遊不是只看景點，一襲涼風，一點星光，加上一種心情，足以令一段旅程留下難忘的印記。

二〇一一年五月十五日

龍虎山印記

環山抱翠，臨河濯足，不涉人間煙火，遠離紛擾俗塵。那裡應是個世外桃源式的村莊。導遊更說「無蚊」並非僅是這條村的名字，這條村真的四季無蚊云云。但為何在鄉郊野外可以沒有蚊子？導遊說是因為村莊附近有一山洞，洞內有成千上萬的蝙蝠，蝙蝠把蚊子吃光了。

啊！原來如此，但若蚊子都給吃光了，成千上萬的蝙蝠又如何生存，如何繁衍下去？當蝙蝠餓死了，蚊子又再次孳生，那又如何稱得上是四季無蚊的「無蚊村」？若有蚊子給蝙蝠吃，那又怎算無蚊？村內擺地攤的婆婆便一語道破：「導遊騙人！」

至於無蚊的原由，當地人另有一個說法。村子中央的廣場上，建有一幅牆畫，俗稱「影壁」，上面刻畫着「天師驅蚊孝母」的故事。相傳張天師陪同親遊仙水岩，當晚在許家村投宿，張太夫人被蚊子咬得遍體紅腫，痛癢難熬，便責怪兒子身為天師，法力高強，卻對付不了小小的蚊子。張天師見到母親這般模樣，心中不忍，亦不甘受責，於是便連夜作法，把所有蚊子驅走了，這一下不獨驅走了蚊子，還令蚊子從此再也不敢回到這條村。於是，許家村便變成了「無蚊村」。

故事雖有點神化，但卻流傳至今。父母愛子女無微不至，子女盡孝亦是分所當為，最怕是愛不得其法，反變成害。畢竟愛從來就是非理性的，亦是人類無知的源頭之一。

神話傳說不足信，導遊故事無實據，那麼為何無蚊？在村內觀光的時間雖短，但真的感覺不到有蚊叮蟲咬。當然，在這裡留宿可

能有另一番體會，但這條被山野樹河包圍着的小村沒有蚊子，亦真的教人嘖嘖稱奇。也許是大自然的巧妙，這裡地理環境殊異，又或是周遭的樟樹、竹柏和某些獨特的植物，真有驅蚊除蟲的作用罷！

無蚊村其實不大，一會兒便逛完，但它的名氣卻委實不小。村子座落於三面環山、一面臨水的平地，如今仍有民居，也有擺地攤的小販。沿着石板路走，可以看到一座門樓。據說門樓始建於明朝永樂年間，乾隆年間曾經修葺過，但飽歷風霜雨侵，已看不到當年氣派，只是默默地訴說着祖先的風光。門樓現在掛上了「續衍箕山」的牌匾，是二〇〇〇年修的。

村臨蘆溪河，從前只有水路可以進出，但在龍虎山腳下，總也沾了一點靈氣，使得這條小小的村子有如人間仙境。雖然現在可以乘坐小火車從陸路進村，但一般遊人都是乘竹筏或小船從蘆溪河上岸的，遊完村再乘小火車離開。

這一程，我們也是先乘船在蘆溪河上漂流，再上岸往「無蚊村」。夾岸山巒，蔥蔥郁郁，淥淥河水，潺潺進耳。在船上一邊欣賞兩岸風景，一邊想像神仙故事。那邊一個猩猩頭，這裡一個被咬了一口的仙桃。還有那個有名的「尼姑背和尚走不得」，更是一絕。由於那座山峰狀似相互依偎的夫妻，所以又名「夫妻峰」。當地導遊跟我們說，相傳山峰對面仙人城的尼姑庵中，曾經有位非常美麗的尼姑愛上了一位和尚，兩人最後決定私奔，但被其他僧眾趕上，張天師憐其真心相愛，便施展定身法，讓他們永遠相依在一起。漂流，原來可以這麼愜意。

龍虎山的懸棺是千古之謎。蘆溪河漂流當然不能錯過懸棺表演，雖說藉着現代技術可以為一眾遊人表演置放懸棺的過程，但崖上數以百計的懸棺，從前到底是如何放進去的，謎團卻始終未解。

仙水岩峭拔險峻，岩壁光滑如削，岩腳下便是瀘溪河。崖上絕壁布滿大小不一、星羅棋布的岩洞，據估計共存放了二百多具前春秋戰國時期古越人的懸棺，分布於二十至五十米高的位置，部分更高達百米。從河面往上仰望，還可清晰看見洞口或釘木樁，懸棺隨處可見。離水面數十米的懸棺，古時候如何安放進內，為何要進行懸棺葬，死者身分為何，學者專家亦眾說紛紜，莫衷一是。

至於現在的表演，為了討個好意頭，故名為「升棺表演」。工作人員用繩子從山頂把表演的人放下來，然後以滑輪把棺木吊上半山腰的山洞，表演的人便把吊起的棺木推進洞內。雖然表演教人嘆為觀止，但這畢竟是今人想出來的表演，古代有沒有滑輪和類似的纜索，根本成疑。假如從前是鑿洞藏棺的，那麼工程便更加非同小可了。但不論如何，讓先人得個安樂處，孝之大也。

除了懸棺之謎，江西龍虎山的丹霞地貌亦是一絕。在漂流之先，我們便見識過了。龍虎山景區內，峰岩都由紅色砂礫岩構成，以赤壁丹崖為特色，正是砂礫如丹，山嶺若霞，地質學上稱為「丹霞地貌」。大陸只有龍虎山、福建武夷山和廣東丹霞山三處。有人形容這種地貌氣宇軒昂，具陽剛之氣，但龍虎山卻不算高大魁宏。然而，山中一石一岩、一山一景、一水一木，都美態紛呈，意象萬千。

正是山不在高，有仙則靈。龍虎山位於江西省鷹潭市郊西南，原名雲錦山。東漢中葉，道教第一代天師張道陵在山中煉丹，傳說「丹成而龍虎現」，故改名龍虎山。龍虎山是道教第二十九福地，也是道教發祥地。自張道陵以降，道教歷代天師都在這裡修道，歷來被尊為「道教祖庭」。山上規模宏大的上清宮部分建築和歷代天師起居之所的「嗣漢天師府」至今尚存。

與其說是一座府第，天師府更像是建築工藝群，整個府第由府門、大堂、後堂、私第、書屋、花園、萬法宗壇等組成，布局和風格保持着道教正一派神道合居的鮮明特色。值得玩味的是，府外有七株老榕樹，每株的歲數都以百年為單位，而它們獨特之處，是按北斗七星的方位而植養的。七株樹也分別冠以天樞、天璇、天璣、天權、玉衡、開陽、遙光之名，饒有意思。

府第紅牆深院、彤壁朱扉、八卦鋪地，予人以莊嚴詭秘的氛圍。八卦代表「天地水火風雷山澤」，太極圖則顯示陰陽對立統一和動靜平衡的哲理。府門上一對楹聯：「麒麟殿上神仙客，龍虎山中宰相家。」更是出自明代大書法家董其昌的手筆。

天師府門上楹聯，出自董其昌的手筆。

為何是宰相家？說來話長，張道陵其實是張良的第九代玄孫，當年劉邦得天下後，經常在麒麟殿召集曾經助他打江山的重臣議論國事，那當然包括漢初三傑之一的張良。但張良官封留侯後急流勇退，跟赤松子學道，傳說他後來升仙羽化。天師府便是麒麟殿上神仙客張良及其子孫的家。

　　今天龍虎山已列入國家地質公園，也是世界自然遺產。但若真的是「道高龍虎伏，德重鬼神欽」的話，山中便不應有半聲哀音。府內庭院深深，府外百姓淒淒。

　　天師府外畢竟是俗世紅塵，而塵世離不開的是苦。天師府外的街道兩旁，滿布仿古的新建民房，二樓住人，地面營商，而街上則滿布擺地攤的，主要售賣竹筍、果子，還有針對遊客的紀念品。這裡的居民尚算樸素，但生活恐怕好不到哪裡去。而前往天師府沿途所見，道旁仿古的建築非但不能予人古樸典雅的感覺，反而令人戚然，還有教人心酸的場景：在診所門前，不少母親抱着正在打點滴的嬰孩。

　　也許是有道之山益顯無道之弊。這次龍虎山之行，印象最深刻的不是丹霞地貌，不是懸棺表演，亦非雄拔的宰相家，而是烙在腦海的這個印記。

二〇一一年六月五日
二〇一九年一月七日修訂

訪孫中山故居遇醉龍

　　正是相請不如偶遇，聞名不如見面。原先應該在佛誕才得以一見的「舞醉龍」，這個農曆二月，在孫中山故居遇上了。

　　舊時香山童謠說：「舞龍船頭，吃煙楔餅，歡天喜地夠晒盞（過癮）。」這個「舞龍船頭」，指的就是「舞醉龍」。醉龍源於中山市西區長洲村，輻射至珠海、澳門一帶，屬於國家級非物質文化遺產。道光年間的《香山縣志》記載：「四月八日，浮屠浴佛，諸神廟雕飾木龍，細民金鼓旗幟，醉舞中衢，以逐疫，曰轉龍（醉龍）。」

　　傳說很久以前，某一年的四月初八，即浴佛節當天，一位遊方僧人來到香山縣龍塘樹坑小河邊洗澡。突然有一條大蟒蛇向他電射奔來，他隨即拔出寶劍，將蟒蛇砍成數截，掉落河中。

　　此時，一位醉醺醺的漁翁恰好路過，糊裡糊塗地一手抓起蛇頭，一手捉住蛇尾，手舞足蹈起來。那條蟒蛇竟然復生，化龍飛去。餘下的幾段蛇身，在河邊變成了幾棵煙楔樹。後來，當地發生瘟疫，死了很多人。有人偶然發現煙楔樹葉搗碎沖水喝，可以治癒疫病。從此以後，每年的佛誕，人們都會用煙楔樹葉製成煙楔餅慶節，並以「舞醉龍」的方式酬神。

　　「舞醉龍」原是模擬傳說中的情境，由醉漢各執以樟木等堅實木料製成的龍頭、龍尾，乘着酒意即興舞動，重點是「形醉意不醉，步醉心不醉。」如舞龍者表現得過於清醒，旁邊手持酒罈者，便會灌他喝酒，務必令舞龍者帶醉而舞，愈舞愈醉，直至醉倒或筋疲力盡。果真是「直須爛醉酬佳節，莫惹人間半點愁。」

眼前的「主角」，那紅彤彤的醉龍，長約三尺，金角、黑眼、紅嘴、白牙、金鱗、綠鰭，既別具一格，亦威猛懾人。場中央的紅色大鼓，畫上「舞醉龍」的基本舞步動作。這個大鼓，可容兩名大漢在上面舞龍，一人手持醉龍，功架十足；另一人則手持酒罈，不時灌手持醉龍者飲酒。不過，據說現在酒罈內的已不是米酒，而是清水。

圍繞着大鼓的其他舞者，也是清一色男子，原因是這個傳統是傳男不傳女的。他們身穿紅色長褲和寫上「醉龍」字樣的黑衣，頭纏寫上「中山長洲」的紅布。名副其實是「紅錦纏頭舞醉」也！

有意思的是，在這場「舞醉龍」的過程中，一群年輕人闖了進來，以街舞與之交集。這個也稱得上是創新罷！畢竟，「舞醉龍」的本質也就是即興！舞至末段，還有一漢掮着擔挑，挑擔兩個大酒埕逡巡其中，趣味盎然，煞是好看。而這一刻，也不知到底是誰醉了。

至於這天在孫中山故居「舞醉龍」的原因，也許是拍攝紀錄片或宣傳片之類，但卻平白便宜了這兩個閒人。

話說回來，雖然孫中山先生在香山的翠亨村出生，而香山亦因此而改名中山；但根據孫中山故居《孫氏家譜》所載，中山先生祖籍東莞，是在下的同鄉。《譜》載：「始祖、二世、三世、四世祖俱在東莞縣長（上）沙鄉居住。五世祖禮讚公，在（由）東莞縣遷居來湧口村居住。」

由於家道中落，中山先生小時貧窮，後全賴兄長孫眉在檀香山經營有道，家境才得以改善。所以，眼前的孫中山故居，其實是一八九二年擴建而成的。正門那副對聯：「一椽得所，五桂安居」，便是擴建後，孫中山親筆撰寫的。雖然只是一間普通村舍，陳設簡

潔，樸實無華；但「山不在高，有仙則名。水不在深，有龍則靈。」
這幢房子，惟孫德馨！

正由於家道中落，那時候的孫家，彷彿就是《大地恩情》劇情的現實版。除了兄長孫眉，中山先生的兩個叔父，早年也遠赴他鄉謀生，而且在他出生前後便因病逝世。孫中山看到積弱無能的清朝，外國列強的欺侮，便矢志致力救國。他曾說過：「幼時的境遇刺激我……我如果沒出生在貧農家庭，我或不會關心這個重大問題。」

孫中山故居是一幢磚木結構、中西合璧的兩層樓房，有一道圍牆環繞着庭院。圍牆正門外南側有「全國重點文物保護單位孫中山故居」石刻牌匾。正門南側有宋慶齡手書的「孫中山故居」木刻牌匾。前院北側原有一間約四米寬，八米長的房子，是一八六六年十一月十二日，孫中山出生的地方。一八九二年擴建時，那間房子改作廚房，並挖了一口水井。到了一九一三年孫眉擴建後院，增建廚房後，才拆掉那屋子。

步進庭院，不難發現前院南側那株酸子樹。酸子酸子，子孫子孫，也蠻有意思的。這樹，據說是一八八三年，孫中山從檀香山帶回種子，在這裡栽種的。郭沫若曾經留下「酸豆一株起臥龍，當年榕樹已成空」的詩句。

詩中的榕樹，指的是中山先生童年時，聽村中老人講洪秀全故事的那株大榕樹。孫中山後來回憶他的革命思想時，也承認根源於此。中山先生說過：「革命思想之成熟固予長大後事，然革命之最初動機，則予在幼年時代鄉關宿老談話時已起。宿老者誰？太平天國中殘敗之老英雄是也。」現在立有銅雕塑「根」以作紀念。

雖然，今天大家都以孫中山，中山先生稱之，但究其實，中山先生從未自稱孫中山。他一直自稱孫文，英文名字則是「Sun Yat Sen」（孫逸仙）。中山先生幼名帝象，學名文，字德明，號日新，後改號逸仙。旅居日本時化名中山樵，「中山」因而得名。

一九〇三年，章士釗將孫中山好友宮崎滔天之著作《三十三年之夢》，翻譯為《大革命家孫逸仙》時，將本姓與化名連用，將「中山樵」改為「孫中山」，成為後人對中山的通稱。章士釗說：「時先生名在刊章，旅行不便，因易姓名為『中山樵』，『中山』姓，『樵』名……顧吾貿貿然以『中山』綴於『孫』下，而牽連讀之日『孫中山』。始也廣眾話言，繼而連章記載，大抵如此稱謂，自信不疑。頃之一呼百諾，習慣自然，孫中山孫中山云云，遂成先生之姓氏定形，終無與易。」這個，也許就是歷史的弔詭。

我和玉琴兩個閒人，沿兩旁高聳的橡膠樹，信步離開故居之際，再一次被道旁的「郵政信箱」所吸引。郵箱以繁體字，由右至左橫寫「孫中山故居郵局／下次提取／十六時整」。不知道這個郵箱是否真的在運作，只見它默默地守在那裡，等待着什麼似的。

刊於二〇一九年六月九日香港《大公報》文學版

清暉園說不完的故事

南北朝詩人謝靈運〈石壁精舍還湖中作〉云：「昏旦變氣候，山水含清暉。清暉能娛人，遊子憺忘歸。」中華士人，雖然從來都是學而優則仕，但卻一直徘徊在仕與隱之間。謝靈運一生仕途坎坷，多次免職、歸隱、復出。最後在流放廣州期間，被指謀反而就地正法，終年才四十九歲。

話說宋景平元年（西元四二三年）秋天，謝靈運稱病辭去永嘉（今浙江溫州）太守職務，回到故鄉會稽始寧（今浙江上虞）的莊園隱居。那裡是他曾祖謝安高臥之地，又是他祖父謝玄經營的莊園，有南北二山，祖宅在南山。詩題中的湖，指巫湖，是南北二山之間的唯一水道。這首詩當作於元嘉元年至三年（西元四二四至四二六年）之間。

詩末四句：「慮澹物自輕，意愜理無違。寄言攝生客，試用此道推。」意思是一個人只要思慮淡泊，那麼，名利得失，窮達榮辱等等身外之物，自然就看得輕了。只要自己心裡常常感到愜意滿足，不違背宇宙萬物的大道，一切皆可順情適性，隨遇而安。這種因仕途屢遭挫折，而又不以名利得失為懷的豁達胸襟，在那政治混亂、險象叢生、名士動輒被殺、爭權奪利劇烈的時代，既有遠禍全身的因素，也有志行高潔的一面。

那個六月天的下午，偶然地走進廣東四大名園之一的順德清暉園，那寧靜、和諧、高雅、逸興的氣韻，真的教人忘歸。園中布局錯落有致，古樸而不拘一格，細膩而不失大度。而借山為山，借景為景，這個融入自然，天人合一的精神世界，更是傳統士人「獨善其身」的舞台。

進園之後，首先步入真硯齋，那裡是當年龍家子弟讀書的地方。外簷廊用兩根石柱支撐，石柱和木橫梁之間各有一幅以蝙蝠為題材的木雕。「蝠」者「福」也，是傳統的吉祥物。齋的內部，綠梁白瓦，清爽宜人。設計者刻意將齋的正面安置在惜陰書屋的背面旁邊，向着另一個風格不同的庭院。這裡濃蔭蔽目，景點很多。最吸睛的是一眼突起於地面的六角長形水池，池中建有精美的假山，金魚游翔於石山洞隙之間，石山暗設泉眼，終日滴水瀝瀝。為這南方酷地，流一點涼滲，消一分暑氣。

清暉園構築精巧，布局緊湊。庭園空間主次分明，結構清晰。利用碧水、綠樹、古牆、漏窗、石山、小橋、曲廊、甬道等與亭臺樓閣交互融合。也許是園主對高節虛心的竹有獨特的喜愛，園內多處都有竹的形象，還在庭園南樓後闢一院落，名為「竹苑」。竹苑地幅狹長，廣植修篁。真箇是「風過有聲留竹韻，月明無處不花香。」

筆生花館位於竹苑後半部分，是唯一以正面向着這個狹長庭院的房舍。它是一間磚木結構平房，建築古樸淡雅。內分一廳兩房，廳房之間用鑲嵌了印花玻璃的門扇隔斷。房門頂各有一幅梅花圖。廳堂前邊柱梁間用大型通花雕掛落作裝飾。西窗上有彩繪灰塑「蘇武牧羊圖」。

顧名思義，館名用了「夢筆生花」的典故。唐代馮贄《雲仙雜記·卷十·筆頭生花》：「李太白少夢筆頭生花，後天才贍逸，名聞天下。（《開元天寶遺事》）」傳說李白兒時，曾夢見自己的筆頭開出奇花。後來長大，果然詩才橫溢，名聞天下。說起「夢筆生花」，又想到「江郎才盡」。

南朝梁時期鍾嶸《詩品·齊光祿江淹》：「初，淹罷宣城郡，遂宿冶亭，夢一美丈夫，自稱郭璞，謂淹曰：『我有筆在卿處多年

清暉園的彩繪玻璃工藝已經失傳。

矣，可以見還。』淹探懷中，得五色筆以授之。爾後為詩，不復成語，故世傳江淹才盡。」傳說是浪漫的，現實卻是殘酷的。江淹前半生命途坎坷，嘗盡艱辛，百感煎熬。他將心中的激盪，全數化作優美詩文。但後半生官運亨通，安富尊榮，感情之波亦不再翻騰。故後期作品不如早年。由是觀之，假如屈原沒有被流放，也許便沒有楚辭。陶潛繼續當公務員，便不會有歸去來辭。李杜若仕途平坦，悉展抱負，便可能沒有詩中仙聖⋯⋯。

　　話說回來，清暉園的主體建築是船廳，是全園建築精華之一。它仿照珠江畫舫「紫洞艇」建築的兩層樓舫。傳說當年園主有一位掌上明珠，特意為她建此臨水船廳，作為閨房。所以船廳又稱「小姐樓」。船廳分兩層，上層牆壁設通排的窗戶，構成優美圖案，整體玲瓏剔透。門旁掛有廣東書法家關曉峰所書的對聯：「樓臺浸明

月，燈火耀清暉。」室內以鏤空芭蕉雙面圖案的木雕落地罩為間隔，分成「前艙」與「後艙」。人在其內，恍如置身蕉林，頓生涼意。

船廳前有兩口池塘，似將樓船浮在水中，船尾有丫環樓，船頭栽有一株沙柳，柳邊有一紫藤，猶如一條纜繩。船廳旁邊的惜陰書屋，與之成直角排列，船廳左前方伸出一條短廊與書屋相接。書屋取名「惜陰」，也就是珍惜光陰的意思，表達了園主對後輩的勸勉。

遊園當日，還欣賞到現場演奏的廣東音樂。原來園內每天都由清暉粵韻曲藝社的一班長者，演奏粵樂，《孔雀開屏》、《春風得意》、《步步高》等經典曲子一首接一首，旋律喜氣明快，極具地方特色，成為清暉園獨有的一道人文景觀。遊人樂而忘返之餘，演奏者亦樂在其中，彼此樂也融融。

撥水分花地在清暉園內游走，除了花樹水池，還有一座座流光溢彩、玲瓏有致的玻璃小築。穿過暗八仙堂，一座晶瑩閃爍的玻璃屋便排闥而來，那個便是紅渠書屋。書屋不砌磚牆，廊柱間全用隔扇組成，四周鑲嵌彩色玻璃，裝飾成滿洲窗，剔透玲瓏，色彩絢麗，華而不俗。這些玻璃分上下兩部分，上半部以不同的色塊組成寶鼎、花瓶、水果等圖案，宜於遠觀；下半部以線條勾勒竹石蘭碟、小橋流水、喜鵲登梅等景物，宜於近賞。

據說清暉園內其他裝飾門窗的彩繪玻璃，都是清代套色玻璃製品，是當年嶺南玻璃業的工匠，利用意大利、法國進口的套色玻璃，運用中國古代獨有的蝕刻、車磨手繪等工藝製成。而這些玻璃製品只用於當年嶺南官宦富戶的豪宅。可惜這門工藝已經失傳。

狀元堂的牌匾由清代書法家梁同書所題寫，鈐印為朱文「梁同書印」。眼前的狀元堂，富麗堂皇，掛滿宮燈，依舊一片大登科的喜氣。但身處堂中，卻又不無感慨。順德曾誕生張鎮孫、黃士俊、

朱可貞、梁耀樞四位狀元。其中的朱可貞，是明朝末年一位受人敬重的武狀元，更是廣東第一位武狀元。相傳朱可貞是個美鬚公，膂力驚人，使大刀，刀法如神；挽強弓，百發百中。

崇禎元年（西元一六二八年），朱可貞高中武狀元，授錦衣副千戶，封昭將軍。但他一向直道事人，結果觸犯上司，貶謫廣西柳州。不久因廣東海盜猖獗，他被調往廣東清剿海盜。這樣一來，朱可貞雖然吐了一口烏氣，但大破敵巢，海盜遠颺之後，又被調回廣西，英雄再無用武之地。雖然朱可貞多次上書請求調往遼東前線，但一直被佞臣阻撓，不予批復。後來，他目睹奸佞當道，國運日衰，已到了不可收拾的田地，終於徹底失望，辭官歸里，作詩寫字，寄情山水。

朱可貞有詩集傳世，留下「世情冷暖人秦越，卻憶淡交懷白雪。援琴一奏來知音，共挹清風嘯明月。」、「藥石金蘭素不移，淡交真與古人期。知我誰無稱管鮑，相顧全憑急難時。」等詩句，反映其人的情操志高。歷史的無奈是，縱有亡國之佞臣，但君卻絕對是亡國之君。只是朱由檢至死不悟。

言歸正傳，清暉園原是明萬曆狀元黃士俊的宅第。萬曆三十五年（西元一六〇七年），順德杏壇鎮人黃士俊高中狀元，官至禮部尚書、大學士。為了光宗耀祖，於天啟元年，在城南門外的鳳山腳下修建了黃家祠和天章閣、靈阿之閣。清乾隆年間，家道中落，庭院荒廢。當地望族龍應時得中進士，購入天章閣、靈阿之閣。之後龍應時傳與其子龍廷槐和龍廷梓，後來廷槐、廷梓分家，庭院的中間部分歸龍廷槐，左右兩側屬龍廷梓。龍廷梓將左右庭院建成以居室為主的庭園，稱為「龍太常花園」和「楚薌園」，俗稱左、右花園。後來龍太常花園又賣給了曾秋樵，其子曾棟在此經營蠶種生意，掛上「廣大」的招牌，故又稱廣大園。

那邊廂，龍廷槐於乾隆五十三年（西元一七八八年）考中進士，曾任翰林編修，記名御史。嘉慶五年辭官南歸，居家建園。嘉慶十一年（西元一八〇六年），其子龍元任請得江蘇武進進士，書法家李兆洛書寫「清暉園」三字於正門上方，正式命名「清暉園」。園林經龍家五代多次修建，遂形成了格局完整而又富有特色的嶺南園林。

龍元任的孫子龍令憲，有一首名為〈清暉園〉的詩：「我園清暉，在城南隅，有池有館，八九畝餘。中植嘉木，千百為株，色花聲鳥，四序周如。以鳴代琴，以讀我書。畦蔬初熟，廚釀盈壺，興來不淺。弄翰執觚，抗古暴哲，風于唐虞。」可見當時的清暉園嘉木花香，鳥鳴蔬熟，墨香幽淡，書香綿綿。

龍令憲還有一首名為〈新年〉的詩：「隔牆風影送秋千，道是新年勝舊年。似水光陰成半百，如雲車馬勝三千。深杯得酒添顏色，好鳥當窗當管弦。」從中可以看到當年望族鼎盛時期，賓客如雲，戶限為穿的景象。不過，那已成絕響，因為，隨之而來的抗戰，龍家亦不得不遠走他鄉，只剩下這十畝方塘，一片荒草。

眼下的清暉園，見證了氏族興衰，經歷過時代更替，默默守着一片土地，細訴着一個說不完的故事。承傳着淡泊愜意，不違大道，一切順情適性的精神。只是現實的無奈是，今時今日，這片曾經的高臥之地，文化藝術的寶庫，其吸引力也許不及旁邊清暉路的「大良崩砂」！

刊於二〇一九年十月六日香港《大公報》文學版

古芝地道

二〇一三年春節，再次來到越南，這次也可以說是專程為探訪古芝地道而來的。這條舉世聞名的隧道，記載着一段可歌可泣的歷史，也是越南人引以為傲，向世界展示民族意志和力量的印記。

古芝地道本身就是一個傳奇，始建於二十世紀四十年代抗法戰爭時期，在越戰期間更是發揮了出奇制勝的作用，當時被稱為「越共總部」。美軍雖知其存在，但由於地道結構錯綜複雜，甚至無法掌握游擊隊的行蹤，久攻不下，對之束手無策。

地道的出現，可以說是天、地、人的結合。在抗法戰爭期間，由於古芝地區的土質非常堅硬，越南人便想出挖掘地道展開游擊戰，如隱者般神出鬼沒，令敵人無法捉摸。古芝地道在越戰時期發揮了更大的作用，而且大規模擴展，總長達二百五十公里，發展成一座設施齊備的地下城市。地道共分三層，最高一層深約三米，最下層則深達八米。內裡設有水井、糧倉、會議室、廚房、宿舍，甚至醫院。然而，地道生活說到底也是非人生活，若非殘酷的戰爭，相信沒有人會願意在不見天日的地底生活，加上地道委實狹窄，僅容一人匍匐而行，而且只靠煤油點燈照明，箇中滋味，實不足為外人道也。

古芝地道遺跡獲保存在濱藥（Ben Duoc）和濱亭（Ben Dinh）兩處，距胡志明市中心西北約七十公里。我和玉琴這次參訪的是規模較大的濱藥地道，濱藥地道位於古芝地道系統，是西貢嘉定軍區區委和司令部，於一九七九年四月列為國家級遺跡。雖然經歷過美軍的狂轟濫炸，這裡幾成焦土，但現在已大致上回復叢林的本色，還保留着一些「被補」的美軍坦克和戰車，以及一些受轟炸而造成

的陷坑。這裡還設有射擊場、禮品店、餐廳和小賣部。射擊場有各式槍械可供射擊，不少遊人都興致勃勃地燒槍，我雖曾練習氣手槍射擊，但對實彈射擊卻始終敬而遠之。兵乃兇器，說到底，戰爭和武器，不應視為遊戲。

甫抵達濱藥地道，首先便要走過一條地下通道，導遊打趣地說我們已完成了參觀。但究其實，那不過是營造氣氛的手段而已。導遊首先引領我們到一間茅舍觀看紀錄片，內容講述越戰的一些事蹟，以及地道的生活點滴。茅舍內還有些特別的裝飾，如美軍和越軍領地的地圖、一些彈殼等。

看完紀錄片，導遊便帶我們到戶外，首先向我們指出一個藏在樹幹底部的排氣孔，那是隧道用以通風和排走炊煙的氣孔，原先是非常隱蔽，無法察覺的，但為了讓遊客清楚看見，樹幹底部現在都堆起了土墩，造了標記。看到這些排氣孔，怎不教人佩服越南人與大自然為伍的智慧。接下來是參觀一些當時游擊隊用來對付美軍的陷阱。都是一些尖樁坑、釘坑等簡單、有效而且恐怖的陷阱，在掩護物的遮蔽下，壓根兒無法看得出來。與其說是對付美軍的陷阱，不如說是用來捕獸的機關更貼切。

當導遊帶我們參觀只有一張打字紙大小的地道入口時，更加不得不向當年的游擊隊員深深致敬。地道的入口就是那麼小，而且非常隱蔽，鋪上樹葉，與周遭環境幾乎混為一體，敵人自然難以察覺，但他們卻可以藉此來去自如。可以想像當年的游擊隊員必定都是瘦小的，亦沒有如美軍所擁有的重型武器，就是這樣憑着天時地利人和，化整為零，以小勝大，以弱勝強。也許這就是所謂的以柔制剛。

小賣部外邊是另一個茅舍，裡面有人示範做米紙。米紙是越南人主要的食物之一，有如春卷皮，但比春卷皮更薄，近乎透明，是

用米漿做成的，可以包着各種食物來吃。食糧是對戰的基礎，當年游擊隊都是一邊抗戰，一邊耕作的。

禮品店的紀念品可謂琳瑯滿目，這裡還有用彈殼造成的模型。而最有特色的東西，是當年游擊隊穿的輪胎鞋。據說這是胡志明想出來的，利用美軍留下來的輪胎作材料，不用針線，全人手製作，而且極為耐用。看過售賣輪胎鞋的店子後，才發覺這裡的工作人員都是穿上這種鞋的。不過，現在的鞋和原先的設計已有不同，就是鞋頭和鞋跟的方向倒轉過來了。原先的設計是故意把方向反過來，令敵軍無法正確判斷腳印的方向，甚至誤導敵軍前往陷阱或地雷。

最後，就是戲肉了，我們隨着一名身穿軍服的工作人員鑽進地道，體驗當年游擊隊如何在地道內活動。在進入地道之前，導遊千叮萬囑謹記兩件事，一是不要停下來拍照，二是不要放屁。聽起來有點搞笑，但卻又不無道理。這條地道其實已是經過拓闊，專為遊客而設的，但我們仍不得不胼手胝足地爬行。我們只是象徵式爬行約十五米，莫說最深的第三層，就是第二層也不到。但內裡的暗黑和侷促，已足以教人深深的感受到當年越共游擊隊真的擁有超人的勇氣和耐力。

古芝地道見證了亦參與了兩次印度支那戰爭。第一次是爭取獨立而對抗法軍的戰爭。這場仗在一九五四年奠邊府戰役，北越贏得對法軍的決定性勝利，迫使法國撤出越南而結束。第二次是在南北越戰爭中對抗美軍的「對美救國抗戰」，也就是現今一般所說的越南戰爭。這場戰役由一九五九年點起戰火，直至一九七五年四月三十日，一架直升機從美國大使館撤離最後一批美國公民而終止。同日西貢陷落，北越的兩輛坦克衝入南越獨立宮總統府，南越政權正式覆滅。

西貢淪陷後，越南人民展開了投奔怒海的浪潮。自一九七八年匯豐號事件後，香港不斷接收越南船民。膾炙人口的「北漏洞拉」廣播亦是越南難民潮的產物。當時港英政府為防止更多越南人來港，實施新政策，所有新來港的船民，一律遣返越南。

　　在軍事上，美軍可以說一直佔上風，但北越軍事上的失敗，卻換來了精神上及宣傳上的大捷，加上南越政府的腐敗，令到民心思變。事實是，南越政府軍面對俗稱「越共游擊隊」的民族解放陣線節節敗退，而民族解放陣線亦已控制了越南南方的大部分鄉村，雖然有美國的軍事援助，但南越政府已無力阻止民族解放戰線的擴張。故此，美軍不是敗於武力，而是敗於政治的大潮流。

　　這場戰爭，各方都付上了沉重的代價。據一九九五年越南政府的正式公布，北越正規軍和南方解放陣線共有一百一十萬人死亡、六十萬人受傷、三十三萬人失蹤，而因空襲而殞命的越南平民人數，估計介乎五萬到十八萬之間。至於美軍，則有約五萬八千人陣亡、逾三十萬人受傷、二千多人失蹤。而據美軍估計，南越政府軍的陣亡人數亦超過二十萬人，受傷人數達五十萬。

　　越戰如何定性始終莫衷一是，但它是冷戰時代的一次「熱戰」，卻是肯定的。當年柏林一夜之間築起圍牆，共產主義旗幟高揚，當時以美蘇為首的東西方陣營，為了顯示力量，選了越南作為演練場，除了意識形態之爭，也在試驗新武器。期間美國華盛頓遙控式的空襲，顯然是徒勞無功的，但卻令到越南北部幾乎被夷為平地，儼若死城，有如煉獄，戰後的重建工作艱巨，至今仍未復原。而落葉劑的遺禍更深。記得上一次在戰爭證跡博物館還看見畸型的落葉劑受害者在演奏，攢取捐款，但這次已沒有了。到底是越南政府已撫平昔日的傷痕，還是要刻意隱去舊日的夢魘？

徜徉古芝地道，彷彿仍隱隱聽見炮火的轟隆，看到戰爭的殘酷。

刊於二〇一三年三月三十一日香港《大公報》文學版

從鴨肉扁到楊家雞捲

從台北捷運西門站鑽將出來，眼前燈影十色，人潮如鯽。雖已入夜，卻是燠熱非常，跟剛才在中山紀念堂，沐於習習清風，欣賞寧謐落日，可謂截然不同的兩個世界。

由於連結艋舺商圈的關係，台北府城西門的正式名稱為寶成門，取其「寶物成就」之意。城門始建於一八七九年，但於一九○五年遭到拆除，是台北唯一完全被拆卸的城門。

今天的西門町，原是位處西門外的一片荒地，在日治時期，日本人仿效東京淺草，在該處建成休閒商業區，成為台北娛樂流行聖地，其後一度沉寂。二○○○年後，隨着捷運板南線通車、中華路林蔭大道的闢建，以及西門商圈的重建，加上昔日獨特的風華元素，令西門商圈攀上另一高峰，更加鮮明地成為青少年次文化的標誌，亦是遊客必訪之地。

在潮與新的主導下，西門町卻仍保留着一些古早的東西。在有意尋訪與無心碰上之間，我們在如迷宮般的霓虹街角，找到了屹立於中華路超過半世紀的「鴨肉扁」。

「鴨肉扁」的陳設與令人目眩的西門町格格不入，簡樸的外觀，充滿昔日風情，檯椅都是可摺疊起來的那種。一樓（即地面）的樓面相當狹小，但它還有二樓，相信面積比較大。我和玉琴在門外等了不到兩分鐘，便有兩個「面壁」的位子。我們剛坐下，伙計便問我們要麵還是米粉，鵝肉切還是不切。原來這裡只賣三種東西，麵、米粉和鵝肉。

那麼為何名字叫「鴨肉扁」？原來早於一九五○年開業的「鴨

肉扁」，老闆的綽號便叫「扁」，當時只是路邊攤檔，的確是賣鴨肉的，但生意欠佳，兩年後嘗試改賣土鵝肉，生意便愈來愈好，更從攤販變成現今的兩層樓店子，而且是自置物業，經營至今已是第三代，有口皆碑遠近馳名，而「鴨肉扁」的招牌則一直沿用下來。

話說回來，伙計問我們要麵還是米粉時，我們還不明所以，問我們「切還是不切」，更加是丈二金剛摸不着頭腦。不切怎樣吃呢？卻原來真的有客人是不用切的，吃完便在店外的盥洗盤洗手。想來用手撕的吃法應該特別爽。

我們定過神來，望望壁上的菜牌，再看看其他顧客，才明白他的意思。鵝肉是四分一隻或是二分一隻一盤的，當然也可以要全隻。鵝的售價可不便宜，四分一隻售價五百元新台幣，半隻便是一千；麵和米粉都是五十元新台幣一碗。我們要了一碗麵和一碗米粉，但還沒有說要半隻還是四分一隻，伙計已為我們作了決定，給我們四分一隻。我心想，他的經驗可靠還是我們的肚皮說的準呢？結果是再叫多一碗麵。麵和米粉都加了適量的芽菜和一片鵝肉，湯底不加味精，但清爽鮮甜，頗合我的口胃，但這當然不是再叫多一碗麵的原因。

鵝肉是挺不錯的，就是骨多了一點，這也許是由於我們沒有指定要哪個部位的緣故罷！據說這裡的鵝是經川燙後輕度煙燻，鵝的肉質入口鬆化但不失口感，蘸着特製醬汁，更是津津有味。據說那是由潮州引入台灣繁殖飼養的獅頭鵝。由於店子不大，一隻隻燻得金黃色的鵝就掛在當眼之處，還可以看到廚師以俐落的刀法切成一盤又一盤的鵝肉。

其實，我們吃的又豈只是肉和麵，還有歷史的承傳與堅持，和一份情味。試想經過了六十多年，風味依然，而且這一代仍能抵受得住黃金地段的地價，沒有將舖子賣掉，這在現今功利的社會，算

是異數。假如那不是自置物業，恐怕這「鴨肉扁」早已成為歷史了。簡單不過的三種東西，其實最是不簡單。

「鴨肉扁」不賣鴨，而楊家雞捲則沒有雞。位於菁桐火車站的楊家雞捲，同樣已傳至第三代，見證火車站和煤礦的興衰。煤礦沒落了，但火車站卻隨着旅遊業而依然興旺。

周末晚上吃過「鴨肉扁」，翌日早上便乘台鐵出發往瑞芳，轉乘平溪線鐵路，原先打算到十分、平溪和菁桐三個大站，但因時間關係和始料不及的人潮，臨時決定不去平溪。乘平溪鐵路不到平溪，就像「鴨肉扁」不賣鴨肉一般「有趣」。

我們在十分逗留了很久，走過老街和靜安吊橋，看人家放天燈，買了寫上「十分幸福」的小天燈飾物，還在那裡用午餐。說實在的，那頓午飯實在十分差勁。然而，能夠端坐十分瀑布之前吃午飯，卻又愜意非常。

十分瀑布是台灣北部的著名瀑布，寬度四十米、落差二十米，因岩層傾向與水流相反，與北美的尼加拉瀑布相似，所以有「台灣尼加拉瀑布」之稱。由於瀑布水量大，俯衝的水流儼若白色布幔，又如白雲凝凍，而下方的水潭則水氣瀰漫，浩如煙海。我們還不時看到彩虹橋，平添詩情畫意。

離開十分，便直奔菁桐。菁桐火車站是平溪線的終點站，也是台灣尚存四座保存良好的全木造車站之一。礦業全盛期，曾有十多位站務人員，現在只由一人管理。步出車站，便是菁桐老街，在採煤興盛的年代，那裡曾經繁華一片，但隨着煤礦業的沒落，菁桐也彷彿停留在那個時代，凝固了的濃厚地方色彩，卻深深吸引着假日的觀光人潮。

菁桐火車站的興衰，位於車站斜對面，現在已傳至第三代的楊

家雞捲，也許最清楚不過。楊家原先在這裡經營麵店，據說鼎盛時期曾經每天廿四小時營業，但隨着礦業式微，生意下滑，其後轉營雜貨店兼賣雞捲，不料後來旅業漸漸興旺，楊家反而以雞捲名揚開來。

楊家雞捲的擺設活像火車的車廂，店內放着一塊木牌，清楚告知顧客「肉羹沒ㄍㄥ，雞捲沒有雞肉！」所謂的雞捲，其實是沒有雞肉的，而是以豆腐皮包裹紅蘿蔔、芋頭、洋蔥、絞肉等餡料，切塊下鍋油炸，吃起來酥脆爽口，帶有濃郁的芋頭香氣。但為什麼叫作「雞捲」？原來「雞捲」的名稱來自於台語發音的「ㄍㄟ捲」，也就是「多捲」或「加捲」的意思。

話說台灣早期生活比較困窘，台灣人便將各種吃剩的「菜尾」，以豆皮裹將起來，下鍋油炸，成為第二道菜。雞捲便由此演變而來，當然，現在的雞捲並非「菜尾」。為什麼「肉羹沒ㄍㄥ」？那是因為店內販賣的肉羹清湯沒有勾芡，但湯底清甜可口，與雞捲是絕配。

我們在店內坐下，感受着這家老店的氣息，也同時細味歷史的痕跡。時間彷彿在倒流。吃着沒有雞肉的雞捲，加上一碟青菜，品嚐的又豈只美食。傳了三代的老店，依然踏實地幹着原先的活，秉持傳統，堅守本分，不論是「鴨肉扁」還是楊家雞捲，都和他們的先祖輩一樣，就是這分誠意，令他們名聞遐邇，亦贏得尊崇。

火車的路軌有終點，而時間卻不斷前行。流逝的時間變成歷史，即使今天和昨天一般模樣，但明天又如何？在歷史長河當中，多少往事消失得無影無蹤，多少變遷發生於不經不意。「鴨肉扁」屹立不搖，楊家雞捲亦一如往昔，只是人間滄桑嬗變，世道改貌無常。一道古早味的美饌，誰又會料到吃出來的是百般滋味。

刊於二〇一三年七月二十八日香港《大公報》文學版

吳哥行

只見泥濘，不見垃圾。難道這裡真的窮到沒有垃圾的地步？在暹粒，不論是大小吳哥還是周邊景點，又或是中心鬧市，街上路旁都不見垃圾。這裡無疑是個很清潔的地方。也許人類製造垃圾的能力與繁榮程度真的成正比。

我和多年好友兼旅行拍檔「阿魚」抵達暹粒的時候，已是晚上八時許，甫踏出機場便找到預先約好的司機陳先生。他手持寫上我們名字的紙板。他年約四十，也許更年輕，說得一口流利英語。坐上他的「篤篤」後，他說當天下了一整天的雨，剛剛才停下來，希望明天天氣會較好。

因為那是我們吳哥之旅的第一天，行程包括離暹粒市較遠的女王宮、高布斯濱和奔密列。由於路程遠，所以是坐小汽車，而不是乘「篤篤」。但當天午後出現暴雨，我們被迫改變行程，沒有去羅洛寺群，而是參觀了博物館。這為此行留下一點遺憾，但卻益顯吳哥行之難忘。吳哥就是這樣變幻莫測，早上令人汗流浹背，下午可以大雨滂沱。暴雨是這裡的常客，不難想像雨季這裡的狀況。遠離市區的民居都是架空而建的，離地約兩米，有些會更高一點，全是木屋。在這種環境和氣候，木材無疑是最佳的建築物料。

由於陳先生要接待上海的旅客，所以由他的同事「阿甸」駕「篤篤」負責我們餘下的行程。「阿甸」是個老實人，他原是務農的，還擁有耕作的牛隻。每當我們的「篤篤」經過稻田的時候，他都興奮地指給我們看：「那是稻田。」事實是，大米是當地人的主要食糧。

吃柬埔寨菜，只管點菜，因為每一道菜式，包括湯，也會奉上份量十足的米飯。柬國人吃的湯和中國人或西方人喝的都不同，他們的湯內有很多湯料，加上白飯，足夠一人的食量。起初我們不知，點了兩個湯，還準備點兩道菜，幸好侍應小姐阻止了我們，否則兩個人如何吃得下四人份量的飯餸？

　　雖然「阿甸」只有四十一歲，但看上去比實際年齡大至少十歲。他現在已擁有自己的「篤篤」，育有三個孩子。除非遠離暹粒市區，否則他中午必會回家吃午飯。他告訴我們，當地正常的上班時間是早上七時。柬國人的誠實勤勞，在他身上完全呈現了出來。但畢竟人在江湖，幹旅遊業的，也不得不守一點江湖規矩，也同時多賺一點美元。有一次當一天的行程完結後，他突然在路旁停車，說要帶我們去一家商店，但叮囑我們不要購買任何東西，只要逛足十分鐘才離開便可。他坦白告訴我們，該店會為司機們蓋印，不論客人有沒有購物，每次一個，蓋滿十個印便可兌換十美元。

　　吳哥不少主要景點都有一些孩子主動充當嚮導，也有不少兜售紀念品、領巾、汗衫等的小販，但情況比印度要好得多。除了這些東西，處處都有售賣椰青的小販，這應是門不錯的生意，因為在柬埔寨這種酷熱的天氣下，一個清涼的椰青比任何東西都要棒。在某些景點，如龍蟠水池、聖劍寺和荳蔻寺等，我們還遇上一些賣畫的青年，畫的質素亦相當不俗，而且價格合理，當然還可以議價。圖畫是畫在米紙上的，不怕因摺疊而弄損。

　　在寺廟或其他景點的小販，不少仍只是孩子，但已懂得多國語言。當我們不理睬他們時，他們會不停地轉換「頻道」。他們大部分也有上學，由於學校實行上下午兩班制，所以上午上學的孩子，下午便出來幹活；而下午上課的，便在早上幹活。算起來，不論是充當嚮導還是售賣紀念品，他們的收入都可能比他們的父母多。充

當寺的導遊每次小費一美元。我們在奔密列便遇上這樣的孩子，他對於奔密列瞭如指掌，比一般旅遊書所說的有過之而無不及。

有人說，到柬埔寨若不遊吳哥，便如入寶山空手回。這句話絕對正確。吳哥在暹粒省內，面積約一萬多平方公里，曾經是吳哥王朝的心臟，其後被遺忘了近五百年。它見證了吳哥文化的光輝和殞落。回想吳哥全盛時期，人口約百萬之眾，而當時的倫敦人口亦不過五萬。當年吳哥王朝大興土木，築起無數寺廟，加上戰禍連年，幾度盛衰，最後亡於暹羅，吳哥因而被遺棄於叢林之內，默默地守護着高棉的微笑。弔詭的是，暹粒便是「打敗暹羅」的意思。中國的先哲早已指出：「兵乃兇器。」戰爭足以摧毀一切，即使是高度的文明。

「吳哥」源於梵語，是「都市」的意思。它是九至十五世紀高棉王國的都城。吳哥王朝於西元八〇二年，由賈耶跋摩二世（Jayavarman II）建立，高峰期版圖包括部分現在泰國、老撾、緬甸和越南的土地，期間共有廿五位國王。最後於一四三二年被暹羅打敗，從此吳哥便被遺忘了五百年，直至十九世紀中葉被法國人「發現」，才得以重見天日。

可惜的是，高棉對本身的歷史沒有任何文字記載，反而是中國的文獻中提及的扶南和真臘，成為了高棉遠古時代僅存的文字紀錄。中國元朝時有位名叫周達觀的使節，曾於一二九六年抵達吳哥，還住了一段很長的時間，回國後寫成《真臘風土記》，詳細叙述了當時吳哥的風土人情，其中有「大抵一歲中可三四番收種，蓋四時常如五六月天，且不識霜雪故也。……山多異木，無木處乃犀象屯聚養育之地。珍禽奇獸不計其數。」等描述。

據《真臘風土記》形容，吳哥王朝是豐衣足食之地，很多前往營商的中國人也會在那裡落戶。有趣的是，《真臘風土記》提到「國

人交易，皆婦人能之。所以唐人到彼，必先納一婦人者，兼亦利其能買賣故也。」這亦解釋了華人與柬埔寨關係密切的遠因。當地人至今也會慶祝中國的元旦，而且還保留着貼揮春的習俗。而「阿甸」帶我們參觀的購物中心，門外除了以英語和柬埔寨語寫上的名字，還有華文。事實是，當地不少商舖也標示着中文的名字。

吳哥被遺棄於叢林之內，默默守護着高棉的微笑。

對柬埔寨來說，吳哥古蹟是個極其重大的遺產，是祖先留下來的無價寶。據說吳哥古蹟共有超過五百處，即使只選擇其中的主要景點，也需要約一星期的時間才足以遊畢，試問一般的旅行團，又如何能讓我們仔細欣賞真正的吳哥？如今所指的吳哥，包括大吳哥、小吳哥和周邊的其他景點。

　　大吳哥又稱「吳哥通」（Angkor Thom），即吳哥王城，包括巴戎寺、巴芳寺、吳哥古皇宮、大象台、癲王平台等多個景點。小吳哥就是被譽為世界七大奇蹟之一的吳哥窟（Angkor Wat）。但吳哥窟只不過是音譯，與洞窟毫不相干，「Wat」其實是寺的意思。現在的吳哥窟是一座佛寺，也是蘇利耶跋摩二世（Suryavarman II）的陵寢。傳說是蘇利耶跋摩二世所建，但當地嚮導說，這個說法不對，吳哥窟原先是座印度教寺，早於九世紀已經存在。高棉文化與印度文化密不可分，吳哥大部分的寺院都是供奉印度教的毗濕奴和濕婆的。

　　大吳哥共有五道城門，門上四面皆刻有佛像，城門外是兩排長長的石像，本身已是著名的景點，但不難察覺不少石像的頭部是新近復修的。進入王城之前，遠遠便可望到高達七米的大石城門上面，刻着賈耶跋摩七世的面容。據說賈耶跋摩七世以自己的形象化為觀世音菩薩，眼觀四面，耳聽八方。而在許多年以後，人們才發現位處吳哥王城中央的，是依照印度須彌山觀念而建成的巴戎寺。

　　巴戎寺是吳哥王朝傳奇君主賈耶跋摩七世的曠世傑作，也是他自我膨脹的具體體現。寺門前的陸橋兩側，各有五十四尊雕像，一邊是阿修羅，另一邊是惡魔，各抱着七頭蛇，展現神魔對峙的大戰。巴戎寺有蜿蜒走廊、陡峭台階，和經典的五十四座哥德式寶塔，每一座寶塔的形狀恍如含苞待放的荷花。塔上四面都刻有神態各異、面帶微笑的觀音像，象徵神王俯視着人間每一個角落，亦展現着君王絕對和掌控一切的權力。石像的微笑，便是吳哥的標誌，著名的

「高棉的微笑」。那個早上，在巴戎寺遇上一位等光的少女，等光，為的就是拍一幀她心中理想的微笑。

當我們到達小吳哥時，已近斜暉，但離日落還有一段時間。毛遂自薦的嚮導對我們說，吳哥窟是觀賞日落最佳的地點。他帶領我們參觀了吳哥窟的倒影、深邃的長廊、回音壁、吳哥窟的中心點，還有著名的淺浮雕，並且詳細解釋了西迴廊《羅摩衍那》史詩中的場景。場景描述「蘭卡」（Lanka）之戰，而史詩中的「蘭卡」，便是今天的斯里蘭卡。故事與古希臘的「特洛依」有點相似，戰事的結局自然是邪不能勝正。

除了淺浮雕，吳哥窟亦以仙女的雕刻而聞名，嚮導說寺內壁上雕刻了三千多個仙女，共有三十六種髮型，代表着當時世界上的三十六個國家。他還帶我們觀賞了中國式的仙女，至於是耶非耶，則無從稽考。嚮導的服務當然是要收費的，大約一小時的導賞，盛惠廿美元。

對於吳哥窟，真有點聞名不如見面之感，縱使大規模的修護工程正在進行，棚架覆蓋了不少主要的建築部分。吳哥窟原始的名字是「Vrah Vishnulok」，意思是「毗濕奴的神殿」，這是吳哥窟原是印度教寺的最有力明證。嚮導說整個吳哥窟的設計，就是一個宇宙模型。它結合了高棉寺廟建築學的兩個基本特點：祭壇與迴廊。

祭壇由三層長方形有迴廊環繞的須彌台組成，一層比一層高，象徵印度神話中位於世界中心的須彌山。在祭壇頂部矗立着按五點梅花式排列的五座寶塔，象徵須彌山的五座山峰。寺廟由護城河環繞着，象徵環繞須彌山的鹹海。七頭蛇雕像象徵着人類通往神的住所的彩虹橋。在金字塔式寺廟的最高層，是陡峭的臺階，幾乎需要手足並用地爬上去。據說這寓意人們到達天堂需要經歷許多艱辛云云。那裡也就是吳哥窟觀賞日落的最佳處。

今天，與其說吳哥周邊的不少寺廟仍隱藏於叢林之中，不如說它們已與叢林混然為一更加貼切。處身這些隱伏於叢林的寺院，不得不教人震懾於大自然的力量。例如因電影《盜墓者羅拉》（Tomb Raider）在此取景而聞名的塔布隆寺，吳哥最大的寺廟之一的聖劍寺，和由賈耶跋摩七世建造的佛寺塔薩寺。塔薩寺外同樣有四面的菩薩，而它最令人難忘的場景，是一株巨大的古樹完全壓垮了東邊的樓塔。同樣是賈耶跋摩七世在位期間興建的聖劍寺，東門外側的護牆長了兩棵古樹，巨大的樹根盤結在一起，枝幹直入雲霄。塔布隆寺則完全可以用震撼來形容。

當我們來到塔布隆寺的時候，剛好遇上一場大雨，經過雨水洗刷後，益顯斑駁的綠蔭，在灰暗的天色籠罩下，添上幾分神秘，幾分幽思。而身處寺內，猶如身處林間，大樹與寺的結構盤根錯節，已然融為一體。有人說塔布隆寺已被叢林吞噬，但兩者實在是相互而生，大樹抓緊行將坍塌的圍牆和寶塔，寺的磚塊則支撐着樹幹，予人強烈的感受到大自然的力量和頑強的生命力。寺內到處都是碎石和植物，恍如迷宮。塔布隆寺也是一座佛寺，曾被稱為寺廟之王，據說是獻給賈耶跋摩七世的母親的。

每一個地方都有自己的母親河，暹粒的母親河是暹粒河、湄公河，還是洞里薩河？離暹粒不遠的洞里薩湖，其名字是「巨大的淡水湖」的意思，它亦名副其實的是東南亞最大的淡水湖。每年的十二月至四月的枯水期，湖水經洞里薩河注入湄公河，湖水平均深度為一米，面積二千七百平方公里；但到了雨季，因湄公河回流，水深可達九米，面積則擴大至一萬六千平方公里。枯水期在岸邊定居的住民，到汛期便要往高處遷徙。這裡的生活方式千百年來幾乎沒有什麼大的改變，這條著名的水上村莊，住家艇的底部都是由竹子升起的，而用作煮食的燃料，依然是柴枝。母親們依樣的哺育嬰孩，也同樣為子女抓蝨子。這條水上的村子，就是他們吃喝睡拉

的地方。湖的周邊地區估計有超過三百萬人直接或間接地以漁業為生。

這裡的水是泥黃色的，但很清潔，完全沒有浮游的垃圾。在這裡，真的是窮得沒有垃圾嗎？偶爾看到一大袋鋁罐掛在正在晾曬的衣服旁，便若有所悟。這個像汪洋般的湖，養活無數的人，但每當風雲變色，年中亦奪去無數漁民的生命。

在這裡，人顯得多麼的渺小，但同時展現出頑強的生命意志。回到了岸上，喝了罐冰凍的啤酒，稍稍平伏激動的心情，而這次吳哥之行亦將告終。畢竟人與自然原是可以相生共存，和諧共處的。雖然各個寺廟如火如荼地進行修護工程，但吳哥古蹟的前路依然崎嶇，加上每年以百萬計的遊客，為暹粒帶來了如潮湧進的美元，但吳哥卻早已不勝負荷。寺院內一道道的圍牆和石柱，抵得住風霜雨侵，樹根的盤纏，但不知能否抵得住金錢的侵蝕。可悲的現實是，歷史文化遺產都是用來變現的。

二〇一一年七月

筆者按：唐代大詩人孟浩然留下「不才明主棄，久病故人疏」的名句，前一句疑似罪犯欺君，後一句道盡世態炎涼。筆者感動的，是我的骨髓瘤復發之後，「阿魚」在我停藥後，經常，甚至有一段時期，每星期均專程過來跟我吃午飯，雖說扯東拉西，卻又無所不談。這段珍貴時光，這份真摯友情，教在下銘記在心。

八廓街回望

那個十月，終於得償多年宿願，登上拉薩。首次認識拉薩這名字，是古龍的《大地飛鷹》，當時只是個孩子，但拉薩這個名字，卻已在心底深深的烙下了印。據聞《大地飛鷹》這書名，是張大千起的。

今天的八廓街依然熱鬧，但畢竟是找不到「鷹記」商號的。而布達拉宮更不是帶有羅剎女影子的魔女波娃藏身之處。

古龍在書中如是說：「沒有到過江南的人，都想到江南去，可是如果你到了江南，你就會懷念拉薩了。」拉薩，的確有其獨特之處，教人神往，也教人懷想。

今天，再不是抱着遠征的心情上路，也沒有衝鋒陷陣的勁兒。也許是患了「另類骨質疏鬆症」，隨着年齡的增長，體內亦長出一塊塊懶骨頭，已沒有從前揹起行囊，橫衝直撞的力氣。也許正是因為年紀已長，耗氧量下降，這次到西藏，完全沒有高原反應。

說實在的，在下真的愈來愈懶惰，也不願奔波，卻仍愛旅遊，只是不至於愛到發燒、發瘋的程度而已。畢竟是過則為災，喜愛任何事物，也應適可而止，有所節制。

旅行，豈只於到此一遊，買點手信？旅行也不應只是一次外遊，而是一次經歷，不論長短遠近，均能教人成長，除了增點見聞，開點眼界，也可洗滌心靈。旅行時，更可以暫時拋開惱人的東西，暫離身心的羈絆，放下「無知的自大者」這件外衣。

由於朝聖者增多，八廓街逐漸形成了轉經道。

這一回，「阿魚」和我乘坐火車，穿越號稱「天路」的青藏鐵路，踏足雪域聖土，在湛藍的天空下觀賞聖湖，在鈷藍的拉薩河畔細看蕭颯的樹林。而相對於源遠流長的拉薩河，偉岸的拉薩大橋，不過是個初生兒。傳說中，古老的「吉雪沃塘」，今天已不再神秘。

列車在格爾木正式接上青藏鐵路。格爾木是蒙古語，意即「河流眾多的地方」，位於柴達木盆地南緣中段，被稱為「柴達木盆地的明珠」。

沿着「天路」前行，恍如奔天。極目是連綿不盡的山脈，山色蒼茫蕭殺，山勢雄拔險峻。車廂外是一望無際的高原凍土，車廂內則一直保持着舒適的氣壓和溫度。

隨着海拔的提高，晨光也增加了亮度，崑崙山脈恍如披上了純白的哈達。列車在沒有盡頭的凍土上滑行約兩小時，便從海拔二千八百多米，攀爬至四千一百六十米的玉珠峰車站。

過了雁石坪，便期待着越過青藏鐵路的最高點，伸手及天的唐古拉。唐古拉山是長江和怒江的分水嶺，而海拔五千二百三十一米的唐古拉山口，則是青海和西藏的天然分界線。

唐古拉，蒙古語是「鷹飛不過去的地方」，藏語是指「高原上的山」。唐古拉山是藏民最敬仰的神山。

也不知道何時過了安多，只覺車速減慢，眼前突然一亮，如明鏡般的湖面排闥而來。那就是距離青藏鐵路最近的湖泊，錯那湖。她距車站僅約廿米。

雖然列車是停了站，但不能下車，只好在窗前「卡嚓」。遠方的群山，連綿的雪嶺，映照着碧玉似的湖面。大大小小的水鳥，在這在那悠然自得，野牛羊群則在湖邊的草原享用美食。

錯那湖面積四百多平方公里，是世界上海拔最高的淡水湖，也是藏區眾多聖湖之一。現在劃撥色林錯國家級自然保護區錯那保護區域。

　　晚上九時許，終於踏足拉薩。這個為青藏鐵路而建的火車站，相當現代化，與想像中的拉薩相去甚遠。

　　拉薩，真是個充滿驚喜的地方。到達拉薩第二天的下午，從拉薩博物館乘出租車回市中心，司機在途上不僅以廣東話對談，還爆了些廣東粗口。原來司機先生是廣東人，據說是拉薩唯一的廣東司機。那一句粗口，進耳是多麼的親切。

　　翌日早上七時許乘包車出發，經三一八國道前往日喀則，重點探訪扎什倫布寺、白居寺和宗山城堡。途經雅魯藏布江「七一三」車禍現場時，司機稍作停留。然而，這段國道，看來又是多麼的安全先進，多麼的完善。

　　那個早上，和接下來的數天，在拉薩和沿途所見，幾乎每家每戶都在屋頂或窗外掛上經幡。也有同時插上五星旗的。

　　在這片神聖大地，首次認識到什麼是高原，什麼是盆地。佇足山頭，遠眺羊卓雍湖的當兒，極目是真正的藍天，才感受到什麼叫作碧水晴空。信步湖邊，呼息聖湖空氣，彷彿眼前湖水，真能洗滌心神。

　　參觀布達拉宮那天，午膳後肚子開始抗議，便在布達拉宮參觀了地球上最高的蹲廁。那個「洞」，的確「高深」莫測！

　　從拉薩前往日喀則的那個清晨，途經拉薩的母親河，那時被河邊肅殺的樹叢深深吸引着。而這個清晨，高原的太陽，從遠方的雪嶺背後緩緩地爬起來，彷彿仍未睜開惺忪睡眼……

這次行程還有意外收穫。司機兼嚮導在路上瞥見「卡定溝天佛瀑布」的路標，便問我們有沒有興趣前往觀光。然而，我們還未反應過來，他便已將車子駛了進去。原來，他也未曾到過卡定溝天佛瀑布。「卡定」是藏語，意即「天上人間」。

誰知，落差近二百米的瀑布飛瀉而下，相當壯觀，峭立的岩壁上呈現一尊天然形成的強巴佛佛像，輪廓五觀慈悲安詳。令人拍案驚奇的是，瀑布兩旁還有多個形態鮮明、栩栩如生的佛家圖像，如強巴佛兩旁的男女護法、喇嘛、神鷹獻寶、酥油燈等。大自然的奇妙，堪稱鬼斧神工，教人五體投地。

在八廓街游目四顧，可以感受到藏人順時而行的節奏，體會如實不虛的虔敬。有緣漫步八廓街，不經意地沉浸於西藏豐富而神秘的歷史，沐浴於高原雪域聖潔的氛圍，感受着藏人賴信仰而生、順時間方向而行之際，不期然地萌生起生死輪迴的低吟、吐蕃盛世的興衰，還有現代化、漢化和青藏鐵路帶來的衝擊。

八廓街藏語是「巴廓爾」，意即圍繞大昭寺的道路。最初是條普通的街道，後來朝聖者增多，逐漸形成了轉經道。

走在轉經道上，同樣面對着茫茫前路，這旅者的五內，彷彿與空氣中蕩漾的呢喃，產生了共鳴，只是沾不上半點靈氣。

朝聖者一遍又一遍地在同一軌道上打轉，縱使一再回到同一地方，卻又絕不是原地踏步。其實，兜兜轉轉、奔奔波波，人生不是也在不住迴旋？匆匆的一程過去了，又再回到原處。然而，回到了原來的位置，卻又不再是原先的那個模樣！

刊於二〇一七年十二月三十一日香港《大公報》文學版

漫步以弗所古城

古薩達斯（Kuşadasi）是土耳其艾登省內，位於愛琴海海岸的一個海港，遊輪旅客川流不息。我們遊覽以弗所古城當天，舉目之處便盡是遊輪的旅客團隊。

古薩達斯在土耳其語是「鳥島」的意思。「kuş」是鳥，而「ada」就是島。原因是這個半島的形狀恍如一隻鳥的頭部。可惜當天只是匆匆過客，沒有時間一睹這個鳥島的丰采。不過，漫步以弗所古城期間，遇上這次行程中難得的好天氣，總算愜意，但游走古城巷弄之際，撫今追昔，卻又不無感慨。

以弗所（Ephesus）古城在羅馬時期是商業和宗教重鎮，也是羅馬帝國在小亞細亞省的首都，亦即聖經中〈以弗所書〉所指「聖靈居住的所在。」事實是，經羅馬教庭確認，聖母瑪利亞在以弗所旁邊的夜鶯山安度晚年，如今教徒和遊客均絡繹於途，上山朝聖。

這座希臘古城約在西元前一千年由愛奧尼亞人（Ionians）興建。當時愛奧尼亞人在安德洛克勒斯（Androcles）的帶領下，從希臘中部遷居安納托利亞西部沿海地區，定都以弗所，開展大規模的城市建設，廣泛採用柱式架構，配以大量雕塑和壁畫。

愛奧尼亞人在哲學、地理、歷史、建築、雕塑等領域均有傑出成就，希臘建築的其中一項特色愛奧尼柱式便因而得名。眼前的古城遺址仍可清晰看到不少愛奧尼柱式、多立克柱式和科林斯柱式的遺跡，是少有同時可以看到這三大建築特式的古城遺址。

根據導遊的解說，愛奧尼柱式的特點是柱頭有一對向下的渦卷裝飾。多立克柱式的柱頭沒有裝飾，科林斯柱式的柱頭則用毛茛葉圖案作裝飾，看似盛滿花草的花籃。細看之下，科林斯柱式最為纖細，愛奧尼柱式稍粗但仍見秀美，多立克柱式則比較粗大雄壯，沒有柱礎。

　　當日（二〇一一年十一月十五日）天朗氣清，仰觀毗鄰以弗所古城的夜鶯山，心裡頭不禁升起一股莫名的敬意。而步入古城的當兒，搶先進入眼簾的，是那些已剩下殘垣的柱廊，柱廊內滿目皆是斷裂的柱式和精美的柱頭雕刻。

　　有柱廊的地方，亦必定建有上蓋。遙想當年盛世，在那一列柱廊上蓋底下，人如潮湧，冠蓋雲集，是何等的繁華。如今眼下，縱使遊人如鯽，卻仍隱隱透出一股淒清的氛圍，為這座歷盡滄桑的古城平添一絲落寞的感覺。

　　根據歷史，西元前七世紀，辛梅里安人（Cimmerians）攻克以弗所，焚毀整個城市。西元前六世紀，呂底亞國王克羅伊芳斯（Croesus）率軍拿下以弗所以後，下令重建。其後波斯人滅了呂底亞王國，但繼續擴建以弗所，這時更疏浚港口，開闢了自以弗所經呂底亞舊都薩迪斯至波斯阿契美尼德王朝首都蘇薩（Susa）的商路。

　　西元前四世紀，亞歷山大大帝征服了安納托利亞，刺激了以弗所城的商業，其部下將領利希馬科斯（Lysimachos）駐守以弗所，頒布鼓勵貿易的法令，使這座古城成為愛琴海東岸的貿易中心，並同時在城的周邊興建防禦工事。就在這個時期，城內興建了大劇場和競技場，反映當年由於商旅貿易興盛，人民富裕起來以後開始追求生活質素的提升。

然而，歷史的逆流也沒有忘記以弗所，這座城一度毀於大地震，其後由羅馬帝國重建，城區主要建築的風格亦因而由希臘特色轉變為羅馬特色。事實上，以弗所經歷了希臘和羅馬兩大文化的洗煉，可以說是兩者的混合體。

　　直至西元一○九○年，以弗所被突厥佔領，但希臘和羅馬時期的文化遺跡得到了保護。鄂圖曼帝國時期更展開了對遺跡的研究。土耳其共和國成立以後，以弗所正式列作旅遊景點。旅遊收入當然可觀，而慕名前來參觀的亦不乏名人，包括美國前總統克林頓全家。

　　羅馬時期可以說是以弗所的黃金時期，當時以弗所東羅馬小亞細亞西部的省會，被譽為「亞洲第一個和最大的大都會」。城內圖書館、大劇場、議事廳、市集、寺廟、錢莊、醫院、運動場、澡堂、衛生間、妓院一應俱全。可見當時的城市規劃並不簡單。

　　導遊指示昔日醫院所在，那代表醫療的蛇形標誌至今猶存。醫院旁邊便是藥劑部，足見當時的以弗所城不獨擁有高度文明，而且醫藥分家。可以想像當年醫師在醫院診治病人，而藥劑師則調配藥物，有條不紊，各司其職的情景。導遊還特別介紹了一個不甚顯眼的女神像，還說我們不一定認得她的樣子和造型，但必定知道她的名字：「Nike」。也就是勝利女神。

　　這裡的大劇場坐落於大理石街的盡頭，是土耳其現存規模最大的古羅馬劇場。大劇場依山而建，超過一百八十度的扇形舞台可以容納二萬五千名觀眾。相對而言，巴格門古城那個能容納一萬人的劇場可以說是小巫見大巫了。以弗所這個大劇場，現在仍在服役，老牌歌星艾頓莊（Elton John）便曾在此舉行演唱會。

巴格門古城擁有當時世界第二大的圖書館，以弗所亦不遑多讓，它的塞爾瑟斯圖書館（Library of Celsus）簡直是以弗所古城的地標。圖書館現已不存在，只剩下正門的牆垣，其懾人氣勢不減當年。牆上四尊女神雕像，分別代表善良、思想、知識和智慧，可惜部分已遭破壞。

跟隨導遊漫步大理石街之際，右邊神廟留下蛇髮女妖的頭像，左邊的高尚住宅區則隱約呈現當年的豪華，屋前的馬賽克地磚色彩繽麗，但遊人不得踐踏，野貓除外。導遊特別指出，豪宅內是不設衛生間的，因為當時城內的人都到公眾衛生間和公眾澡堂。這個公眾衛生間更是參觀以弗所古城不容錯過的景點，由於遊人眾多，參觀這個衛生間往往需要輪候半小時或以上，而且只許前進，不得逗留。

衛生間當然不是使用抽水馬桶，而是活水馬桶。衛生間的設計恍似一排排的石椅，但石上鑿有馬桶形的洞，石下有活水不停流動，在沖走排泄物之餘，衛生間亦不會留下臭味。至於完事後的清潔問題，更是令人讚賞不已。當年沒有衛生紙，而是引活水作清潔之用。在馬桶前，伸手可及之處，便有活水流。這種以水清潔的傳統，至今猶在。土耳其酒店的衛生間，除了供應衛生紙，馬桶內也有一個出水口，專門供大解後作清洗之用。

由於是航運樞紐，不少水手會進城解決生理需要，城內因而也設有妓院，而且還有廣告路牌。參觀過衛生間以後，導遊便帶我們近距離觀看這個廣告。那是刻在地磚上的圖畫，一隻足印，足印上面分別有心型圖案和女神像。原來那個足印另有玄機。

假如男士的腳比那個足印大，便可以按心型圖案指示的方向，前往妓院尋歡，但如果小於足印，便應依循女神像的方向前往圖書館。用意是不鼓勵未成年少年往妓院，可謂想得周到。然而，據導

遊所說，圖書館內是有秘密通道通往妓院的，故此，當年不少跟太太聲稱前往圖書館的先生們，不知到底有多少經秘道往妓院去了。

從大理石道回轉入口處的時候，又一次經過大力神海格力斯（Hercules）的塑像。大力神扼死獅子的英勇形象，如今只供遊人拍照。他迎送過無數的遊人，也見證了無常的歷史洪流。與他擦身而過之際，腦海浮起他以神力打通直布羅陀海峽的畫面。

我們回到勝利女神像的時候，又再嗅到當年醫院的氣味。

刊於二〇一八年九月三十日香港《大公報》文學版

哈瑪麥德看晨曦

也許，人類的心底裡，始終是渴望和平的。來到曾經的布匿（Punic）城市霍貝布瑪荷斯古城遺跡（Thuburbo Majus Ruins City）。雖然只是一片殘垣，四野蔓草，但古城內的和平殿（Temple of Peace）遺址，卻又隱隱然發出動人的哀音。不無感慨的是，崇拜和平的布匿人，很快便在歷史舞台上退了下來。

霍貝布瑪荷斯古城，原先是布匿人的城市，後來在奧古斯都大帝治下，修建為大規模的羅馬式城市，堪稱羅馬帝國炫耀國威之作。導遊說，古城曾經風光一時，當時盛產橄欖油，因而致富；還帶我們參觀當年生產橄欖油的工場。可惜的是，今天已面目全非。現在古城留下四根標誌式的科林斯石柱，展示主神殿，也就是供奉朱庇特（Jupiter）、朱諾（Juno）和密涅瓦（Minerva）的神殿，供人憑弔。

古城與別不同之處，是建有供奉水星、土星和冥王星的神殿。城內還設有分別供冬季和夏季使用的浴池、圓形競技場和體育館等。雖然眼下一片荒涼，但不難想像昔日神殿之雄偉，城郭之氣勢，市集的繁榮與人民的富庶。即便是一柱一石，亦足以讓人緬懷古羅馬人的風光，帝國的鼎盛。

離開霍貝布瑪荷斯古城，便逕向哈瑪麥德（Hammamet）進發。哈瑪麥德是突尼斯著名的海濱度假城市，位於北部卡本半島（Cap Bon）南岸，瀕臨哈瑪麥德灣。我們入住的酒店擁有私家海灘，毗連遊艇會，而且位處市區，附近不乏商店和咖啡館。到達酒店之後，我們還在沙灘的餐廳吃午飯，別有一番風味。

那個下午，沒有安排其他活動，完全屬於自由時間，我和玉琴便出外閒逛，在街上逛了一圈後，返回沙灘之際，正好碰上日落，那個黃昏，真的很愜意。晚飯後，我們到了酒店旁的遊艇會，那裡好不熱鬧，而遊艇之多、之美，更是叫人嘆為觀止。忽發奇想，翌日何不到遊艇會看日出？於是便問好了日出時間和弄清楚方向之後，便回酒店休息，等待黎明。

七月三日（二○一二年）凌晨三時，天色一片漆黑，酒店大堂的服務員好奇地問我們去哪裡，還熱誠地指點方向。雖是夏季，但畢竟是凌晨，風不僅有點勁，還帶來寒意，街上只有燈影，不見人跡。遊艇會一片寂靜，與昨夜的熱鬧形成強烈對比。街燈和零星的桅燈相互輝映，加上水中倒映，似在為行將東升的太陽導航。數不清的遊艇在港灣列陣，千桅並舉，指向天穹，等待第一線晨光。

在那個約好了的時間，水平面開始滲出金色的霞光，似要將正在酣睡的港灣喚醒。隨之而來的是，金光與深藍之間泛起的魚肚白。風繼續猛吹，而空氣卻開始升溫，但不知是內心的興奮，還是天邊的飛光使然。點點閃亮的雲彩，亦開始零星地散落天空，似是太陽派來的先鋒，把深藍的天幕捲起。當黃金般的光澤浮上水面，在船桅之間，忽地呈現一個圓點，一個柔和悅目的白點。它在厚重的金光簇擁下，緩緩升起。那股純白的光芒漸次擴大，飛散了金光，淡化了深藍，那光芒在檣桅中射將開來，煞是好看。

天空在不知不覺間已將睡袍卸下，換上亮藍的襯衣。當整個港灣睜開睡眼之前，我們悄悄地掬弄了一抹晨曦，返回房間，準備迎接旅程的最後一天。這一天，行程依然緊密，走訪了迦太基遺址加利比亞（Kelibia）城堡，和蓋赫庫阿勒（Kerkouane）古城遺跡，再一次感受迦太基文明，向迦太基帝國致敬與道別。

當晚離開哈瑪麥德前，又一次走到遊艇會。在人聲燈影中，圓圓的月亮顯得有點孤獨。這個晚上，港灣的天空特別安靜，不知道是看慣了如潮漲退的人流，還是默默地等待另一道金光再現？告別茉莉花的國度，而茉莉花的香氣卻已滲入心扉。

二〇一二年七月

歐薩薩的日出

　　記得在突尼斯時，已認識了「Kasbah」這個字，在開羅安便入住以「Kasbah」命名的酒店。但在摩洛哥，「Kasbah」這個字更是隨處可見。這個字就是指用泥建成的傳統紅色堡壘，不少酒店餐館都會冠以「Kasbah」之名，當然亦裝修得像個堡壘。我們在馬拉喀什（Marrakech）入住的酒店，也是以「Kasbah」為名的。從伊芙蘭到馬拉喀什，需要十多小時的車程，因此，我們便先到歐薩薩（Ouarzazate）住一晚，順道參觀大名鼎鼎的埃本哈杜古城。

　　歐薩薩是個小鎮，地方不大，向來是往來撒哈拉與馬拉喀什的中途站。我們早上離開伊芙蘭，沿途除了山色羊群，也不時見到紅色堡壘。當天下午中途休息的時候，我喝着薄荷茶，細味這幾天匆匆的行色。同時看到鄰坐一群當地人品着一壺薄荷茶，心中忽然有所感應般，體會到摩洛哥人為何鍾情薄荷茶。不論是日常社交還是消磨時間，不論在外還是在家，薄荷茶與摩洛哥人的生活已融為一體。

　　有趣的是，摩洛哥不產茶葉，茶葉都是從中國進口的，但加入了薄荷葉和白糖，又是一番風味。由於摩洛哥人以肉食為主，飲薄荷茶可以幫助消化，而且生津醒腦，是這個地方最佳的飲料。也許，這就是大自然的奇妙。不論是吃的還是喝的，當地的土地和空氣，都會為人們作出選擇。

　　當天在酒店吃過晚飯，我們跟一些團友出外散步，感覺有如六十、七十年代的中國大陸，沒有高樓，沒有霓虹燈，一切是那麼自然親切，一切都是那麼純樸。部分商店仍在營業，但都不是服務

遊客的。街上行人不多，以當地人為主，也有孩童在街上嬉戲。走在這條閒適的街上，感覺是舒暢的，無有束縛。突然傳來宣禮塔的呼喚，是時候祈禱了。清真寺就在不遠處，我們在寺前探頭探腦，不敢走近，一名長者指指自己的眼睛，示意我們可以在門外參觀，但不得內進。我們便老實不客氣地站在大門外觀看寺內的裝飾和正在祈禱的信眾。

摩洛哥的清真寺和別處不同，它們的宣禮塔是方形柱，而不是圓柱。柱上刻上花紋圖案，顏色也不是白色，大都是赭紅色的。而且每座清真寺只有一幢宣禮塔，不會像其他伊斯蘭地區般有二或四幢宣禮塔。我們在門外看了一會，感受到祈禱者虔敬的心和堅實的信念。也許，信仰就是當地生活的全部。

我們入住的酒店也建成堡壘的模樣，而且可以走上天台觀星。從地平線到地平線，任何一個角落均盡入眼簾。由於一點光害也沒有，天上繁星點點，獵戶座和北斗七星最是搶眼，天狼星和大角星亦顯得特別明亮。再看看北極星，真的可以指示方向。這麼燦爛的星空，在歐薩薩每夜可見，但對於香港來說，卻變得很陌生。想到這裡，又不禁長吁短嘆。

縱使夜是良夜，但疲憊的身軀卻催促我們休息。酒店雖只有數層，但天台卻已稱得上居高臨下，可以極目遠方，我和玉琴便計劃翌日早上再次登上天台，觀看日出。看日出，似乎已成為兩口子每次出門的慣例。

歐薩薩的日出沒有教人失望，當我們摸黑走上天台的時候，天上的玉盤還在，星星卻大都退了下來。空寂的街上偶爾有一輛車駛過，這個時辰的空氣特別甜，雖有一點風，但沒有涼意。我們站在天台，靜靜地等待東方的初陽。

當第一線晨光從天邊滲出來，我們不期然地舉起相機。但天色薄明，照片的效果自然不佳，但接下來的色彩變化卻令人振奮。東方出現霞彩，一抹又一抹，從地平線升上來。天上的星光被完全掩蓋了，深不見底的夜空漸次明朗，而背後的月光彷彿要和旭日爭輝，不肯退卻。不一會，天邊的雲彩已延伸開來，像展開的地毯迎接快要探頭出來的紅日。終於，太陽帶着溫柔的笑臉出來了。

我們佇足良久，企圖以相機留住愈走愈快的朝陽。背後突然傳來一聲鳥鳴，原來一隻野鳥站在城牆上放歌，彷彿是為了新的一天而歌唱。彩雲已佔去半邊天，回頭再看，西邊天經已大白，月兒已不知哪裡去了。此際天色旦明，天邊開始泛起白光，瞬間即逝的華彩漸漸消散，我們放下手中的相機，滿足地往來路走。又是一個充滿期盼的驕陽。

用過早餐，驅車直奔埃本哈杜古城（Ait Ben Haddou），那是影迷不容錯過的朝聖之地。不少賣座電影都是在那裡取景的，包括《帝國驕雄》、《亞歷山大帝》、《波斯王子》、《潛行兇間》等。因此，那裡的一景一物，也有似曾相識之感。

來到古城，已是中天時分，眼前泥屋並非精雕細琢，但都是摩洛哥南部建築典範。由泥土混合乾草建成的泥屋，外表粗糙，但蘊含摩洛哥古代建築智慧。而城堡除了具有禦敵之效，也可適應沙漠的溫差。今天古城雖只餘下約五戶人家居住，但卻無法掩蓋昨日的興盛。城堡雖已差不多完全荒廢，但仍贏得「摩洛哥最美村落」之名號。

翻查歷史，埃本哈杜古城確曾擁有輝煌的過去，是古代的重要關口，由於靠近撒哈拉，橫越沙漠的駱駝商隊都選擇在此補給，所以曾是人煙稠密的綠洲城市。古城一九八七年列入世遺後，百年泥屋獲得修建。部分建築則是為了拍攝電影而加建的。城內滿布紀念

品店，無疑削掉幾分古樸，減損幾分純粹，但走到古城頂端，居高臨下，極目四方，卻又氣派依然。不愧是頂尖的軍事要塞。站在那最高處，隱隱約約聽到千軍萬馬從四方八面攻城……。古樸，堅強，原始，天然，加上自身的歷史，彷彿就是古城的本來面目，也是古城的真實價值，雖然遊客未必都知道。

當晚在馬拉喀什入住的酒店雖然同樣以「Kasbah」為名，但比起歐薩薩，卻又不太像個堡壘。馬拉喀什是個大城市，與歐薩薩大不相同，雖在同一天空下，但歐薩薩的日出，卻是大城市無法比擬的。

二〇一四年五月

哈鳩橋之燭

亞茲德與設拉子和伊斯法罕（Isfahan），彷彿組成了波斯歷史文化的「金三角」，其中又以伊斯法罕為重點，是觀光客必到之地。因為這裡被譽為伊朗最美麗的城市，也曾擁有過波斯最光輝的歲月，贏得「伊斯法罕半天下」的美名。

伊斯法罕之美，不獨來自壯麗的建築，輝煌的歷史，更主要的是她躺在母親河的懷裡。試想想，在杳如瀚海的沙漠中，擁有一條四百公里長的河流，是何等的得天獨厚。源自扎格洛斯山脈的查揚德河（Zayandeh River），貫穿伊斯法罕，有「生命賜予者」的別稱。因為水孕育生命。在沙漠，水是最珍貴的資源，甚於黃金。

可惜，這條曾經如同泰晤士河抱擁倫敦般，環抱伊斯法罕的查揚德河，眼下呈現的不是潺湲淥水，更非浩渺煙波，而是龜裂的河床。這意味着伊斯法罕四成人口，約二百萬農民失去了生計。有當地人表示，看到乾涸的查揚德河，整個人也乾涸掉。而令人頓足長嘆的是，連年乾旱並非主因，令到查揚德河滴水不流的，是人。

當導遊說到查揚德河近年乾涸的情狀時，是徹頭徹尾的局外人，毫無惋惜之口氣。因為他的重點，在於駁斥某些新近出版的旅遊書圖片做假。然而，理應受到指責的，不是做假的作者或出版商。消失的河水，並非被蒸發掉，而是管理不當和過度取用等連串人為失誤所致。眼前這條沒有流水的河道，空餘十一條橋，乾巴巴地站在河床上，欲語無言，欲哭也無淚。

二〇一五年十月十四日早上，離開還未看飽的亞茲德，向伊斯法罕進發，當下心中充滿期待。因為伊斯法罕名氣實在很大，亦擁

有多個觀光客必到的地標。而我和玉琴一直盤算着的事情，亦真能如願：在這一天踏上名聞天下的三十三孔橋。

不知道是導遊精心的計算，還是上天慷慨的賜予。當天到達伊斯法罕時，已屆斜照。導遊宣布更改行程，當下前往哈鳩橋（Khaju Bridge），然後再參觀三十三孔橋（Si-o-seh pol），之後才返酒店。這位導遊先生，雖然經常更改行程，但時間的掌握卻很精準，也常常為我們帶來驚喜。

哈鳩橋的名氣雖不及三十三孔橋，橋身亦較短，約一百一十米，寬十四米，但卻散發着一股獨特的氣質或氣派，堪稱查揚德河上最美麗的一道橋。哈鳩橋建於十七世紀中葉，薩非王朝阿拔斯二世時期，仿照三十三孔橋而築。橋的雙層磚石結構，兼具橋梁、攔河壩與休憩空間等功能。上層橋面寬七點五米，兩側人行道是有頂的拱形迴廊和拱形壁龕。下層也可通行，共有二十三個拱形橋孔。橋的中央建有八角形水榭，是當年阿拔斯二世和他的繼承者喝茶觀河，甚至是接見大臣的地方。因此，這道橋也有國王橋和水上行宮等別稱。

抵達哈鳩橋的時候，導遊在渡頭選了一個很特別的地點說故事：一尊神獸石雕。他還打趣地說，「這個就是阿拔斯二世。」神獸身上有一條蛇的浮雕，人面造型，束小鬍子，面向對岸，彷彿在守護着甚麼。是母親河？是國王的行宮？還是百姓的生活空間？也許，都不是，而是一根永恆不滅的蠟燭。

雖然表面上是一道多功能的橋，但哈鳩橋卻隱含着鮮為人知的小秘密。從神獸的位置，向橋孔望過去，橋兩邊的橋孔，剛好疊成一根燃點着的蠟燭圖案。為了方便說明，導遊拿起手機拍了照片展示給我們看。團友們嘖嘖稱奇。據說，當太陽降至某個高度，便會

這根「哈鳩橋之燭」，將剎那光輝變作永恆。

變成這根蠟燭的燭火。這根「哈鳩橋之燭」，也真的將剎那光輝變作永恆。

　　至於另一個小秘密，我們都未能看到，姑且聽之，亦姑且信之。從天空鳥瞰，哈鳩橋活像一頭雄鷹；一頭守護着母親河，守護着伊斯法罕的雄鷹。這兩個小秘密，到底是建築師精細的設計，還是上天巧妙的安排，沒有人說得準，但這根「哈鳩橋之燭」，卻又帶有濃厚的宗教色彩。

　　《古蘭經》提到，「真主是天地的光明，他的光明像一座燈台。」而「真主是信道的人的保佑者，使他們從重重黑暗走入光

明。」在伊斯蘭世界，「光明」也代表「樂園」，即是天堂。因此，這根永燃不熄的「哈鳩橋之燭」，也許代表着真主，代表着天堂，代表着從重重黑暗走向光明。

雖然這天的主角應是三十三孔橋，而且導遊再三強調時間緊迫，但團友們都為這頭「雄鷹」而着迷，遲遲未肯離去。這時斜暉已至，準備下班的太陽，亦已走進橋孔。當我們到達三十三孔橋的時候，天色已沉，為了爭取拍照和賞橋的時間，我獨自走前，沒有聽導遊說故事。

兩道橋其實相距不遠，約兩公里。三十三孔橋建於河面最寬處，全長三百米，是哈鳩橋的三倍，由阿拔斯一世所建。橋因拱形橋洞的數目而得名。同樣是雙層拱結構，也是一座攔河壩。看上去活像哈鳩橋的大哥，但拱廊構造比較簡單，中央也沒有水榭，壁龕設在橋面兩側，少了幾分華麗，卻多了幾分簡樸。

這時天色已黑，橋上亮起如火炬般的燈光，別有一番景緻，美不勝收。我們時而穿梭於橋孔之間，時而踩踏龜裂的河床，興味盎然，卻又不無感慨。突然間，原已黑忽忽的天空泛起霞光，回頭一看，西邊的天空升起了異常豔麗，如火焰般燦爛的雲彩。而雲彩正在迅速變換形態，如天女翩躚，絢麗多姿。我們連忙舉起手機，留住這份上天贈予的禮物。這一瞬間，感恩無限。

刊於二〇一七年八月十三日香港《大公報》文學版

編按：十月十四日是作者夫婦結婚周年紀念日。

紅海不是紅色的

導遊說，埃及只有兩種水源，其一是尼羅河的淡水，其二是紅海的鹹水。還打趣地問：「有沒有人知道紅海為何稱為紅海？」當時有團友回應說：「因為海水是紅色的。」導遊略帶輕蔑地說：「當然不是……！」然後說紅海有一種紅色的海藻，所以稱為紅海。

紅海因何稱為紅海，的確是個有趣的問題。名字的來源，一直有多個說法，包括：季節性出現的紅色海藻、附近的紅色山脈、一個名為紅色的本地種族，又或是因為古埃及稱沙漠為紅地，所以紅海意指「沙漠的海」。還有人認為紅色表示南方，所以相對於北邊的黑海，位處「南邊的海」，便稱為紅海。

然而，根據前蘇聯學者維立考夫斯基（Immanuel Velikovsky）的《星球碰撞》（*Worlds In Collision*）一書，大約距今三千五百年前，當時從木星分裂出來的金星，就像一顆紅色彗星，而且衝向地球。雖然沒有真的撞個正着，但紅色的星塵卻橫掃地球，令到地球部分地域，一度變成紅色的世界。那時，大概是古埃及的中王國時期。

維立考夫斯基在書中也提出了同樣的一個問題：「為何紅海稱為紅海？」他自問自答地說：「因為所有人都見證了這個紅彗星顛覆了他們所認識的世界，令到他們熟悉和身處的世界，變成了紅色的世界。」這包括了大地山河，當然，也包括了那個現在稱為紅海的汪洋。另有文獻指出，古代的「紅海」（Erythrean Sea），指的是印度洋阿拉伯海西北海灣，範圍包括現在的波斯灣和紅海。而西奈山，古時候也曾稱為「Edom」，也就是紅色的意思。

久聞紅海度假勝地洪加達（Hurghada）大名，但當看似市中心的地方一次又一次地從車後消失，心中開始忐忑，有些疑惑。當旅遊車駛進我們入住的酒店時，雖不至於失望，但仍感到有點不是味兒。

　　酒店是漂亮的，擁有私家海灘和泳池，而且設施齊全。所有房間都有陽台，而且都擁有海景和泳池景。導遊特別強調這間酒店與別不同的一大優點，就是大堂的水吧全日均提供免費飲品，包括酒精類飲品。這個真的教人喜出望外。無論是在尼羅河的郵船上還是在外購買，一罐或一瓶啤酒的售價，約二十五至三十五埃及盾不等。不過，寬敞的餐廳看來更似食堂，但啤酒同樣免費供應，還是值一個「讚」的。

　　由於玉琴抱恙，尚未痊癒，我們翌日沒有跟大伙兒一起出海釣魚，留下來自行打發時間。雖然來時已發覺附近沒甚苗頭，但仍往外走，希望有所發現。但周遭有如荒漠，形同廢墟。汽車偶爾在公路上奔馳，而四周人跡杳然。除了毗連的那一間酒店，舉目皆是建築地盤。但到底是興建中還是已擱置，真的不好說。導遊給了個模稜兩可的答覆，兩者皆有可能。

　　雖然沒有出海，但酒店既擁有私家海灘，紅海，當然就在伸手可觸之處。眼前的紅海畢竟不是紅色的！而海水的藍與天空之碧，又是那麼涇渭分明。望着這湛藍亮麗的海水，聽着那神籟自韻的浪濤，怎不教人陶醉？而由於水底深淺有別，加上海藻的散布很任性，令海水看來層次分明，多彩繽紛。在這無垠的天空下，面向與大地同根的海洋，恍如置身琉璃幻境。在天與海的交集中，人真的很渺小。

　　雖然，風用力地吹，但埃及就是不缺陽光。藍天灑落的溫煦，足以抗衡海上飛風。那邊近岸處，便有不少人在玩風箏衝浪

（Kitesurfing）。凌空飛躍的剎那，教人拍手叫好，絕對要給個「讚」。這邊還有遊客在玩水上滑梯，那個金髮女士顯得有點狼狽，但在同伴的鼓勵下，終於爬上梯子的頂部，然後颼的滑下。登時傳來了海水擊節的掌聲，也同時傳來了歡躍的笑聲。

那個醉人的黃昏，再一次走向紅海，風更猛，而日已西斜，感覺是冷冷的。但那個落日，卻又美得醉人。此刻沉沒於紅海的風聲浪語，念及摩西將海水分開之後，世界從此在紅海的牆垣上奔馳，在漲退起落間，淹沒了在洪流中偶遇的埃及文明和赫赫功績。而那與天地同始終的潮聲，又似在嘲笑人類對永生的希冀，只是沙的城堡。

二〇一六年九月

紅海那個落日，美得醉人。

斯里蘭卡：包羅萬象小宇宙

一九九二年，在前往印度途中，曾在可倫坡停留。當時眼下椰林處處，漫天烏鴉。當地人視烏鴉為益鳥，是良朋，因為牠們擔負起清道夫的職責，將大街小巷弄得「乾乾淨淨」。然而，也許是這個港市的泥土特別肥沃，這次重遊可倫坡，只見摩天大樓、五星酒店如雨後春筍，頓然睥睨。

畢竟，這次斯里蘭卡之行，距當年已時隔四分一個世紀。當年的小伙子，如今已鬢髮生花。而時代的巨輪卻永遠轟隆運轉，無有休止。話雖如此，斯里蘭卡依然是英國殿堂級科幻小說作家，亞瑟·克拉克（Arthur Clarke）口中，「包羅萬象的小宇宙，她的多元文化、旖旎風光和多樣氣候，甚至比面積大她十幾倍的國家還要豐富多彩。」

這次斯國行雖然匆匆，但卻見證了陽光燦爛的海濱、物種多樣的森林、蔥綠青翠的茶園、深邃迷人的古城，豐美富饒的紅樹林，多元包容的人文景觀，以及交集一起的存者與逝者，亦憑弔過當年南亞海嘯的沙灘。斯里蘭卡，亦真的無負馬可波羅筆下「最美麗島嶼」之名。

其實，香港人對斯里蘭卡應絕不陌生。從前的茶餐廳，大都以「檀島咖啡，西冷紅茶」作招徠。而寫上「西冷紅茶」的招牌，今天仍然隨處可見。那個「西冷」，指的就是錫蘭（Ceylon）。

錫蘭紅茶，名聞天下。但卻原來，茶樹並非錫蘭的本土物種，而是英國人引進的外來物種。當年英國繼葡萄牙和荷蘭之後，將錫蘭變成殖民地，並看中了她的土壤和氣候，決定在這裡種茶。然而，

錫蘭本土的僧伽羅人拒絕為英國人工作，而種茶採茶卻需要大量人力。於是，英國人便從南印度引進泰米爾人在茶園工作。而由於採茶沒有季節之分，這些泰米爾人便開始在錫蘭落地生根，也因而種下了日後的種族紛爭，以至內戰的種子。

斯里蘭卡前稱錫蘭，是印度洋上的島國，與南印度隔海相對。形狀有如水滴，與印度相比，亦真的如一滴水般渺小。但究其實，錫蘭面積相當於兩個台灣。而由於形狀如水滴，又有「上帝的眼淚」和「印度洋上的珍珠」之稱。至於「斯里蘭卡」一詞，在僧伽羅語中意為「樂土」，或「光明富庶的土地」。

「印度洋上的珍珠」不難理解，但為何是「上帝的眼淚」呢？也許，與一個美麗傳說有關。傳說亞當夏娃被逐出伊甸園後，到處飄泊，一心尋找可與伊甸園相媲美的樂土。最後來到錫蘭的康堤（Kandy），便認定那裡就是他們心目中，新的「伊甸園」。這畢竟是個傳說，而斯里蘭卡亦畢竟是佛國。

康堤是個盆地，群山環繞，草木蔥郁，物阜民豐，極為富庶。這裡曾經是個獨立王國，而康堤王國，也是英國人在錫蘭最後攻破的王國。在此之前，康堤王國曾數度擊退來襲的英軍。康堤也被稱為「聖城」，一直是斯里蘭卡的宗教中心，除了歷史原因，主要還是因為位於康堤湖畔的佛牙寺。

佛牙寺是佛教徒朝聖之地，寺內供奉着斯里蘭卡的國寶：佛牙舍利。傳說佛陀入滅荼毗後，留下的舍利，包括兩顆佛牙舍利。一顆被送到錫蘭，另一顆傳入中國大陸，現於北京靈光寺。

根據史料，西元前約一八五年，古印度經歷了一次中印度法難，一些倖存的僧尼在佛塔中搶出佛陀舍利逃往各地。其中一顆佛牙舍利一直保存在印度的羯陵伽國。到了西元四世紀，由於戰亂，國王擔心佛牙舍利被毀，便命女兒赫曼麗公主和她的丈夫，把佛牙

舍利護送到斯里蘭卡。當時公主把佛牙舍利藏在髮飾中，送到斯里蘭卡。佛牙寺內，還有一幅珍貴的壁畫，講述這段佛史。

不過，除了每年七、八月間的佛牙巡遊，佛牙舍利都是安放於寺的高層。該處供奉着一座金塔，塔中套塔，共有七層，佛牙舍利便放在最內層不足一米高的小金塔內。前來朝聖的信眾，也只能遠遠望一眼這座金塔而已。

在返回可倫坡之前，先在加勒的本托塔逗留了一夜。加勒以海灘聞名，是度假勝地。不過，不少星級酒店現在佔據了海灘，築起當地居民與沙灘之間的屏障。美麗的海灘吸引了遊客，卻叫當地人禁足。然而，當地人依然好客友善。我和玉琴路經一間民居時，正與孩子玩耍的父親跑將出來，與我們聊天，還邀請我們進屋內喝茶。雖然我們婉拒了邀請，但卻已感受到當地人的真率。

記得來到加勒的那個黃昏，站在曾經奪走無數生命的沙灘上，凝視着那個美麗的落日，不禁五內有如潮湧，滔天巨浪如在目前。南亞海嘯當日，當地民眾還在歡天喜地撿拾大浪送上沙灘的魚，不料轉瞬便被隨之而來的巨浪捲走。一切就是如此無常。而無論是地震海嘯，還是風旱洪澇，也許，都是大自然對自身和人類命運發出的警告，或是呼號！

翌日上午，用過早餐，我們便乘「篤篤」前往卡盧特勒布濟（Kalutara Bodhiya）。卡盧特勒布濟是一棵菩提樹，樹齡逾二千二百年，被視為聖樹。該樹位於卡魯河畔，樹旁建有一座佛寺和一座舍利塔。卡魯河，在僧伽羅語的意思是「黑河」，因此，當地人也稱之為黑河。我們的「篤篤」車司機，便是這樣稱呼這條河的。

我和玉琴也如信眾般赤足，繞着菩提樹轉圈，並參觀佛寺和舍利塔。感覺安詳自在，莫名的平靜。據說每天都有上百甚至數百

信眾前來朝拜。我們當天便碰上了一群學生，由身兼老師的僧人帶領，前來朝聖。我們走進舍利塔，內裡氣氛莊嚴，中央是金塔，由四尊佛像守護着。壁上也有講述佛陀生平事蹟的圖畫，包括佛陀出生、悟道和圓寂的情狀。

卡盧特勒布濟樹齡逾二千二百年，被視為聖樹。

其實，在斯里蘭卡，不論是通衢大道，還是後巷前街，菩提樹隨處可見，讓信眾禮佛祈禱。不過，在加勒，大道旁除了菩提樹，還有墓園。那個早上，離開了卡盧特勒布濟，便不經意地走進了墓地。

當地人會將先人的骨灰，在附近的墓地安葬。因此，基碑下是沒有骸骨的。我們走進的那個墓園，映入眼簾的，除了各式各樣大小不一的墓碑，還有正在晾曬着的衣服。原來生者與逝者可以如此融洽地同住一處！回頭再看那些墓碑，全都刻上僧伽羅文，但基於不同宗教，也有不同的形式。有歐式的，也有伊斯蘭；有尖頂的，也有圓球。即便是信仰不同，但真的可以和平共處，無有隔閡。也許，地球村內，在在需要這種包容，這份和諧。說到底，是富是貧，是老是少，無分膚色，不分軒輊，每一個人，都會走向同一的終點。

至於人類的終點，不期然想到了亞瑟·克拉克的短篇科幻小說《相會於黎明》（Encounter in the Dawn），其中一段寫道：「你曾經仰望過星空嗎，雅安（原始人的名字）？不知要過多少年以後，你們才能發現星星的奧秘；不知到那時，我們又該怎樣了呢？那些星星是我們的家，雅安，可我們無法拯救它們。……再過十萬年，這些星星燃盡的光輝才能抵達你們的世界，被你們的子孫視為奇蹟。到那時，或許你們的種族已經可以抵達群星之間了。我真希望可以提醒你們，不要重蹈我們的覆轍，因為我們的所作所為，我們已經付出了代價。」

故事講述在太空流浪的太空人，在某個星球遇上了雅安，一個在該星球上，茹毛飲血的原始人。太空人對雅安說了這番話。而似懂非懂的雅安和他的族人，則視太空人為神明。故事沒有說出這個星球的名字，也沒有說明這些太空人從哪個星球而來。但亞瑟·克拉克的意思，那隱喻，加勒正在上升的水平線，也許清楚明白。

刊於二〇一七年七月九日香港《大公報》文學版

元宵遇上灑紅節

對於小精靈訓練員小智和他的拍檔比卡超來說，旅行，就是修行！但對在下來說，旅行，畢竟就是旅行，是一次長知識，廣見聞，暫時放下「自大無知者」的外衣，自我提升的機會。有幸踏上人家的土地，便應從謙卑出發，領會別國的歷史文化，欣賞當地的風土人情，細味民眾的日常飲食。

不過，對於一般遊客而言，旅行，也許就是吃喝購物，拍個照、賺個「讚」。尤其是團隊遊客，身處何地，亦可能不甚了了。有一位團友，站在普希卡湖湖畔，卻問「我們在哪裡？」而另一位團友，則高聲盛讚「這個人工湖……。」印度人視普希卡湖為聖湖。這個湖，來自洪荒，一直與星月同在。

這次重遊印度，與之前兩次不同，不再是背包客，而是跟團，並與玉琴同行。也許是因為在下之前兩次自由行的關係，令她也一直渴望來印度。跟團隊旅遊，當然有不少掣肘，往往未能盡興。但跟團，仍有其好處，亦可以有驚喜。

我們從孟買「印度之門」（Gateway of India）進入印度，走訪白色、藍色和粉紅三個城市。最後由新德里「印度門」（India Gate）離開。由於從藍色城市久德浦爾到粉紅城市齋浦爾路程較遠，團隊便在普希卡借宿一宵。

身處久德浦爾與齋浦爾之間的普希卡，是印度教的聖城，因為這裡有全印度唯一的一座梵天寺。普希卡以普希卡湖為中心，傳說普希卡湖是大梵天將蓮花花瓣灑落這個沙漠上而形成的，所以才有這座梵天寺。因此，這個普希卡湖和梵天寺，便成為印度教徒朝拜

的聖地。印度教徒相信湖水能夠洗去罪孽，淨化心靈，擺脫生死輪迴。

雖然不在行程之內，而旅行社事前亦似乎未有察覺到，但這次卻與灑紅節不期而遇。正是無巧不成話，灑紅節的正日，剛好碰上了元宵。也不知是梵天刻意的安排還是什麼，為兩口子送上了奇妙的祝福。

那個傍晚，一行人到達普希卡。而在路上，導遊已說了不少關於灑紅節的故事。當日沿途所見，街頭巷尾均有售賣七色顏料的攤販。不少民眾已在慶祝，雙手和臉龐都塗上繽紛的色彩。導遊說，「明天（三月二日）是正日，慶祝活動和節日氛圍會進入高潮。」而我們也入鄉隨俗，這兩天，碰頭便送上一聲「灑紅節快樂！」

灑紅節（Holi），直譯為侯麗節，也稱歡悅節、五彩節。捉弄他人和盡情歡樂是灑紅節的精神，也是讓印度人暫時忘卻種姓，打破階級差別的日子。在這個節日裡，較低種姓的人可以將色粉和顏料灑向高種姓的人，而不會被視作冒犯。

這個種姓制度，是印度社會超穩定的根本，但也是一種超不平等的制度。問題是，每一代，每一戶，每一個印度人，都深信這個制度，任何挑戰種姓制度的人，都被視為反社會。而違反種姓制度的人，會被家族視為恥辱。

至於灑紅節的來由，導遊說，從前有一個名叫金床的國王，因為修行得到金剛不壞之身，便心生驕傲，命令臣民只可崇拜他，不許信奉毗濕奴。但他的兒子缽羅訶羅陀卻堅持敬奉毗濕奴。金床無法改變兒子的想法，竟指使自己的妹妹侯麗卡（Holika）殺死王子。由於侯麗卡有一件避火斗篷，便誘騙王子和自己同坐火中。但在熊熊大火中，避火斗篷突然飛起，罩在王子身上，侯麗卡便被當場燒

死。原來這是毗濕奴施的法。人們便將七種顏色的水潑向王子以示慶賀。

不過，既然侯麗卡是邪惡的，為何這個節日又採用她的名字呢？畢竟，印度實在有太多不解之謎！

三月二日清晨，在酒店房間的小陽台，從太陽升起的方向，遙賞普希卡湖，粼粼湖水泛着微微金光，點點水鳥在穿梭，傳來抑揚的鳴叫。這頓早點，回味無窮。而在離開普希卡之前，導遊和酒店特別安排了鼓手和多種色粉，在酒店外的空曠地方，讓這一團旅客親身感受灑紅節的「威力」。

導遊事前還刻意提示，可以換一件舊衣，一旦掛彩了，棄之亦不可惜。眾人也在鼓樂和導遊的帶領下，暫時忘卻連日的勞累，放下了身段，享受這異地節慶帶來的歡樂時光。團友們戰戰兢兢地步出酒店，卻漸漸隨着鼓聲忘形地手舞足蹈，樂不可支。回來時滿臉粉色，一身斑斕。當然，導遊也預留了充足時間，讓團友們洗澡更衣，再出發前往齋浦爾。

在驅車前往齋浦爾途中所見，不論是橫街弄巷，還是通衢大道，不少民眾都全情投入節日的氛圍。尤其是年輕人，他們三五成群，甚或聯群結隊，滿身繽紛，臉上呈現歡躍的色彩；還向我們揮手致意，似是邀請旅巴上的異鄉人一起分享這份歡悅。

灑紅節是印度人和印度教的重要節日，也是印度傳統新年，定於每年印度教曆十二月的月圓日。而今年（二〇一八年）的這個月圓日，正好是三月二日，農曆的正月十五，也就是元宵。

正月是農曆的元月，古人稱夜為宵，所以正月十五為元宵。這個夜，是一年中第一個月圓之夜，象徵一元復始，大地回春。古

人加以慶祝，也是慶賀新春的延續。在漢文帝時，已將正月十五定為元宵節。到了漢武帝時期，則將太一神的祭祀活動，定於正月十五。

灑紅節有神話傳說，元宵當然也有相關的神話。相傳在很久以前，惡禽猛獸很多，四處傷害人畜，人們便組織起來對付他們。有一隻神鳥因為迷路而降落人間，卻意外地被獵人射死了。天帝知道後十分震怒，下令天兵於正月十五日到人間放火，把人畜財產全部燒光。

不過，天帝的女兒不忍看到百姓無辜受難，便偷偷來到人間，把這個消息告訴人們。眾人得到消息後，不知如何是好，最後一個老頭出了個主意。就在正月十四、十五、十六這三天，每家每戶都張燈結綵、燃放爆竹煙火。讓天帝以為人間被燒光。果然，到了這幾天晚上，天帝低頭一看，發覺人間一片紅光，響聲震天，連續三晚都是如此，便以為是大火燃燒的火焰，怒火也就消了。從此每年正月十五，家家戶戶都懸掛綵燈，燃放煙火來紀念這個日子。

話說回來，當天傍晚到達齋浦爾，兩口子交換了一個眼神，盤算着晚飯後外出散步，看一看齋浦爾的圓月。畢竟這一天是元宵！酒店雖離市集較遠，但地點亦不算偏僻，門外便是大馬路，也有天橋，交通亦頗繁忙。我們順着酒店外的大路走，不時舉頭探看，誰知此刻的明月，不在頭頂，而是在離水平不遠之處，剛好高於酒店一點。原來，不僅西方的月亮特別圓，印度的月亮也特別大。

正是「有燈無月不娛人，有月無燈不算春。」雖然沒有花燈，但仍有街燈。也稱得上「春到人間人似玉，燈燒月下月如銀。」際此「燈樹千光照，明月逐人來。」這一刻，「驀然回首」，一切都那麼圓滿。

泰姬陵是泰戈爾筆下的「永恆的淚珠」。

常言道，到印度而不遊泰姬陵（Taj Mahal），等於沒有到過印度。事實是，印度實在太大，到印度真的未必會到泰姬陵。但團隊遊，卻十之八九必遊泰姬陵。而這次行程的另一個驚喜，是到泰姬陵賞日出。然而，泰姬陵這個中文譯名，卻是個美麗的誤會。「Taj」是皇冠，「Mahal」原意是皇宮。字面的意思，是「宮殿的皇冠」。但文字背後的意思，則是「思念瑪哈」。

蒙黛詩·瑪哈（Mumtaz Mahal）是蒙兀兒第五代皇帝沙賈汗對他的皇后的暱稱，意即「我宮殿中的蒙黛詩」。沙賈汗與皇后瑪哈結縭十九年，育有十四名兒女。瑪哈在第十四次分娩時難產而死。沙賈汗痛心至極，答應了垂死的瑪哈三個要求。第一個要求，便是建造一座世上最美的陵寢。

無疑，沙賈汗為瑪哈償了夙願，也圓了自己的一個夢，建成了泰戈爾筆下的「永恆的淚珠」，印證這一段不朽的愛情。然而，沙賈汗動用了印度、中亞細亞等地以千百計的工匠、建築師、設計師，花了二十二年，掏空國庫。最終皇權被篡奪，晚年被囚於與泰姬陵一河之隔的阿格拉堡，孤獨終老。

那個清早，天還未亮，風亦頗大，我們便出發前往泰姬陵。到了陵園，發現已出現了看不見龍尾，等候進陵的人潮。這時天色漸明，心想應已看不到太陽升起來的光景。但卻原來，導遊說的「日出」，指的是晨光第一線，灑在純白的大理石上，迸發光芒，呈現出金光燦燦，熠熠閃亮的泰姬陵。原來，泰姬陵真的很美！兩口子漫步陵園，寧謐舒泰，自在安詳。這一剎，償了一個願，圓了一個夢。足以為此行劃上完美的句號。

刊於二〇一八年四月十五日香港《大公報》文學版

讓風，繼續吹！

有一天，偉強對我說：「我在整理過去十年的文章，想出版一本書，這可能是最後一本了。」我答：「哦，好的。」心中被「最後一本」四個字刺得好痛！這是在五月底他決定停藥的一個多月之後。

我默默地讀他的散文，在他的自序中，他平靜地述說自己兩次患病和目前的情況，就像是和朋友聊天似的。「再說，與其將我們有限的資源虛耗在無盡的醫藥開支上，倒不如將這些資源留下來。我雖『生不帶來』，但也得考慮我『走』了之後……！」身為他的妻子，他的深情，讓人心痛不已，淚水奪眶而出……！

這十五年（我們二〇〇六年結婚），偉強和我共度朝朝暮暮，讀他的文章，往事歷歷在目……。

他愛家人，懷念已故的父親，感恩勤勞的母親。對於家人的愛，偉強從不宣之於口，但他以細膩的筆觸，回憶以往和父親母親的生活點滴，感情真摯，令人不期然地產生了共鳴。

我雖未曾見過家翁，但婚後每年必跟隨偉強前往拜祭，這亦是偉強所提倡的慎終追遠。我印象中的家婆，的確是勤勞了一輩子，在她最後的一段日子，偉強親手為她下廚，有一次燒醬油雞，她那笑逐顏開的樣子，至今還深深地印在我的腦海中。〈春雷無覓處〉、〈煙韌餅〉、〈坪洲半日間〉等文章，處處可見家婆的身影。〈月餅應該是圓的〉、〈冬至〉、〈聖誕的意義〉等，則充分表達了他懷念和重視一家團圓的日子。

偉強愛這土生土長的香港，懷念往昔的香港，如在〈謝記結業的啟示〉中，他談到了我們排了很久的隊，才得以一嚐謝記的魚蛋粉。我們一起排長隊等吃，是印象中唯一的一次，吃出來的，不但是他對優質食物的追求，更重要的是一份懷念和不捨。

　　正如偉強所說，「卷二：春雷無覓處」由一個「孝」字貫串，除了對父母之孝，也有對大地之母之孝。這本書對大自然的花（櫻花）、草（含羞草）、樹木（鳳凰木，紅棉）、蟲（蟬）、魚（錘頭鯊），都有禮讚，並為它們受到人為侵害而大聲疾呼，希望人類可以尊重任何物種，並與之和平相處。雖然偉強不幸患病，但是他以無比的毅力，堅守他的信念。他崇尚自然，敬畏自然，對於人類不斷地破壞大自然，痛心疾首，不斷撰文敲響警鐘。

　　無論是日常生活，還是喜慶節日；是游走港澳的大街小巷，還是在異地旅遊；他都在詩意地棲居，細細地體會生活，並集結成文字。中國人一直都忌諱談論死亡，但偉強早在二十年前，便公開探討死亡這個話題。他一直認同，也倡議安樂死，但其實，他是愛生命的。知死而後生，面對癌症，他處之泰然，更加積極地，詩意地過好每一天，不禁使人肅然起敬！

　　卷五收錄的文章，大都是我們兩人的遊記。他講的故事，本地的佔了一半：大澳、坪洲、雲泉仙館、禮賓府、西區、嘉頓山，還有澳門、三峽、中山、順德、越南、台灣、印度、斯里蘭卡……。本書以在印度之行後寫下的〈元宵遇上灑紅節〉作結。在文中，偉強說：「這一剎，償了一個願，圓了一個夢。足以為此行劃上完美的句號。」

　　那次印度之旅，是在他的多發性骨髓瘤確診之後，排除萬難才成行的。當時他不理醫生的反對，堅持與我去印度，回港後才繼續治療。這本書的故事講完了，然而，新的旅程又開始，正好回應他卷五的標題：說不完的故事！

「風起了，好好活下去！」是偉強對自己的激勵，更是他對有緣閱讀此書的人的真誠祝福。我和偉強手牽着手，故事未完，就讓風，繼續吹吧！

宋玉琴
二〇二一年十二月

作者夫婦二〇一六年九月攝於埃及洪加達。

風起了，好好活下去！

The wind is picking up. we must try to live!

Warm 023

書名：　　　風起了，好好活下去！

作者：　　　曾偉強

編輯：　　　AnGie

設計：　　　4res

出版：　　　紅出版（青森文化）

　　　　　　地址：香港灣仔道133號卓凌中心11樓

　　　　　　出版計劃查詢電話：(852) 2540 7517

　　　　　　電郵：editor@red-publish.com

　　　　　　網址：http://www.red-publish.com

香港總經銷：聯合新零售（香港）有限公司

台灣總經銷：貿騰發賣股份有限公司

　　　　　　地址：新北市中和區立德街136號6樓

　　　　　　電話：(866) 2-8227-5988

　　　　　　網址：http://www.namode.com

出版日期：　2022年7月

圖書分類：　散文

ISBN：　　　978-988-8743-79-7

定價：　　　港幣88元正／新台幣350圓正